IMPONDERÁVEL MULHER

PREFÁCIO

Fátima Lêda em seu livro de estreia, nos presenteia com um romance, ou seria um thriller psicológico, talvez um conto sem fadas!? A princípio, é narrado por um narrador personagem, mas na evolução da escrita é substituído pelo narrador onisciente.

Nesta obra a escritora já sinaliza a mudança na representação das mulheres. A protagonista Genalda não é retratada como uma pessoa indefesa e dependente de uma figura masculina para se tornar forte, pelo contrário, descobre-se capaz de resolver seus próprios problemas.

Essa representação que a autora dá à protagonista, em tempos que tanto se fala de gênero e, particularmente, em geografia em que o patriarcado predomina, caracterizado por machismo que almeja subestimar a força feminina, ajuda a combater os estereótipos de gênero e a vislumbrar a igualdade de direitos e deveres entre homens e mulheres.

É recorrente na literatura, a mulher subjugada e dominada por homens ou sempre à espera da ajuda de um príncipe para resolver suas demandas e encontrar a felicidade.

A Genalda pode ser tida, em grande parte do seu percurso, como modelo positivo para as mulheres, em especial as meninas que, com seu exemplo, são encorajadas a buscar sua independência e a confiar em suas próprias habilidades em enfrentar os desafios da vida.

"Foi se apegando nela uma sensação estranha, uma nostalgia, uma angústia, uma tristeza infinita, ela não queria que aquela viagem terminasse nunca, ela não tinha onde chegar, ela não tinha quem encontrar, ela não tinha para quem voltar".

A personagem descreve no trecho que não teria onde chegar, de fato é uma verdade, mas a viagem dela vai além de um lugar físico, o que ela mais almeja é chegar na sua essência. Fazendo um contraponto com a Odisseia de Homero, Genalda enfrenta e vence diversas provações e a sua Penélope seria o seu autorreconhecimento e o sonho de construir uma casa representa a sua autoconstrução.

Para os leitores, desejo que façam a viagem com a personagem principal e permitam-se fruir dessa maravilhosa leitura.

Por Cristiane Patrícia Barros Almada

APRESENTAÇÃO

QUERIDA AMIGA

Eu sempre gostei de escrever cartas, até hoje quando já está em desuso, para mim a comunicação mais efetiva é por cartas. É muito gostoso reler uma carta, precisamente uma carta de amor, principalmente para não termos dúvidas que fomos amados. Era muito bom quando recebíamos e escrevíamos cartas ridículas porque como diz Fernando Pessoa todas as cartas de amor são ridículas porque não seriam ridículas não fossem cartas de amor, não seriam cartas de amor se não fossem ridículas. Eu também já escrevi e recebi ridículas cartas de amor, bons tempos, que falta fazem, estes ridículos que escreviam cartas de amor ou estes amores que escreviam cartas ridículas, agora não me lembro bem o trocadilho do poeta para dizer como é bom ser ridículo para escrever e receber cartas de amor, pois ridículo é quem nunca escreveu, nem recebeu cartas de amor.

A presente carta embora seja movida pelo amor, não é o amor das cartas ridículas, é o amor de uma amizade fraterna iniciada há quarenta e quatro anos, eu sempre quis tornar nossa amizade imortal. O fato d'eu tê-la encontrado na universidade e termos convivido intensamente quando moramos na residência universitária me transformou na jovem estudante que fui, forjou a mulher profissional que eu quis ser e concretizou a sexagenária que sou. Ainda vou a todas as manifestações pela democracia em busca da igualdade social e em repúdio a discriminação social e indignidade humana. Lembra quando nos encontramos no final da ditadura e iniciamos nossa militância com a nossa brabeza do sertão não tínhamos nem tempo de estudar Marx, pois estávamos até alta madrugada em assembleias intermináveis discutindo como íamos ocupar o restaurante universitário para barrar o aumento da refeição ou ainda pesquisando o patrimônio da universidade para descobrir imóveis vazios para ocupar e transformar em residências universitárias?! Foi na prática que eu entendi a teoria do capital, mas foi na doutrina marxista que encontrei respostas para muitas de minhas angustiantes dúvidas. Mas você lembra que tínhamos um capítulo, do Capital, para ler por semana e todo sábado no grupo de estudo do DCE tínhamos que fazer em dupla uma explanação do nosso entendimento sobre a teoria de Marx, sobre a divisão de classe, seus determinantes e condicionante e como pouco tínhamos lidos e muito tinha praticado acabávamos nós, colocando a questão e o grupo respondendo e saíamos morrendo de rir de nossa astúcia?! Obrigado por ter me apresentado ao 'comunismo'. Você sabe quantos conflitos vivi na infância e adolescência morando num sertão sem chuva, sem saúde, sem educação, vendo todo dia cortejos de enterros de crianças que morriam antes de um ano de vida, mulheres morrendo de 'parto', trabalhadores feitos mendigos subjugados aos patrões, meninas pobres agregadas às famílias sendo exploradas no trabalho doméstico pelo pão de cada dia, feito escravas, e tantas outras indignidades. A Universidade me abriu os olhos e a mente para desvendar os mistérios que a elite camuflava: a seca, a indolência do sertanejo, a pobreza merecida, mas não foi exatamente os bancos da universidade, foram os corredores do Campus Universitário, foram os CAs os DCEs. O Conselho de Residentes Universitários, os Congressos de Estudante, os Movimentos Sociais, as Greves, a Política, a luta pela Anistia, a luta pelo fim da Ditadura, a luta pelas Diretas Já, você lembra no dia em que depois de um Ato Público na Praça do Ferreira viemos caminhando a pé para a Reitoria da Universidade de braços dados com Euler Bentes e Dante de Oliveira? Era muita ousadia, minha linda, só tinha sertanejas originais nós, o resto era falsificado. Por isso criei a Genalda, no início ela era apenas uma menina muito sapeca que gostava de brincar e tinha muitas amigas, confesso que como ela tinha dinheiro às vezes ela subornava as amizades com presentes, doces e chicletes, mas tinha uma justificativa, como ela era uma menina negra isso servia para invalidar o preconceito das meninas brancas da cidade e facilitava a aproximação depois que a conheciam viam que ela era a mais doce garota do mundo e a melhor amiga que se pode ter, coloquei nela toda a alegria, espontaneidade e vontade se ser feliz que tem as crianças, mas de tanto presenciar maus-tratos de meninas pobres e negras acabei colocando uma madrasta no seu lar, que a maltratou subjugou e a espancou até a comida lhe negou, quando vi que a menina estava sofrendo muito providenciei sua fuga, mas uma fuga extraordinária, ardilosa digna de uma protagonista que quer tomar nas mãos as rédeas de seu destino e ainda se vingando da madrasta má, ferindo-a no que mais doía, sua avareza, por fim joguei-a no mundo sem eira nem beira, mas com muito dinheiro, sabedoria, astúcia, inteligência, perseverança e liberdade e logo a acudi com uma amiga que seria o suporte para ela exercer sua resistência e superar provações e carências. Coloquei-a para estudar, e arranjei uma mestra com uma dedicação inestimável, estimulei-a e dei meios para ela fazer o ginásio na melhor escola pública da capital e se destacar como a primeira aluna da sala.

Minha amiga, vou te mandando como visita sua homônima, e não é homônima por acaso, na verdade no início ela tinha outro nome, mas ela começou a fazer muitas peripécias ficou cheia de ideais e ideologias, teve a estran... ideia de querer mudar o mundo e quando foi morar no Pirambu e viu de perto a realidade das famílias e a situação de abandono das crianças e adolescentes, ela começou a querer lutar pelo bem comum, a se organizar em torno de reivindicação e exigir garantias e direitos e querer defender os direitos humanos, quando vi a menina tinha virado 'comunista' aí eu dei à ela o seu nome. Não lhe arranjei nenhum namorado, não lhe permiti nenhuma ligação comprometedora, fui muito injusta, acho que teve uma maldade de minha parte, logo eu que tive seiscentos namorados e inúmeros paqueras e não perdia um forró, mas talvez por isso mesmo não lhe quis criar nem um caso de amor, acho que foi com medo de perder o controle, vai que ela se envolvia demais e perdia o foco de seus ideais, como fizemos nós, você mais novinha teve que assumir o casamento, os filhos e a militância, deu conta, mas com muito sacrifício, era como pagar um consórcio em tempo de inflação, lembra?! Você não podia abandonar porque já tinha investido muito, você não podia ficar, pois sangraria para pagar o preço que sempre estava aumentando. Por um amor arrebatador meus ideais também saíram de foco e eu não pude vivê-los intensamente, pois quando ligamo-nos à outra pessoa e quando temos filhos, nossa vida não nos pertence mais integralmente, nossas decisões são sempre condicionadas a outras vontades ou necessidades, eu por mim me senti sempre orbitando em torno do "planeta luta" que eu queria estar no centro. Mas a vida é feita de escolhas e depois que se faz a escolha, se ultrapassa uma porta que nos leva ao mundo das consequências. Mas a nossa sorte é que tivemos oportunidades de fazer novas escolhas e obter novos resultados, e hoje estamos no lucro, pois temos uma descendência para perpetuar nossa espécie e que espécie! Acho que por isso eu privei-a de amores na adolescência, acho que pelos vinte e poucos anos a emancipei, ainda deu tempo viver muitos amores, não tive notícia se os viveu, mas ainda hoje se tem notícia dos frutos da organização social e das inúmeras crianças resgatadas que ainda conduzem a Casa do Cidadão do ECA. Fiz bem em dar a ela seu nome?

A amiga para sempre.

SUMÁRIO

IMPONDERÁVEL MULHER

Eu sempre prestei muita atenção nas pessoas que passaram na minha vida, com elas eu sempre aprendia como eu queria ser e como não queria ser. Minha mãe era uma mulher muito discreta, razoável e ponderada, tinha muitas comadres que com ela se aconselhavam; contavam seus segredos, suas desventuras. Fora isso havia as que sabiam tudo que acontecia na cidade e adoravam dar a notícia em primeira mão por isso, muitas vezes, fiquei a par de muitos assuntos de adultos, pois ainda criança estava sempre junto de minha mãe.

Certo dia as comadres trouxeram uma notícia que contavam com surpresa e com malicia: – Comadre, sabe quem vai casar hoje na igreja e na missa das nove? A Mariana! E vai casar com um irmão de seu falecido marido. E o viúvo morava na Capital e parece que é 'arricussado', porque só anda no linho engomado, é um homem pequeno, mais baixo que a Mariana.

Mariana tinha muitos filhos, acho que dez ou doze, todos homens. Era uma mulher da roça, acostumada na labuta do sertão, morava na Oiticica, umas terras perto da cidade; suas pernas eram grossas e cabeludas, os três filhos mais velho eram casados. Um era agente da estação. O povo da minha cidade era tão falador que dava notícia que a mulher dele sovinava e só tinha intimidade com ele por joia, aí quando ela aparecia com um anel ou uma pulseira nova o povo já sabia o sucedido. Suponho que a vendedora de ouro, contribuía com as informações da aquisição de joias pela mulher do agente.

Ariano, que era irmão do falecido marido de Mariana, ainda era seu primo segundo. Na verdade, no sertão todo mundo casava com parente, as distancias eram difíceis para percorrer a pé ou a cavalo, e aí os que queriam casar se ajeitavam com quem estava mais perto, pois se viam mais e já ia aparecendo uma simpatia. Tinha também a boa informação, em algumas famílias as mulheres eram trabalhadoras e de muito respeito, davam boas donas de casa e a fama se tornava conhecida, as moças que tivesse na família todas casavam. Casavam na flor da idade.

Na família de minha mãe eram sete mulheres, todas casaram na flor da idade, para completar três irmãos e uma irmã de meu pai casaram-se com três irmãs e um irmão de minha mãe. Em compensação, quando na família tinham muitas moças, se as mais velhas não casassem logo, nenhuma mais casava, parece que os rapazes ficavam com medo. Na cidade vizinha tinha um caso que foi muito comentado, o das 'Maltas', eram sete moças, não tão feias, se vestiam bem, provinham de boas famílias iam nas festas sociais e nunca casou nenhuma, sequer noivaram. O povo reparava e dizia – só pode ser feitiço como é que nem um viúvo aparece para acudir

12

estas moças e tirá-las do caritó, porque nestes casos sempre aparecia um viúvo, pois as mulheres morriam muito de parto ou mesmo mais maduras, de doença de mulher.

O que as comadres comentavam admiradas era como um homem arricussado que morava na capital tinha se interessado em casar com Mariana que era até mais velha que ele, pois que os viúvos da cidade só queriam casar com mulher nova, diziam as comadres: – Deve ser alguma paixão recolhida do passado.

Para mim não era comum ver uma viúva casar, muito comum era ver os viúvos casarem, domingo mesmo tinha vindo duas irmãs, da família dos Cangalhas, arrumaram-se lá em casa para casar na Igreja, com dois viúvos. As moças donzelas já tinham passado da idade de casar com rapazes solteiros, pois já tinham passado dos 25 anos e já estavam chegando nos trinta e nessa idade o mais certo era pegar um viúvo. Lembro de minha mãe fazer um comentário: – "Duas irmãs, que nasceram e cresceram nas mesmas circunstâncias, mas hoje os destinos delas vão se distanciar irremediavelmente, mudar seus caminhos. Minha mãe falou isto porque uma estava se casando com um viúvo arrumado funcionário da RFFSA, emprego federal, que morava numa casa boa da cidade e os filhos já estavam todos criados e bem arranjados, a maioria casados. O outro era um matuto pobre agricultor 'afamilhado' que morava na roça e a filharada toda pequena tinha uns doze filhos e todos dependiam dele.

Minha mãe realmente profetizou: – Da família do primeiro, uma das filhas casou com o vice-prefeito e teve um filho vereador. A família do segundo, viveu mais sacrificada. De qualquer forma, era uma triste sina das mulheres naquele sertão. Pensar que muitas, como essas duas moças bonitas, corpulentas, jovens, se submetiam a casar com homens mais velhos cheios de manias, sem amor, só pelo fato de ser considerado um opróbio ficar no 'caritó'. Agora as comadres estavam comentando uma coisa que para elas era um absurdo era um verdadeiro disparate; – pois não é que o viúvo que casou com Mariana criava uma negrinha, que se chamava Genalda, como filha?! Pois não é que a negrinha tinha toda regalia, tomava leite com chocolate vindo de Kiarana e não fazia nada em casa?! A lavadeira era que lavava até as calcinhas dela e a negrinha já tinha nove anos. Mariana falou para elas que a negrinha era tratada como uma princesa, tinha autorização para ir na loja comprar cortes de tecido e levar para a costureira fazer seus vestidos. As comadres acostumadas com o trato que se dava na cidade à criança pobre e negra, já foram maldando que a menina devia ser filha de algum contrabando do viúvo e ele levara para a finada mulher criar.

Faziam conjecturas entre si – é comadre porque tem mulher que aceita, se bem que a negrinha não tem nem um traço dele que é um homem branco alourado, a outra comadre querendo fazer valer a tese da bastardice, ponderou – é comadre, mas a menina tem os

14

olhões como ele. De fato, não adiantava as comadres procurarem semelhanças entre Ariano e a menina, pois enquanto ele era um branco rosado, cabelo alourado, a menina tinha a pele e os cabelos negros.

O costume da minha cidade é que as meninas negras e pobres nunca eram adotadas como filhas, eram pegas pelas mulheres brancas para trabalhar em suas casas desde a mais tenra idade só pela comida, até roupa não compravam, eram dados molambos, roupas que já não mais serviam às suas donas. Não comiam na mesa, dormiam em cubículos em quartos de dispensas e não eram sequer autorizadas a usar o banheiro dos donos e tinham que fazer suas necessidades no mato. Era a escravidão com todo seu ranço fumegando como fogo de monturo.

Eu comecei a me interessar pela menina negra que tomava agora a atenção das comadres e abalavam as estruturas ferrenha e escravocrata da divisão de classe da cidade e comecei a observá-la, às vezes até a segui-la. As comadres diziam que ela tinha conta aberta na loja da Dona Laura, mulher do prefeito e na Bodega do Cipriano. Imagine uma menina negra poder comprar cortes de tecidos e mandar fazer vestidos, comprar gigoletes, tiaras e fitas para o cabelo, capas e sombrinha, a fim de se proteger do sol ou da chuva, ao ir à escola, comprar também chicletes e bombons e distribuir para conquistar amigas. Podia encomendar ao sapateiro aquele tamanquinho com o rosto de sola vermelho e usar no inverno.

Na cidade, só uma menina tinha bicicleta de criança, era a filha do prefeito, ela deixava suas amigas e as meninas com quem queria fazer amizade andar na sua bicicleta, quando queria aumentar seu ciclo de amizade, e ainda a alugava recebendo pagamento. A Genalda andava na bicicleta da filha do Prefeito na segunda modalidade. Mas ela arrebentava porque tinha dinheiro para alugar ou fazia permutas com chicletes, bombons. Por estas vias ela também tinha suas seguidoras.

Genalda tinha nove anos, há dois anos veio da capital para morar nesta cidade que achava um verdadeiro paraíso, dava gosto vê-la brincar e se divertir, não se intimidava com nada, diferente do que ocorria com outras meninas negras da cidade ela não era descriminada pelas outras crianças. Sempre estava com as mãos cheias de bombons e chicletes, também podia dar suas gigoletes e fivelas para as meninas sem pedir a permissão de ninguém, pagava o aluguel para as   meninas darem voltas de bicicleta, além disso era amiga da menina mais popular e mais rica da cidade, a filha do prefeito, a dona da bicicleta. À tardinha lá vinha ela correndo saltitando e já vinha acompanhada de um grupo de meninas e se juntavam às demais que estavam na praça em frente à igreja. Dava gosto vê-la sempre arrumada com seus vestidos de florzinha, os olhos muito grandes, os cabelos arrumados, presos com fivelas e gigoletes e sempre leve e fagueira se movimentando ao vento, primeiro como os pássaros depois como as penas, talvez como as folhas que se desprendem das árvores.

Fora criada com toda regalia numa casa ampla com quintal e fruteiras, mesmo depois da morte de sua mãe, no tempo que era cuidada pelo pai com a ajuda de Lindalva, era uma menina alegre, na sua inocência driblava os dissabores da vida, seus pais nunca lhe revelaram que tinha sido adotada, nunca soubera sua origem, que fora deixada numa cestinha na porta da casa. Ariano e Livramento, nunca tiveram filhos e já estavam quase na idade de terem netos e a chegada da menina tornou-se uma benção, criada com todo amor e conforto desfrutando de tudo que uma família de posse pode proporcionar. Para sua desventura sua mãe foi acometida de um mal súbito e morreu de uma trombose quando ela tinha apenas seis anos. Ariano ficou cuidando da filha com a ajuda de Lindalva, que já havia trabalhado em sua casa desde mocinha, saiu de lá para casar, mas por uma desdita da sorte seu marido foi pego numa armação em seu trabalho sendo preso.

Não se passara nem dois anos completos que casara e a pobre moça vivia sozinha sem ter como sobreviver, veio pedir para voltar a trabalhar em sua casa, chegou no momento mais necessário, pois Livramento estava hospitalizada, de onde saiu para o cemitério.

Lindalva trabalhara em sua casa, quando Genalda, recém-nascida, chegou, cuidava do bebê com todo zelo, havia saído para casar e agora com a morte de Livramento passou a cuidar de Genalda com uma dedicação maternal. De vez enquanto Ariano a surpreendia chorando, principalmente na segunda-feira, depois do domingo, em que ela ia visitar o marido no presídio.

Sábado à noite véspera de Domingo de Ramos ela estava engomando o vestido de cambraia bordada branca de Genalda, a calça branca de linho e a camisa amarela de mangas compridas de Ariano, depois de colocar o café na mesa, quando Ariano sentou para se servir ela avisou: – Já estou arrumando a roupa de vocês ir à missa amanhã, pois vou sair muito cedo pra o Amanari visitar o Chico. Lindalva retornou domingo à noitinha, estava pensativa assim arrodeando Ariano como quisesse dizer alguma coisa e não tivesse coragem, foi para a cozinha, Genalda seguiu Lindalva, a observava, procurava brincar, procurava conversar, e não tinha resposta até que perguntou: – Tu tá triste Dadá? Tu tá chorando? – Não neném, eu estou com dor de cabeça do sol que levei hoje. Lindalva foi nas panelas pôs uma comida no prato, comeu um pouco enquanto enxugava os olhos com as costas das mãos, se passou para a pia, lavou a louça e quando estava começando a limpar a cozinha viu a menina saindo em direção da sala correndo, se esbarrou no colo do pai o puxando da cadeira dizendo – papai, papai dá um remédio para Dadá que ela está chorando porque tá doente.

Ariano tinha pena da pobre mulher, que conhecera pouco mais que uma menina, toda vez que ia ao presídio vinha muito triste. Se levantou da cadeira e veio até a cozinha ver o que estava se passando. Lindalva ficou sobressaltada ouvindo seus passos chegando, mas entendeu que aquela era a hora de falar o que precisava. Ele chegou na cozinha sentou na cadeira apoiando as mãos na mesa e perguntou: – Que que está acontecendo Lindalva? Ela puxou uma cadeira e sentou-se também, tanto porque a conversa ia ser comprida como porque estava com medo de não se aguentar nas pernas de nervoso. Foi logo falando o assunto sem arrodeio, tirando um envelope dos seios, ficou com ele entre as mãos e disse: – Sr. Ariano já faz dias que o Chico me pede pra falar com o senhor que tem um jeito dele sair do presidio. Outros presos já tinham dito para ele e agora o advogado mesmo do presidio disse que tem sim um jeito e ele botou tudo explicado neste papel, mas o assunto é que o Chico só foi acusado e não foi provado nem julgado de nada e pode sair se um advogado entrar na justiça contando a história, aí o juiz manda um papel para o presidio soltar ele. Precisa do pagamento pro advogado, eu tenho meu dinheiro de todos os meses que o senhor me pagou desde que voltei, eu não sei quanto custa, mas neste papel que está o endereço do advogado está anotado e com certeza o meu dinheiro num chega, mas aí o senhor pagava o que falta que eu trabalho aqui até lhe pagar, seja quantos anos for. A mulher despejou tudo de uma vez sem respirar, lhe esticou a mão e lhe entregou o envelope que tinha toda explicação.

Lindalva sabia que tinha que falar tudo de uma vez porque se parasse não tinha força para dizer tudo que precisava porque, nem o choro, nem o nervoso ia lhe deixar continuar. Suas pernas tremiam que o joelho batia um no outro. Ariano ficou consternado com o desespero da pobre mulher, sabia o quanto ela gostava do marido, sabia que ela não tinha com quem contar, a mãe a entregara ainda aos seis anos a uma prima sua para criá-la e depois quando Lindalva tinha treze anos sua prima que a criara, morreu e então, ela foi parar na casa de Ariano. Na verdade, a mulher criou Lindalva não como filha, era tida como uma cria da casa que servia para ajudar na labuta doméstica.

Ariano abriu o envelope e tirou a folha de papel, nem chegou a ler porque estava sem óculos, mas deu para ver um timbre com a letra preta e grande o endereço do "PALÁCIO PROGRESSO". Então disse: – Lindalva, eu vou te ajudar, amanhã mesmo vou tirar um tempo, de manhã saio do INSS[1] e vou no escritório falar com o advogado. Olhe, eu gosto do Chico eu acho que ele é um rapaz

---

[1] Instituto Nacional do Seguro Social

honesto que confiou em quem não devia e pegaram ele como bode expiatório sem nada ficar provado, a Livramento quando falava sobre este assunto sempre dizia que Chico tinha sido vítima de uma injustiça e se tivesse uma chance refazia sua vida e vocês haviam de ter uma família feliz. Ela dizia: - olhe se uma pessoa quer fazer uma coisa pra nunca ser descoberto não pode contar pra ninguém, pois se ela não consegue guardar seu segredo, outro é que não vai guardar, outra coisa é que se não deve agir nem acobertar alguém que faz coisa errada, pois isto pode virar contra si mesmo como foi este caso que envolveram o Chico. Genalda na mesa ouvia tudo, não entendeu muita coisa, só prestou atenção quando o pai se referiu à mãe sobre guardar segredo, ela lembrou que contava segredos para mãe e dizia – me conta segredo mamãe, a mãe ria e lhe sussurrava no ouvido, dizia que estava lhe contando segredos: – segredo só de mãe para filha e de filha para mãe!

Como havia prometido, Ariano, procurou o advogado e após ouvir a suas explicações o contratou para entrar com um pedido judicial de Alvará de Soltura para o Chico. O advogado disse que já tinha estudado o caso e a prisão era ilegal, porque não tinha sentença, nem sequer denúncia, o inquérito não tinha sido concluído. Ariano só entendeu que era bem fácil soltar o Chico, só precisava pagar um advogado. - E pensar que há mais de dois anos o pobre do homem estava preso, dizia Ariano.

O advogado cobrou 3.000,00 cruzeiros para providenciar toda papelada até receber o alvará de soltura e tirá-lo da prisão e ainda tinha jeito de retirar todo processo e ele ficar com a ficha limpa. Ariano achou que a quantia valia, o advogado queria 2.000,00 cruzeiros adiantados. Concordou de levar o dinheiro no dia seguinte. Chegando em casa falou à Lindalva tudo que tinha tratado com o advogado, ela se apressou em contar o dinheiro que tinha, era 2.100,00 o que juntara em quase dois anos de trabalho. Ariano teve pena da pobre mulher, 2.000.00, àquela quantia correspondia ao salário dele de um mês. Pegou o dinheiro da mão de Lindalva, ficou com 2.000,00 e lhe devolveu os 100,00 e disse: – O resto é por minha conta você não fica me devendo nada. Foi tão rápido o desembaraço deste caso, porque o advogado era um criminalista conceituado e tinha muito acesso no fórum entre juízes e promotores. Para alegria de Lindalva com dois meses o Chico estava solto.

Ariano já havia dado entrada nos papéis para sua aposentadoria. Decidiu que, como já tinha tempo de trabalho para se aposentar do INSS, iria criar a filha na sua cidade natal em Biana, no meio dos conterrâneos, no meio da família, principalmente agora que a Lindalva precisava organizar a vida com o marido e queriam voltar para Barbalha e morar na roça de onde tinha saído.

Por fim chegou um comunicado na repartição que o pedido de aposentadoria de Ariano tinha sido concedido. Era quarta-feira e ele marcou com seu sobrinho de ir visitá-lo em sua casa, no centro da cidade, próximo ao parque da criança. Ariano estava com planos de voltar à cidade onde nascera e o sobrinho tinha uma casa lá e já haviam conversado que ele poderia ficar nesta casa, caso resolvesse morar no interior. Agora ele estava resolvido a voltar para, pois já estava com 78 anos e queria uma vida mais calma, na verdade preferia mesmo era ir para Oiticica na casa onde nascera, mas pensando em Genalda que estava em idade de estudo era melhor ficar na cidade onde tinha escola, certamente não podia deixar a filha sem estudar, ela era uma menina muito esperta e muito interessada nos estudos e já tinha oito anos.

Chegou sábado, Ariano estava com todos os planos feitos, ia acertar o aluguel da casa e a mudança, seriam só as malas de roupa e alguns poucos utensílios de cozinha pratos e panelas, pois os móveis não valiam a pena levar, lá compraria o que precisasse, mesas cadeiras e outros utensílios. No sábado na casa do sobrinho encontrou uma parenta que há tempos não via, era, sua cunhada, viúva de seu irmão mais velho. Mariana morava no sertão, na Oiticica na casa que foi do seu falecido pai, onde ele e seus outros irmãos nasceram. O sobrinho em tom de brincadeira jogou uma piada – olhe tio, você e tia Mariana podiam se casar, pois os dois iam morar na casa onde o Senhor nasceu. Ariano não deu resposta à provocação, mas Mariana parece que ficou meio afetada, passou a olhar o homem de rabo de olho.

Deste dia em diante parece que a família começou a conspirar para fazer a união dos dois. Ariano combinou com o sobrinho os preparativos da mudança e este mesmo se ofereceu para levá-lo, pois tinha um carro com carroceria e poderia levar as coisas essenciais. Mariana também se ofereceu para ajudá-lo na arrumação da casa em Biana.

Genaldinha, depois de pelo menos um ano da morte da mãe voltou a ser feliz, plenamente feliz, amava aquela cidade, a escola com sua fardinha de blusa bege e saia de pregas vermelha bonina. A praça com aquele mundo de crianças a correr e brincar, a igreja, as missas de domingos com sua roupa de cruzadinha. Tudo era uma festa, foram dois anos de felicidade. Mariana começou a frequentar assiduamente a casa do viúvo, sempre tinha algo a resolver na cidade nos dias de semana e nos domingos deu para ser religiosa, que não perdia uma missa. Toda família também ajeitava este casamento, principalmente os parentes de Fortaleza, que ficaram bem interessados em comprar a casa de Ariano e aconselhavam que era melhor ele vender sua casa em Fortaleza, e depositar o dinheiro no Banco. Aconselhavam a casar com Mariana, porque era uma mulher madura, acostumada com vida do interior e já era da mesma família, tinha doze filhos é verdade, mas todos criados e eram seus sobrinhos.

Tanto foram as intermediações que passado um tempo Ariano resolveu casar-se com Mariana.

Após o casamento Mariana começou as investidas e xingamento contra Genalda, só a chamava de negrinha, a recriminava por tudo. Se ela chegava da escola alegre ela arranjava logo um jeito de desfazer aquela alegria, dizia: – onde já se viu negro com esta regalia de estudar e mais em escola paga! Se era domingo, Genalda vestia a roupa da cruzadinha para ir à missa Mariana resmungava – Quem já e viu uma negra vestida de cruzadinha! Quando Genalda brincava na praça com as meninas ricas e brancas da cidade, ao chegar em casa Mariana murmurava: – Que quer negro sendo amigo de branco! Em todas as suas atitudes Mariana procurava transformar a vida da menina num suplicio.

Quando chegou o mês de setembro Mariana começou a conversar com o marido para passar uma temporada na Oiticica, pois quando chegasse o tempo de tirar o Carnaubal ela teria que estar lá para dar assistência aos trabalhadores que estavam tirando a palha. Ariano relutou, argumentando que Genalda estava no tempo da escola e não poderia perder aula e não havia condição dela estudar morando na Oiticica. A mulher, com astúcia, fazia tudo para tirar o marido da cidade, dizia que a menina era muito nova para estudar, que só uns meses sem aula não a prejudicaria e no começo do ano estariam de volta. O homem resistiu o quanto pode, já padecendo com a teimosia da mulher, mas não cedeu, não poderia tirar a filha da escola praticamente no fim do ano. Vendo que não o demoveria da ideia, Mariana deixou de falar no assunto, mas só o tempo de arrumar motivo e argumento de mudar a decisão do marido.

Passados dois meses Mariana começou a convencer o marido a passar a temporada de inverno na Oiticica dizendo que ele gostaria de ficar na morada onde nasceu. – Era tempo de botar roçado, era ano de inverno bom e tempo de plantio e tinha os trabalhadores da roça para dar assistência, iriam depois da festa nos meados de dezembro a menina estaria de férias e as aulas só recomeçaria em março. Ariano a princípio ficou indeciso, mas considerando que iriam só em dezembro quando tivesse terminado as aulas e passariam os dois meses de férias retornando em março, nestas condições ele concordou. Disse à mulher que a menina era muito aplicada e só tirava boas notas e não podia parar os estudos sendo assim só passariam os dois meses das férias escolares.

Genalda estudava no Educandário São Martinho onde só estudavam as meninas que podiam pagar, o pai estava muito orgulhoso com o gosto que a menina tinha pelos estudos via como todo dia se acordava muito cedo se arrumava sozinha botava sua sainha de pregas vermelha, bonina, com uma blusa amarela creme e uma gravatinha, sapatinho preto e meias três quartos, ia toda assim paramentada e causava admiração, pois as meninas pretas e pobres só estudavam à tarde no grupo escolar, quando estudavam. Genalda seguia impávida, os olhares preconceituosos não lhe perturbavam nem tiravam o riso de seu rosto. Ela tinha uma postura, uma autoestima própria de quem tinha sido muito amada e suas atitudes em seus grupos de amigas lhe asseguravam seu espaço de criança, sem preconceito. Ela participava também da cruzadinha, e ficava muito interessante naquele vestido de fustão branco pregueado com a gola quadrada caindo nos ombros e uma gravatinha como farda de marujo. Domingo todas as meninas da cruzadinha se paramentavam e com as meias três quartos e sapatinho preto faziam parte do coral da missa das nove horas e ocupavam o primeiro banco. Genalda se destacava, era motivo de comentários, e era apontada com o dedo pois destoava das demais meninas pelo seu aprontamento e sua desinibição, para completar ainda ficou muito amiga das freiras que acabaram de chegar na cidade.

Mariana não se continha de indignação tanto que, quando Genalda pisava dentro de casa, sem motivo e sem razão, começava a descompô-la e lhe jogar impropérios, dizia entre outras coisas – tu é muito enxerida, tu não conhece teu lugar, tu não te dá ao respeito, não está vendo que na cruzadinha não tem nenhuma menina negra, o que tu quer se fazendo amiga de gente branca?! Conhece teu lugar. Estas e outras injúrias faziam parte do cardápio de agressões da madrasta.

A mulher ficava muito incomodada de ver Genalda estudando no Educandário onde as meninas da elite da cidade estudavam, de vê-la brincando na praça na companhia de outras crianças brancas, na verdade ela queria tê-la como criada subjugada nos trabalhos domésticos, mas na cidade ficava difícil impor este tratamento pois as casas eram todas parede e meia. A menina tinha amigas, frequentava a escola era amiga das freiras e todos sabiam, como antes do casamento ela era tratada pelo pai.

Estava chegando ao fim do ano, meados de novembro, e Mariana já fazendo planos de ir para Oiticica assim que a escola terminasse as provas. Ariano estava esperando uma oportunidade para falar com Genalda avisou à Mariana que ela esperasse que ele mesmo diria a filha que iam passar os dois meses de férias na Oiticica. A mulher ficou mordida: – onde já se viu tratar menina como gente?! Menina não tem de querer é pra fazer o que os pais mandam.

Como de costume, depois de fazer a tarefa, Genalda tomou banho, se vestiu, pegou sua bola e avisou ao pai que iria brincar na praça. Quando ela deu às costas a mulher já advertiu ao marido – as provas da menina já vão começar, se tem que avisar a ela que vamos pra Oiticica, avisa logo. Ele encerrou a conversa – deixe que eu sei a hora de falar.

Neste dia quando Genalda voltou da praça, ele estava sentado na sala, pegou em sua mão e a fez parar da carreira em que ia entrando em casa, era mesmo assim, só andava saltitando igual a um passarinho. – Sente aí minha filha que eu quero lhe dizer que quando você ficar de férias nós vamos para Oiticica passar dois meses lá, você vai gostar, você sempre morou na cidade, agora é a oportunidade para conhecer coisas novas do sertão. Genalda incontinente respondeu: – Não, eu não quero ir, eu não gosto do sertão, eu gosto é da cidade, eu prefiro brincar com minhas amigas, eu não quero ir. Ariano insistiu: – Minha filha são só dois meses, eu e Mariana precisamos ir e você não pode dizer que não gosta sem ter experimentado. – Não papai, eu não vou, por favor me deixe ficar, eu posso ficar na casa das Freiras, elas gostam de mim eu peço para ficar lá, eu não posso parar de ir para a escola eu preciso estudar, é tudo que eu quero. A menina ficou transtornada. O pai não entendia o motivo daquele terror, não entendia porque não sabia que todo dia ao menor deslize da menina ela era ameaçada, Mariana a aterrorizava: – Ah, mas você me paga quando tiver lá na Oiticica, eu te mostro como se trata uma negrinha, e se depender de mim tu não volta é nunca para a escola.

A pobre criança anteviu o precipício em que havia se metido, pois a mulher já a tratava com grosseria, lhe impunha fazer tarefas domésticas de varrer casa e lavar prato, chegando a cortar suas contas na loja e na bodega, mesmo sem avisar ao pai. A proibiu também de sair de casa para brincar e avisou: – Não vá fazer inferno pro seu pai! O coração da pobre menina sangrou, porque ela era doida pela escola, tinha as melhores notas, fazia o terceiro ano e tirava sempre o primeiro lugar. Genalda se ajoelhou nos pés do pai, pediu, implorou que não fizesse esta crueldade com ela, pois que não gostava dos matos e não podia deixar de estudar. O pai tinha lágrimas nos olhos e já estava pronto a atender a filha e concordar que ela ficasse na cidade na casa das freiras, de fato elas eram muito apegadas à menina. Então ele a acalmou, pediu que parasse de chorar que tudo ia ficar como antes. Quando Mariana, que do quarto tudo escutava, viu que estava perdendo a contenda, veio pra sala soltando fogo pelas ventas, e abriu a boca em desaforos. E foi agravando tudo ao seu redor, disse que a finada mulher dele era uma lesa, – quem já viu tratar uma negrinha apanhada no mundo como filha? E nem se filha fosse, porque criei os filhos tudo sem estudar e vieram conhecer as letras depois de rapaz, eu mesmo não sei ler e vivo até hoje. E foi um 'labacel' tão grande que o homem que não era afeito a contendas ficou mudo. Ariano fechou a cara, não revidou às agressões, mas afirmou pra mulher que se não quisesse concordar em ficar na cidade podia ir só para a Oiticica até porque ela já era acostumada a viver sem marido e a labutar na terra e a tocar a lavoura com os trabalhadores. Mariana sentiu que ia perder a contenda, resmungou entre os dentes, – Essa negrinha me paga, eu é que não vou me deixar vencer por uma negra desta, desde quando negro é gente! Passados uns dias, arranjou uma forma de contornar a situação, começou a adular o marido, a lhe cobrir de atenção e deu como esquecido o assunto da mudança. Ela tinha elaborado um plano que ia executar com muito cuidado, como a menina ia ficar de férias no fim do mês só esperaria terminar a festa da padroeira, que começaria no dia 28 com hasteamento da Bandeira e terminaria no dia 08 de dezembro com a procissão. Estava decidido, dia nove iriam para Oiticica, nestes dias iria tratar muito bem o marido, iria adulá-lo de todo jeito, iria fazer o sacrifício de tratar bem a negrinha. Acertaria que voltariam em março para o recomeço das aulas.

Ela maquinava – não vai voltar é nunca! Depois de dois meses eu dou meu jeito. Estava no fim de novembro, as aulas iam encerrar dia vinte e seis que era uma sexta-feira, no sábado teria uma solenidade de encerramento no colégio com a entrega dos boletins e apresentação de um drama. Genalda estava radiante pois ela ia se apresentar no drama e no papel principal da peça que era a menina órfã. O drama tinha sido ensaiado durante dois meses. Todo dia na hora do recreio a professora de português que gostava muito de teatro, tinha um caderno com várias peças, e era tão dedicada que além do ensaio na escola ainda levava as crianças para ensaiar em sua casa. Cada vez que Genalda saia de casa para estas atividades a

31

madrasta a descompunha e lhe cobria de impropérios – onde se viu uma negra metida em coisa de branco, uma negra dessa não conhece seu lugar! Todo dia era este martírio, mas Genalda tudo tolerava sem dar uma resposta, tudo sublimava como se vivesse outra realidade e principalmente agora que ele vivia visceralmente a estória da órfã que na peça vencia as maldades da madrasta e conseguia ser adotado por sua professora e se tornava uma professora e acolhia crianças órfãs.

No dia do encerramento foi feito primeiro a entrega dos boletins. De cada ano a Diretora chamava os alunos que haviam tirado os três primeiros lugares e dava uma medalha. No terceiro ano a aluna que tirou o primeiro lugar foi Genalda, na hora que ela foi receber a medalha das mãos da dona Inocência, perguntou se podia usar o alto falante para dizer umas palavrinhas. A diretora acenou que sim e ela se dirigiu para o alto-falante e começou um discurso sem papel. "– Quero agradecer a todas as professoras que me tratam com amor e respeito e me ensinam com uma dedicação de mãe, quero agradecer as minhas amigas que são como irmãs e me ajudam a superar a saudade e a falta que me faz a minha mãe que perdi tão cedo. Quero dizer a minhas amigas que amem sempre e cuidem muito de suas mães porque não há situação mais dolorosa que não ter mãe. Quero agradecer ao meu pai, pois todos aqui são testemunhas do amor e da dedicação com que ele cuida de mim me

32

dando condição de ter uma boa educação e de poder conviver com o povo desta cidade que aprendi a amar. O discurso de Genalda arrancou lágrimas das mães e aplausos de todos. Até as mulheres preconceituosas que muitas vezes proibiam suas filhas de brincar com ela se enterneceram com a fala emocionada da menina. Logo depois da entrega de notas começou a apresentação do drama, teve cantos e número de humor no final foi a peça "a pequena órfã", foi um sucesso. Genalda já tinha entrado em evidência com o discurso e agora com o seu desempenho na peça sofrendo os maus tratos da madrasta foi o clímax, a plateia chorou de emoção ao tempo que todo mundo se virava para olhar a cara da Mariana, pois aquela encenação confundiu a plateia quanto ao enredo do drama e a realidade, os personagens e a vida real. A encenação foi um sucesso, a professora Inezita parabenizou Genalda pela atuação, todos aplaudiram e as mães ficavam comentando, mas que menina sabida e eram só elogios pela sua desenvoltura. Várias pessoas vieram cumprimentar Ariano pela inteligência de sua filha, as professoras também lhe fizeram muitos elogios pela sua dedicação, a professor Inezita fez questão de falar para Ariano, o quanto sua filha era estudiosa e inteligente e que merecia ter muito apoio e incentivo. Ele ficou orgulhoso e agora mais do que nunca convicto que jamais tiraria a filha da escola. Mariana ficou constrangida e a raiva contra a negrinha aumentou, ela maquinava uma forma de tirar aquela menina o mais rápido possível da escola e do acesso a qualquer privilégio.

Genalda estava radiante, pensou que tudo que acontecera iria garantir sua permanência na cidade, viu o brilho nos olhos de seu pai e apostou que ele não teria coragem de tirá-la da escola e levá-la para o sertão onde não teria acesso ao estudo. A noite foi longa para Mariana que não conseguia dormir de tanta ira, tanto despeito, vendo seus planos ameaçados, Genalda não dormia de felicidade, Ariano que também não dormia de indecisão, falou com a mulher, – Você está vendo como a menina é estudiosa, sabida e inteligente?! Ela não pode ficar sem escola! Mariana pensou que era hora de botar em prática seu plano: – É, você tem razão, a menina é estudiosa, tirou o primeiro lugar, é bom mesmo ela estudar! Eu tive pensando que segunda-feira vai começar a festa e termina dia oito, aí a gente podia ir passar as férias na Oiticica e em março a gente volta. Ariano não respondeu que sim nem que não, todos dormiram em paz, cada qual contando com sua vitória. A festa começou com hasteamento da bandeira, Genalda pediu ao pai para comprar uns cortes de roupas para fazer uns vestidos, ele autorizou e ela foi na loja da Dona Laura comprou os tecidos e levou para a Judite fazer três vestidos. As meninas quando a viram na festa cada dia botando um vestido novo diziam: – Esta Genalda é muito sortuda, ganhou três vestidos e laços de fita tudo combinando! Depois da apresentação no drama ela ficou muito popular, quando dava volta na avenida todo mundo falava com ela. Se Mariana estava presente não dizia palavra, mas mordia-se de raiva. Mariana, da noite para o dia começou a tratar bem Genalda, não a xingava de negra enxerida, não reprovava seu comportamento, de forma que a menina chegou a creditar que tudo ia mudar.

A cidade se encheu de barraca de camelô que vendiam de tudo, fivelas para o cabelo, tiaras, sandálias, veio também o parque com o carrossel para rodar e os botes para balançar. Tinham oito botes, seis de adultos e dois de criança, todo ano o Sr. Toinho dos botes trazia o parque para a festa e ficava até o Natal. Na festa tinha muita animação, depois da novena tinha quermesse, pescaria, barraca de tiro, leilão, era a época mais divertida, porque tinha a competição da rainha do azul e do encarnado e todos se envolviam para conseguir mais votos para o seu partido, os votos eram comprados pelos apoiadores e o dinheiro era para a Santa.

Durante toda a festa, Mariana estava um amor, tratava bem o marido e não dizia palavra contra a enteada, sempre arrumava oportunidade de colocar na conversa o plano de ir passar as férias na Oiticica. Dizia que o interior era muito bom, que tinha açude para tomar banho, frutas, que logo iria ter feijão e milho verde e fazia a propaganda de tudo de bom e dizia ao marido – você já disse que queria voltar na casa que você nasceu, então nós vamos ficar estes meses lá que era a casa de seu pai, a casa que você e seus irmãos nasceram. Mariana foi casada com o irmão de Ariano e sempre morou nesta casa. Por fim Ariano concordou em ir passar os dois meses na Oiticica, mas ficou bem acertado que em março quando as aulas começassem voltaria para a cidade. Genalda não gostou da ideia porque queria aproveitar as férias para ficar com as amigas, agora que já tinha dez anos o que mais gostava era de se arrumar à tardinha para ir à missa e depois ficar dando voltas na avenida, principalmente depois da apresentação do drama e logo ia chegar o natal e tinha a missa do Galo que era meia noite e o parque ia ficar na cidade até o Natal. Pediu para irem só depois do Natal. Mariana já fechou a cara, – Nós vamos assim que terminar a festa. Não encompridou conversa. A noite ouviu do seu quarto que a mulher cochichava com o marido – É possível um homem da tua idade ser dominado por uma menina de dez anos? Tome tento homem! Genalda entendeu que já vinha problema, mas do assunto não mais se falou até a festa terminar. Foram os dez dias mais feliz de sua vida, todo dia a banda de música do Seu Chico Baixinho fazia alvorada às cinco da manhã, ao meio dia lá vinha a banda desfilando pela cidade e a meninada acompanhava até parar na calçada da igreja onde ficava tocando os dobrados naquela harmonia de pratos, trombone e saxofone, os músicos eram todos da cidade, Seu Chico Baixinho, Pirilampo e Conrado, tocavam os instrumentos de sopro e às seis horas da tarde outra vez vinha a banda acompanhada por uma

36

procissão espontânea que vinham para a novena e a banda tocava mais dobrados antes e depois da novena, era um acontecimento os músicos não eram músicos de profissão, pois este ofício não dava para sobreviver. Esperavam o ano todo por esta apresentação, mas no dia a dia eram sapateiros, pedreiros, eletricista.

Chegou a última novena, o leilão era enorme, quase não terminava, tinha pato, peru, galinha, cabrito, ovelha, bezerro, novilhos, bolos, roscas, cestinha. O Brígido gritava o leilão e também tocava bumbo na banda. A banda de música acompanhava todo leilão, a cada prenda que eram arrematados, tocavam o saxofone, o trombone e os pratos, encerravam a palhinha.

Chegou o dia oito, teve a missa das nove horas, a igreja lotada, Genalda foi vestida de cruzadinha. A catequista avisou que as cruzadinhas deviam ir à procissão as quatro horas da tarde paramentadas e ficar na fila atrás do Santíssimo, os anjos iriam na frente. Genalda estava eufórica, adorava estes eventos, numa cidade tão parada, eventos assim só acontecia de ano em ano. Encontrava-se tão envolvida com as atividades da festa e ao mesmo tempo tão deslumbrada porque sua madrasta não a estava importunando, nem lhe privando de sair, que durante estes dez dias só parou em casa na hora das refeições, à tardinha para tomar banho e se arrumar. A maior parte do tempo ficava na casa das amigas e quando chegava em casa à noite, feliz e exausta ia direto dormir. Não se deu conta que a madrasta estava embalando tudo e arrumando as sacadas de coisas, roupas e utensílios de cozinha para fazer a mudança.

Terminada a procissão, às seis horas a cidade toda se recolheu, a maioria dos barraqueiros desfaziam suas barracas, a avenida ficou deserta, parece que estava todo mundo cansado. Genalda voltou para casa, com fome, era hora do jantar. Chegou, o pai e a Madrasta já estavam à mesa da cozinha, Mariana, ao vê-la, falou: – olha o que tem na panela e come, depois lava os pratos que eu estou ocupada arrumando tudo porque amanhã cedo vamos pra Oiticica, arruma tuas coisas, bota tudo dentro da sacola que está aí em cima da cadeira no quarto. Genalda ficou destruída, ainda ousou discordar: – Mas porque não vamos depois do Natal? A mulher bruscamente respondeu: – porque não, e não encomprida conversa vai logo arrumar tuas coisas que vamos amanhã muito cedo. Genalda se voltou para o pai, não chegou a pronunciar nenhuma palavra, só o olhou e ele confirmou: – vá arrumar suas coisas que vamos amanhã.

No outro dia, de manhã, partiram para a Oiticica. Genalda ia montada num jumentinho, Mariana numa égua tropeira e Ariano num burro, as bagagens iam em caçoas no lombo de três jumentos.

Ninguém deu mais notícia de Genalda eu não era do seu grupo de amigas só observava à distância e não a vi mais na praça. Como era janeiro estávamos de férias, pensei que ela podia ter viajado para a Capital, chegou o mês de março ela não apareceu na

38

escola nem na praça. As comadres tinham assunto novos, nunca mais falaram do casamento de Mariana, nem da filha "negrinha" do marido dela, caiu no esquecimento. A princípio, vez ou outra, eu me lembrava dela que fim teria levado?! Passaram-se 34 anos para eu ter resposta para essa pergunta que só fiz a mim mesma.

Trinta e quatro anos depois, eu, Assistente Social, trabalhando no Juizado da Infância e da Juventude, no Projeto Justiça Já, assessorando um Juiz, casualmente encontrei uma senhora de nome Genalda, que frequentemente levava para o atendimento os meninos que moravam no PIRAMBÚ, e estavam cumprindo medida socioeducativa de Liberdade Assistida, costumeiramente me procurava para denunciar alguma violação de direito cometida pelos policiais contra estes adolescentes.

Viajei para a minha cidade do interior e quando voltei disseram-me: – a Genalda esteve aqui a sua procura, porque os meninos que ela acompanha foram presos e os policiais bateram neles, as mães dos meninos foram atrás dela e quando ela informou que eles estavam em Liberdade Assistidas os Policiais os soltaram. Nós falamos que você tinha viajado para sua cidade, e que voltaria hoje, ela disse que viria hoje aqui. Então pensei: – mas estes policiais não têm jeito, batem, depois é que permitem que os adolescentes se identifiquem.

Quando sai da audiência lá estava Genalda esperando na minha mesa, tinha vindo com os meninos pedir orientação de como fazer uma reclamação a corregedoria da polícia, mas ela estava com um olhar bem ansioso e curioso como se quisesse reconhecer em mim alguém.

Nós éramos da mesma idade, ela interrompeu o assunto dos meninos e disse: – eu estou curiosa para lhe perguntar, me disseram que você foi para a Biana e por coincidência eu já morei lá quando era criança, fiquei até dez anos. Quando eu olhei pra ela e pronunciei seu nome: – Genalda você é aquela menina que brincava na praça, passeava de bicicleta, só andava correndo e pulando, cheia de amigas, fez o papel da órfã no drama da escola, a filha do Sr. Ariano? Depois da festa você sumiu, não voltou para a escola, onde você foi quando saiu de lá? O que foi feito de você?

A RUPTURA COM A CIVILIZAÇÃO E O MARTÍRIO

A vida na Oiticica foi o início do martírio de Genalda, sem escola, sem brincadeiras, sem amigas, só trabalho, como se adulta fosse. Amanhecia o dia, a primeira que tinha de acordar era Genalda, começava varrendo o terreiro, limpando as bostas de galinha do alpendre, tomava um café preto com farinha, ia catar o feijão, depois pilar o arroz. Onze horas o almoço estava pronto. Mariana enchia um alguidar de barro com feijão temperado no toucinho de porco e arrumava o arroz por cima, num saco de pano também arrumava a farinha e a rapadura, fazia uma rudia na cabeça da menina, jogava em cima o alguidar com a boia dos trabalhadores e a despachava, naquele sol escaldante, para o roçado que ficava a três quilômetros de distância da casa.

Os maus tratos chegaram a tal ponto que além da violência psicológica e física, a menina muitos dias era deixada sem comer, quando com as mãos cheias de calos não conseguia cumprir uma das tarefas diárias de pilar uma terça de arroz no pilão. Nestes dias ela ia parar na casa de uma senhorinha pobre que morava à beira do açude e por não ter o que comer com os filhos pescava umas piabas, fazia um pirão e dividia com Genalda. Ameaçada pela madrasta não dava saber ao pai de seu suplício. Se a tivesse visto o poeta, diria "quando a vida imita a arte", ou a versão reeditada da gata borralheira das

41

caatingas, mal comparando, porque não teve nenhum príncipe salvador e jamais ela pode voltar a cidade para estudar nem para ir a qualquer baile e perder o sapatinho.

Três anos se passaram nesta lida, Genalda jamais voltou a escola, sequer à cidade, suas roupas iam encurtando e se transformando em farrapos. Mariana fez-se uma verdadeira tirana, o pobre Ariano foi sucumbindo de desgosto, ficou meio abestalhado, parece que estavam lhe dando para beber algum remédio que o deixava lesado, não tinha voz altiva para nada, tinha dó da filha mais não tomava uma atitude que rompesse aquela dominação tirânica que a mulher exercia sobre os dois. Genalda pensava um meio de fugir, vendo o pai cada dia mais sem autoridade, até para receber a pensão Mariana ia junto com ele, recebia todo dinheiro e 'amoquinhava' num baú trancado à chave. Três anos se passaram e mês a mês o dinheiro era guardado lá dentro. Na verdade, Mariana sonhava em se tornar uma fazendeira com muito gado por isso estava juntando todo dinheiro e convencia o marido que passariam algum aperto no momento, mas iam no futuro desfrutar desta riqueza e serem uns fazendeiros com muitas cabeças de gado. Às vezes, Genalda ouvia discussões do pai pedindo uma parte do dinheiro para a filha ir à cidade comprar roupa e calçado, Mariana dizia que não carecia, pois ela não tinha onde usar. A mulher ficou mordida pelo bicho da usura e não queria gastar o dinheiro, nem o próprio Ariano comprava roupa e calçado, para si mesmo, ele ainda usava as que trouxera da Capital.

O ACIDENTE E A FUGA

Mariana saiu da Oiticica de manhã cedo para fazer umas compras na cidade, por designo da sorte sua égua tinha dormido solta, não estava no curral, ela utilizou o burro e quando parou em frente à casa de seu filho e foi se apear, prendeu o pé direito que estava com a espora no estribo. Com a esporada no vazio, o burro se espantou, empinou as patas dianteiras e Mariana caiu da cela, o animal saiu em desabalada carreia puxando atrás de si a mulher, por pouco não acontece uma desgraça, se não fosse o Bendito Chicó ir passando e segurar o burro pelo cabresto, a mulher teria sido arrastada, não se sabe por quanto tempo e poderia até ter morrido. Mas o acidente foi grave, Mariana quebrou a perna, o pé e ficou cheia de escoriações. O Jacinto que estava dentro de casa ao ouvir o alvoroço, o relinchar de cavalo, e gritos das pessoas saiu atordoado porta a fora e encontrou a mãe já deitada na calçada toda ensanguentada e gritando de dor. Na cidade não tinha médico nem hospital, só quem poderia prestar algum socorro era o dono farmácia tido como farmacêutico e foi imediatamente chamado para atender Mariana. Dado a gravidade do caso o Farmacêutico aconselhou que a mulher fosse levada para Kiarana que era cidade onde tinha Hospital. O trem, único transporte disponível para o deslocamento entre a duas cidades, passava às cinco da manhã. Á tardinha Jacinto

44

mandou avisar Ariano sobre o acidente que tinha acontecido com a mãe, informou também que, no dia seguinte de manhãzinha a levaria no trem no trem para Kiarana. No outro dia acomodaram a enferma numa padiola e a colocaram no vagão do trem onde carregam as bagagens que são despachadas.

Genalda estava sozinha com o pai e teve oportunidade de contar todos os maus tratos que a Mariana lhe infringia e que nunca tinha lhe falado por se ver ameaçada, então ela pediu, implorou que ele a deixasse ir para Fortaleza, morar na casa deles, onde uns parentes já viviam de favor. O velho ao ouvir as queixas da filha ficou comovido e concordou, disse que escreveria uma carta à parenta que morava na casa e que ia acertar todos os detalhes para Genalda viver e estudar lá, era só esperar um pouco que tudo ia se arranjar.

Estava no começo do mês, tempo que Ariano já podia receber a pensão de aposentadoria no Banco do Brasil, em Pedrolândia, a cidade mais próxima que tinha Banco. Ele ficou muito afetado com tudo que Genalda lhe contou sobre os maus tratos sofridos, parece que foi despertado de um estado de torpor e se perguntava como podia ter permitido que tudo aquilo acontecesse. Assomou-lhe aquela mistura de culpa e pesar, o remorso foi se apoderando dele naquele instante atinou, precisava resolver essa situação antes de Mariana voltar. Ainda movido por uma forte emoção de dor e

45

arrependimento voltou a conversar com Genalda, já decidido: – Minha filha, se prepare que vou mandar você para Fortaleza amanhã mesmo. De madrugada sairemos daqui, vou receber meu dinheiro e já boto você dentro do ônibus. Nós vamos a cavalo, aqui por dentro, você pega o transporte em Pedrolândia, desce em Fortaleza. Será uma viagem direta e segura. Chegando lá, quando o ônibus parar, já tem os taxis que ficam esperando os passageiros e basta apresentar o endereço que o motorista deixa na porta de casa. Vou lhe dar anotado o nome da parada onde descer, Otavio Bom fim, e o endereço da casa com ponto de referência, fica numa rua central e vizinha a uma farmácia muito popular, não tem dificuldade é bem perto.

Ariano tinha assuntado com seus pensamentos ser melhor não dar saber a ninguém da viagem da filha por isso a levaria para pegar o ônibus em Pedrolândia pois se fosse pegar o trem em Biana, a cidade era pequena, os filhos de Mariana moravam lá e logo ela ficaria sabendo, e não queria participar a ela sua decisão.

. Naquele tempo o único transporte de horário que tinha para sair da cidade de BIANA era o Trem, ele subia cinco horas da manhã, vindo de Arthulândia com destino à capital e fazia baldeação em Kiarana, o trem tinha quatro carros de passageiros dois de primeira e dois de segunda classe. No carro de segunda classe, os bancos eram de madeira e não se moviam, nos bancos da primeira classe era estofado coberto com um plástico vermelho grosso e muito quente, estes bancos moviam o encosto que podiam ficar em posição um de frente para o outro, ou enfileirado, a maioria dos bancos ficavam na primeira posição porque juntando encosto com encosto formava um nicho onde se podia colocar malas grandes, já que no bagageiro suspenso não cabia mala, caixas ou pacotes grandes. Quando chegavam em Kiarana estes carros eram desengatados da locomotiva e acoplados à outra com destino à Fortaleza, e os carros do trem que vinham de Fortaleza e tinham sido desengatados eram acoplados à locomotiva do trem com destino à Arthulândia. No trajeto de volta da capital ele saia de lá quatro horas da manhã e passava em Biana quatro horas da tarde com destino a Arthulândia.

Genalda pensou: – precisava dar um jeito de sumir no mundo, se fosse para a casa de Fortaleza, Mariana saberia e iria buscá-la, principalmente porque a mulher que morava lá também era sua parenta. Sabia que seu pai não tinha força de enfrentar sua "madrasta".

Lembrou de sua mãe e chorou. Veio-lhe a memória, um dia em que Livramento, conversando com a comadre Rosa confidenciou-lhe que tinha medo de morrer e deixar Genalda sem mãe no mundo. Rosa disse-lhe não se preocupe comadre, caso isso venha a acontecer eu cuido de sua menina. Lembrou também, um dia 7 de setembro quando Rosa veio a sua casa para juntas assistirem ao desfile em frente ao quartel na av. Bezerra de Menezes; terminado o desfile enquanto caminhavam, Rosa as convidou para irem a sua casa qualquer final de semana e disse o Endereço Av. Sete de setembro 1954, bairro Antonio Bezerra, sua mãe rio e disse -Esse endereço é fácil de decorar, Sete de Setembro é hoje, 1954 é o ano que a Genaldinha nasceu e Antônio Bezerra é a linha do ônibus.

O rosto de Genalda se iluminou, ela iria atrás desta comadre. Mas precisava comprar uma casa já que perderia a casa de Fortaleza. Num lampejo se lembrou do baú, contudo o baú estava no quarto de Mariana, como ela poderia tirá-lo sem ser vista? Genalda ficou espreitando o pai, e no instante em que ele foi lavar os pés no quintal ela entrou no quarto abriu a janela que dá paro terraço, arrastou o baú do fundo do quarto e num esforço sobrenatural, porque o baú era grande e de uma madeira pesada, ergueu-o até o parapeito da janela e o empurrou para que caísse no alpendre e caiu fazendo barulho. Só foi o baú despencar, ouviu os passos do pai no corredor em direção ao quarto não deu tempo fechar a janela apenas encostou e ficou escorada nela para que não se abrisse. Já estava escurecendo o que ajudou a Ariano não ver o desalinho do quarto depois de terem sido jogadas no chão as tralhas que estavam em cima do baú e desse ter sido arrastado até a janela. Quando o pai a viu perguntou se queria alguma coisa, temendo que ele tivesse escutado os estrondos do baú se espatifando no chão do alpendre e desconfiasse de sua presença ali, falou que procurava uma sacola em que ela levasse suas coisas e queria pedir sua certidão de nascimento para se matricular na escola. Ariano saiu em busca de uma sacola e da certidão de nascimento da filha. Genalda aproveitou, fechou as tramelas da janela muito bem fechadas, metendo também os ferrolhos de forma que ninguém desconfiasse que tinha sido aberta. Ariano voltou com a sacola e sua certidão de nascimento e disse que ela se aprontasse que às quatro da manhã estariam saindo.

Genalda tremia de bater o queixo, embora fosse muito corajosa, mas com apenas 13 anos de idade ia se jogar neste mundo de meu Deus. Esperou que o pai dormisse, saiu fora da casa, arrodeou pelo quintal e pulou a mureta do terraço. Pegou o baú, colocou em cima da mureta, pulou outra vez para fora, botou o baú na cabeça, pois se acostumara a equilibrar peso com o alguidar de comida, e caminhou para o fundo do quintal. A lua estava alta, já era quase meia noite, olhou o cadeado, não tinha a chave, com certeza Mariana andava com ela nos cóses, não adiantava perder tempo procurando, não ia adiantar ter tirado o baú e agora como ela ia fazer para colocar de volta? Foi quando ela olhou para a cerca e viu um machado enganchado, ora ela mesmo tinha botado lá à tardinha, depois de lascar a lenha, pois naquela casa todo serviço pesado era ela mesma que fazia. Deu de garra do machado e com toda fúria desferiu umas cinco machadadas e partiu o baú de madeira. Estava atopetado de dinheiro, só da pensão de seu pai era mais de dois anos

49

integral, sem contar três vacas paridas que Mariana tinha vendido e a safra de dois anos de carnaubal e de castanha. De uma tacada só a mulher iria pagar tudo que tinha tirado dela. Mais que depressa Genalda foi pegar a sacola e encheu com o dinheiro, colocou a sacola no pé da cerca e pensou jogar os pedaços do baú no cacimbão, mas calculou que a madeira iria boiar e seria descoberta, então pegou uma enxada e começou a cavar no pé da bananeira, mas sem danificar a árvore e foi cavando feito um túnel por debaixo da raiz e passou uma hora e passaram duas e ela já quase desfalecendo para fazer este túnel, por fim quebrou em pedaços menores o baú e socou no túnel junto com a terra, colocou todos os pedaços do baú e encalcou toda a terra removida que não haveria quem descobrisse os pedaços de baú debaixo da bananeira. Eram três horas da manhã, Genalda só teve tempo de tomar banho se vestir e colocou uns trapos de roupa cobrindo o dinheiro e fechou muito bem a sacola. Quatro horas em ponto o pai acordou e mandou que ela se preparasse, selou a égua, botou a filha na garupa e foi em direção à Pedrolândia. Eram oito horas da manhã quando Ariano e Genalda entraram no Banco do Brasil. Tirou o dinheiro da pensão e deu quase todo à filha, comprou a passagem no expresso, único que fazia a linha para a Capital e só tinha um uma vez por dia, porque era caro e quase ninguém andava de ônibus, o povo pobre só andava de trem porque era barato. O ônibus era só para quem tinha posses, mas Ariano não queria arriscar mandar a menina de trem, pois a viagem era demorada, durava o dia todo, saia quatro horas da manhã de Arthulândia e quando não atrasava chegava seis da noite em Fortaleza, também ele não queria embarcá-la em Biana porque o povo ia ver na estação, poderia encontrar gente conhecida, e para manter o segredo até que a sua mulher voltasse, ele preferiu mandar no expresso que viajava por outo itinerário e era difícil encontrar conhecido. Anotou direitinho o endereço da sua casa em Fortaleza. Instruiu que quando ela chegasse na parada do Otavio Bonfim ela descesse e pegasse um taxi e falasse o endereço para o motorista. Mandou uma carta para sua parenta pedindo que a recebesse e a colocasse na escola que ele enviaria uma mensalidade para o sustento da filha. Dizia na carta para a parenta lhe escrever de volta. Pediu também que Genalda escrevesse assim que lá chegasse. A menina estava apavorada, olhava para todo lado temendo a qualquer momento Mariana aparecer, logo que pode entrou no ônibus e se sentiu mais segura. Por fim o motorista tomou seu assento, seu pai que tinha entrado junto dela, se despediu chorando. Ela o abraçou com muita força, pois sabia que poderia ser era a última vez que o veria. Ariano desceu e o ônibus deu partida.

Marcava onze horas quando o ônibus saiu da agência, o trajeto até Fortaleza era de seis horas, se tudo corresse bem ela chegaria entre cinco e seis horas da tarde. O ônibus pegou a estrada e Genalda respirou aliviada. A sacola, não deixou que a colocasse no bagageiro, e como era pequena permitiram que a levasse em cima, com ela. Tão pouco a colocou no bagageiro interno acima da poltrona, como seu assento era perto da janela ela acomodou a sacola embaixo dos pés e assim foi, com os pés em cima do seu tesouro até lá. Não arredou pé do assento nem para merendar nas paradas do ônibus nem para ir ao banheiro, estava passada de fome e de sede, mas foi se apegando nela uma sensação estranha, uma nostalgia, uma angústia, uma tristeza infinita, ela não queria que aquela viagem terminasse nunca, ela não tinha onde chegar, ela não tinha quem encontrar, ela não tinha para quem voltar.

De repente sentia-se como suspensa no ar, uma pessoa sem endereço, sem família, sem amigas, sem um conhecido, sozinha no mundo. Lembrou da mãe, como ela arrumava seus cabelos, como ela lhe fazia vestidos bonitos, pegou na correntinha de ouro no pescoço com a medalha de Nossa Senhora do Livramento. A mãe lhe presenteara, Livramento era o nome de sua mãe. Genalda tinha muitas dúvidas na cabeça que surgiram quando chegou a Biana, as pessoas perguntavam a seu pai: – De onde o Sr. pegou esta bichinha para criar? Outros quando a viam com o pai passeando perguntavam: – É sua filha de criação? Seu pai, às vezes, acenava com a cabeça, às vezes fazia que não ouvia, mas ela notava que este assunto o aborrecia. Um dia depois da discussão da Mariana com seu pai em que ela lhe disse, alterada, que sua finada mulher era uma lesa porque tinha apanhada uma menina negra para criar como filha, Genalda chegou para o pai e perguntou como tinha nascido, ele respondeu: – Como toda criança, a cegonha lhe trouxe. E foi mudando de assunto e não encompridou conversa. Uma menina na cidade certo dia lhe disse: – Minha mãe falou que tu não é filha verdadeira do teu pai, tu é filha de criação. Desde este dia Genalda não quis mais ser amiga da menina.

O ônibus corria desabalado, ela com o rosto colado na janela olhava aquela paisagem esturricada típica do sertão no mês de setembro, não tinha uma folha verde na vegetação da beira da estrada só garrancho cinzento, um ou outro pé de juazeiro que aparecia, não se via mover uma folha, o calor era escaldante nas bandas de Irauçuba, soube que era nesta região porque o trocador avisou que estavam chegando na cidade e o ônibus ia parar em Irauçuba para quem quiser merendar. Ela decidiu que não iria descer, não queria puxar conversa com ninguém, por felicidade na cadeira ao lado da sua tinha uma senhora já de idade e muito gorda que só fazia dormir e roncar.

Depois de passadas cinco horas desde a saída, estava próxima o desfecho final e ela, de um sobressalto, decidiu que não iria atrás da comadre de sua mãe, pois certamente quando a comadre descobrisse que ela tinha dinheiro iria procurar o seu pai porque sabia que ele tinha voltado para Biana. Mariana descobriria o sumiço do dinheiro e a poria na cadeia. Tudo isto passou em sua cabeça como um relâmpago, não sabia se estava dormindo se estava acordada, se estava vivendo um sonho ou um pesadelo, foi arrancada daquele torpor pelo grito do trocador: – Antônio Bezerra, quem vai descer em Antônio Bezerra, Rodoviária dos Pobres. Ela sentiu calafrios e sua agonia ia aumentando, onde iria descer, para onde iria. E o ônibus em disparada adentrando a cidade. O Trocador gritou – Bezerra de Menezes, quem vai descer na Secretaria da Agricultura? O ônibus fez outra parada e, mais gente foi descendo e a agonia de Genalda ia aumentando, ela tinha decidido ser a última a descer, não sabia quando, mas desceria com o último passageiro. De novo o grito do trocador lhe leva ao paroxismo da angústia – Otávio Bonfim, quem vai descer? Esta é a última parada, agora só na rodoviária grande. Genalda afundou na cadeira e quando em Otávio Bonfim o ônibus quase esvaziou por completo ela fez menção que ia descer, mas estava na cadeira 37 lá atrás e suas pernas trôpegas não atenderam ao comando do cérebro ou o cérebro anuviado não comandou as pernas e ela se quedou inerte na poltrona até que o ônibus parou e o trocador gritou: – Fim da linha rodoviária central.

Genalda se levantou da cadeira meia cambaleante e foi a última a sair. Não sabia nem como sair daquelas passarelas de estacionamento, esperou passageiros descer de outro ônibus e foi lhes seguindo. Chegou no átrio da rodoviária viu as lanchonetes o cheiro de comida atiçou sua fome, se dirigiu a um quiosque e lanchou, precisava ir ao banheiro, perguntou a moça que a atendeu onde tinha banheiro, a moça apontou onde ficava, disse que era um cruzeiro e podia comprar a ficha com ela. Genalda ficou muito aliviada comprou a ficha e foi ao banheiro, grudada com a sacola botou junto a si no boxe do sanitário. Ao retornar do banheiro sentou-se numa das cadeiras em frente ao quiosque que lanchara. Ficou observando a moça que a atendeu e a via sempre conversando com quem lhe pedia informação e sempre muito atenciosa. Resolveu chegar perto para ver o que as pessoas perguntavam, comprou um café para disfarçar, ficou por ali e ouvia um rapaz perguntar se ela sabia a localização de determinado bairro, outra pessoa lhe disse que queria uma pousada para ficar um mês se ela sabia de uma central e de bom preço.

Pelas conversas que ouviu já ficou sabendo que o nome da moça era Adelaide, se afastou, sentou-se de novo na cadeira e começou a planejar um assunto para falar com a moça, por fim foi se acalmando o quiosque, estava bem vazio, eram mais de nove horas, ela já estava pensando que era perigoso ficar ali, poderia encontrar alguém que a conhecesse, se dirigiu ao quiosque e disse: – Moça seu nome é Adelaide, né? É que queria saber se você pode me dar uma informação. Eu cheguei de viagem e estou esperando meu pai que vem daqui a um mês e eu quero ficar numa pousada pequena que seja barata, você conhece alguma que possa me informar? Adelaide era uma mocinha novinha, talvez tivesse uns quinze anos e muito espontânea foi logo respondendo e dando muitas sugestões: - olhe eu moro no bairro em frente ao Iate Clube perto da fábrica de margarina ali nos terminais da Petrobrás, lá tem muita pousada que é familiar digo que é familiar porque tem outras mais pra cima perto do farol que é pousada de mulher que ganha a vida, mas estas perto da fábrica é de família que os trabalhador de lá trazem as mulheres deles, as famílias deles, até a irmã do meu namorado ficou um tempo nesta pousada enquanto arranjava trabalho depois se mudou pro quitinete, Genalda criou alma nova. Continuando o assunto perguntou: – como faço pra chegar lá? Adelaide disse: – Às dez horas eu deixo o trabalho e podemos ir juntas pegar o ônibus aqui mesmo na Av. Borges de Melo, ele faz o circular e deixa a gente bem pertinho. Genalda reviveu, ficou tão confiante que sentiu a mão de Deus lhe tocar e lembrou de rezar para nossa Senhora como tinha aprendido nas aulas de catecismo. No tempo que estava naquele abandono na Oiticica acreditou que Deus não sabia mais que ela existia, agora, ela pensou: – Ele me encontrou de novo. Estava tão absorta com seu encontro com Deus que estremeceu quando Adelaide bateu no seu ombro e disse: – Vamos!

Genalda sentia cansaço no corpo e na alma e com muito sono, estava andando com uma desconhecida e uma bolsa cheia de dinheiro que ainda não tinha nem contado, faria isto quando tivesse oportunidade, era muito boa em matemática apesar de só ter estudado até o terceiro ano, sabia todas as operações. Sabia que não podia contar para ninguém que estava com todo aquele dinheiro. Não tinha ideia o que daria para comprar, mas queria comprar uma casa para morar. Sua mente viajava a mil, mas precisava parar de pensar porque Adelaide estava falando e falando e seus pensamentos não a deixavam escutar. De repente vinha um ônibus embalado, elas ainda não tinham chegado na parada, Adelaide lhe deu um puxão enquanto com a outra mão deu sinal paro ônibus: – Corre, corre, corre, vamos pegar este ônibus se não só daqui a meia hora. E entraram aos empurrões no ônibus lotado e foram chacoalhando para frente e para trás cada vez que esse freava ao chegar numa parada. Ao passar na borboleta, ela deu uma cédula de cinco cruzeiros a Adelaide para que pagasse a duas passagens.

Genalda, com as duas mãos grudada na sacola, não tinha como se segurar e faltava ir ao chão a cada sopapo do ônibus, finalmente já na dobra da av. Desembargador Moreira com av. Abolição vagou um assento e as duas sentaram, então começaram a conversar. Adelaide disse que conhecia o dono de uma pousada e por temporada ele fazia um preço bom se pagasse adiantado era trezentos

57

cruzeiros só tinha direito ao café da manhã. Perguntou se ela tinha o dinheiro. – Sim tenho, respondeu. O dinheiro estava dentro da bolsinha que seu pai comprara em frente ao banco e aí botou o registro e parte do dinheiro que tirara no banco. A pensão de um mês de seu pai era 2.000 cruzeiros, o velho tinha uma boa pensão. Foi dessa bolsinha que ela havia tirado o dinheiro para pagar a passagem do ônibus. O seu pai sempre ensinara como arrumar dinheiro no maço, por cima as cédulas menores que se vai gastando e quando acaba troca uma cédula maior e vai gastando aos poucos. Durante a viagem, até a capital, que foi longa, ela se 'entreteu' arrumando o dinheiro da bolsinha e sabia quantas cédulas de cada valor tinha. Ficou lendo também várias vezes toda as anotações de sua certidão de nascimento.

Com pouco tempo chegou à parada que Adelaide ia descer, ela puxou logo a cordinha e soou a sineta. Genalda prestava atenção a tudo. Na verdade, ela tinha sete anos quando foi embora da capital e nunca andava de ônibus, nas poucas vezes que ia mais longe era de taxi.

Adelaide a levou direto para a pousada, ficava a três quarteirões da parada do ônibus. Quando chegou lá o Sr. Moacir estava na recepção e Adelaide foi logo falando o propósito que tinham: – Sr. Moacir essa moça é minha parenta e quer passar um mês na sua pousada e quer pagar adiantado, quanto o Sr. pode fazer pra ela? Porque ela está esperando o pai e quando ele chegar vai ficar aqui, mas ela já vai pagar adiantado o mês. Ele disse: – Adelaide é sua parenta eu faço trezentos cruzeiros. Ela insistiu dê um abatimento. Ele respondeu: – Não posso dar mais abatimento, mas como ela está pagando adiantado além do café da manhã eu dou um caldo com um pão a noite. Adelaide concordou: – Está bem Sr. Moacir está fechado. Neste interim Genalda já foi tirando o dinheiro para fazer o pagamento. Fez o pagamento, pegou a chave do quarto e a própria Adelaide a acompanhou, a pedido do Sr. Moacir, para lhe mostrar o quarto, pois ela conhecia bem o ambiente, devido ao fato de trabalhar no quiosque na rodoviária sempre estava indicando freguês.

Adelaide se despediu disse que talvez amanhã à noite viria vê-la, pois sairia às quatro do trabalho, disse-lhe que tinha perto da fábrica de manteiga umas mulheres com bancas de comida, seria fácil achar almoço. Genalda agradeceu, a moça se foi e ela trancou a porta. O quarto tinha uma cama, duas prateleiras, uma mesinha e uma cadeira, perto da cama um espelho bem grande, quando ela se viu refletida no espelho, tinha a aparência acabada, aparentava uns 20 anos, muito pela roupa que estava vestindo, como ela há três anos não comprava roupas, um dia uma sacoleira que era crente passou com umas roupas usadas e Mariana havia comprado para o caso dela precisar sair, pois suas roupas estavam curtas e apertadas, era uma

59

saia azul marinho e um casaco de manga três quartos verde. Só vendo sua figura no espelho entendeu porque o dono da pousada nem perguntou sua idade. Ninguém poderia admitir que ela só tinha treze anos.

O quarto não tinha banheiro, fora avisada que o banheiro era coletivo e ficava próximo ao refeitório. Ela estava triturada, só queria dormir e colocando a sacola debaixo da cama, nessa afundou com o propósito de passar pelo menos dois dias dormindo e sobre a vida ela disse: – Quando eu acordar eu penso.

AS CONSEQUÊNCIAS DO ACIDENTE

Aquela mulher tão forte, pau para toda obra estava agora em cima de uma cama imobilizada, tudo por um descuido, tudo por esta arrumação de ter botado a espora para   espetar o burro com a intenção dele cavalgar mais depressa porque era muito lerdo. Tudo por culpa do morador, aquele abestado do Zé Preá, que não tinha botado a égua no curral à noite sendo que haveria de sair muito cedo no outro dia e a égua não foi encontrada. – Ah! Que animal amaldiçoado este burro inzoneiro! Achar de se espantar na hora que ela ia descer, ou será que quando descia espetou a espora na barriga do burro, por isso ele deu um pinote tão violento que a derrubou! Assim estava Mariana na cama do hospital, sem previsão de sair, tinha quebrado o fêmur e ia ter que operar e o aparelho de raio x da Santa Casa estava em manutenção, a consequência seria aumentar o tempo que ela ficaria no hospital.

Depois de dois dias o aparelho de raio x foi consertado, quando tiraram a radiografia viram que precisava operar para colocar um pino, pois o osso tinha esmigalhado. Mariana estava há três semanas praticamente só, no hospital, porque o filho que a tinha trazido passou três dias e foi embora, vez que ela não tinha prazo para receber alta, também sua presença lá não era de muito serventia só podia entrar na hora de visita e a despesa que estava fazendo era grande com comida e dormida numa pensão perto da Santa Casa.

Ela pensou, – Ô coisa ruim é não ter filha mulher e filho homem não serve pra estar de companhia com a mãe no hospital! Nora nunca é como filha, principalmente as minhas; uma é toda arisca, só que ser como uma princesa para entrar na casa dela que é de mosaico, tenho que deixar os calçados na porta, a outra é bruta, acho que é porque eu não queria o casamento, não queria o casamento porque vivem as minhas custas, para completar, a terceira nora é uma abestadinha, não dá um passo sem o marido não sabe nem contar dinheiro.

Quando ela falou em pensamento a palavra dinheiro lembrou do baú, e ficou agoniada, mas pensou: – Só eu tenho a chave e é presa numa tira nos cóses da saia, agora tive que tirar para fazer a radiografia, mas a chave está na gaveta do lado da cama. Ficou aliviada, ninguém iria abrir o baú. De repente teve outro sobressalto, se alguém entrar no quarto e carregar o baú, mas só se fosse um ladrão desconhecido e isto não tem por aquelas bandas um ladrão que entre na camarinha e desencave um baú coberto de tralha. Ficou outra vez tranquila, como já mandara um recado para o Ariano vir visitá-la, porque ela queria dar umas ordens lá para o morador, aí falaria com ele pra ter cuidado de deixar o quarto fechado pois ele é o único que sabia do baú. Nenhum de seus filhos sabia, nem a negrinha sabia do baú e mesmo que soubesse não teria como abri-lo. Aquela negrinha, pensava: – Só eu mesmo para botar àquela negrinha nos eixos, pois se fosse pelo Ariano estaria gastando todo seu dinheiro com o diabo da negra, quem já se viu criar uma negrinha como filha?!

Quarta-feira na hora da visita, veio Jacinto sozinho, o marido lá não apareceu, ela perguntou para o filho, se tinha dado o recado, ao que ele respondeu: – sim, pessoalmente, eu mesmo fui lá, mas ele estava assim agoniado disse que estava se sentindo adoentado com uma morrinha no corpo. Ela então murmurou: – Será que a negra está fazendo as comidas direito? Tu viu a negrinha? Ela estava fazendo o que quando 'tu chegou lá'? Jacinto já estava com a língua coçando querendo dizer para a mãe a novidade, pois conversando com Zé Preá esse lhe disse em segredo, que seu tio tinha saído a cavalo na égua de madrugadinha com a filha na garupa, no rumo da Pedrolândia, onde ele sempre ia receber o seu aposento no começo do mês, e voltara de tarde só, e quando a Maria, sua mulher, perguntou pela Genaldinha ele disse que ela tinha ido para a casa de sua parenta em Fortaleza.

Jacinto aproveitou a pergunta da mãe e respondeu: – Ela não estava em casa não. Mariana foi logo se alterando: - mas onde diabo estava metida aquela negrinha? O filho respondeu: – Eu não sei contar o certo porque não perguntei ao tio, mas o Zé Preá acha que o tio a mandou para Fortaleza. A mulher ficou enlouquecida só não pulou fora da cama porque a perna estava amarrada com um fio preso no teto. Esbaforida ela esbravejou: – Volte hoje mesmo vá lá na Oiticica e diga para aquele velho vir amanhã aqui sem falta. O filho explicou que o único transporte era o trem e saia a uma hora da tarde e já era quatro horas e só poderia voltar no dia seguinte. E, acrescentou: – o que a senhora quer com ele tão urgente? Se o homem não veio deve estar doente e se a filha foi embora o problema é dele, a filha é dele e porque a senhora há de se importar se nem bem gostava da menina! E para chacoalhar atiçou a ira, – ele deve ter mandado ela estudar em Fortaleza, pois eles têm casa lá. Para Mariana essa notícia, se acontecera de fato, era insuportável seria uma traição fatal, mandar a negrinha estudar em Fortaleza era muita petulância. Ela foi se acalmando, engolindo sua ira e com a voz branda disse: – Meu filho amanhã na hora que você chegar arranje um transporte e vá lá na Oiticica e diga ao seu tio que quero falar com ele, traga logo ele para pegar o trem de madrugadinha e ajude a fechar a janela e a porta do quarto bem fechada e assim também todas as portas e janela da casa que aquele morador é muito lesado. Terminou a hora da visita o filho saiu e Mariana não teve mais paz, não consegui pregar o olho só de pensar no desaforo da negrinha ter ido embora estudar em Fortaleza. – Ah! Agora ele ia ter gastos por mês pra manter a negrinha lá na Capital. Ah! Que isso não ia dar certo, deixasse ela ficar boa que iria pessoalmente buscar aquela negra. Viu o dia clarear com estes pensamentos perturbadores.

O DILEMA DE ARIANO

Faziam já três semanas que Genalda tinha viajado e nenhuma notícia, duas vezes que Zé Preá, o morador foi na cidade, Ariano o mandou passar no correio e não tinha nenhuma correspondência, ele já estava agoniado, afinal a menina apesar de ser muito esperta, só tinha treze anos e a capital era uma cidade grande. Ele se sentia arrependido de não ter ido deixar a filha em Fortaleza, estava ficando meio adoentado de tristeza. Era quinta-feira, Ariano planejou e falou com as paredes: – amanhã eu vou na cidade, lá no correio, se não tiver carta vou passar um telegrama para a Lourdes, minha parenta e vou mandar que ela me responda por telegrama para me dizer como chegou a menina e se deu certa sua matrícula no colégio.

O filho de Mariana chegou de Kiarana quinta-feira à boca da noite, pois o trem atrasou, mesmo que não tivesse atrasado, ele não iria para Oiticica. Com uma canseira daquela, dois dias, numa pensão comendo mal, dormindo mal, num quarto quente e fedorento, cheio de muriçoca. Pensava: – que assunto tão urgente era esse? Ora, se a negrinha foi embora, quem quer servir de escrava nestes tempos ainda mais o pai sendo arricussado? Ele pensava tudo isto com um certo gozo como quem diz bem feito.

Sexta-feira cedinho Ariano riscou na cidade, quando o filho de Mariana abriu a porta já o viu amarrando a égua na mangueira.

Estendeu a mão para tomar a benção, e já foi lhe passando o recado da mãe: – Tio o senhor adivinhou, pois não é que hoje mesmo eu ia lá?! Só não fui porque o trem atrasou e eu cheguei muito tarde de Kiarana. – Sim meu filho, e como está tua mãe? Está melhorando? Já sabe quando vem para casa? – Não tio, ela quer que o senhor vá lá amanhã sem falta. E para infernizar, disse: – É que ela ficou sabendo que Genaldinha foi estudar em Fortaleza. O velho ficou doidinho, pensou, – eita que a confusão está feita, é o diabo que vai lá, não eu. Mas ele estava preocupado mesmo era com a filha e só pensava em ir no correio e mandar o telegrama. Se dirigindo ao sobrinho criou coragem e disse: – Quando tu vai voltar lá? Ele respondeu – amanhã mesmo, com o senhor. O Velho retrucou – comigo não, que eu não tenho plano de ir, não gosto de hospital, é uma viagem muito sacrificada, não se pode voltar no mesmo dia, é uma terra muito quente, cheia de muriçoca e depois não há nada de conversar tão urgente que não possa esperar. O sobrinho aquiesceu: – Tio o senhor tem razão é uma viagem muito sacrificada, gastar dois dias para fazer uma única visita, pensou com ele mesmo: – longe da mamãe o tio ficou foi macho!

Na verdade, Ariano estava macho era de preocupação. Deveria ter ficado macho antes para ir deixar a filha em Fortaleza, ou não ter tirado a menina da escola e ido morar nos matos, disto é que ele se recriminava.

Entrou na casa que era a mesma que morara quando estava em Biana, tomou um gole de café e se dirigiu para o prédio do correio.

O encarregado do correio era um japonês, e falava todo enrolado o português, Ariano que não entendia bem o sotaque pensou que na escola de lá não tinha gramática, pois as expressões que era para falar no feminino ele falava no masculino e vice-versa. Assim ele disse para Ariano que: – A carta de sua filha, Genalda, não tinha chegado, nem a telegrama. Ariano lhe apresentou um endereço para que mandasse um telegrama e ditou o texto. – Lourdes, me mande notícia, se Genalda chegou bem, e se já se matriculou na escola. Mande a resposta urgente por telegrama. Quando japonês viu o texto disse: – 'muito grande, muito palavras, telegrama é pouco palavra, palavra em telegrama é caro'. Ariano que já estava achando que tinha feito era pouca pergunta para tudo que ele queria saber disse: – homem deixe de marmota e bote o que eu mandei que eu pago. E assim foi o telegrama às oito da manhã da sexta-feira.

O pobre homem estava tão agoniado por notícia que resolveu esperar na cidade a resposta do telegrama, primeiro porque ficava muito difícil quando a resposta chegasse alguém ir deixar na Oiticica, depois corria o risco de alguém ler e ficar sabendo seus particulares e na verdade não tinha nada que ver sozinho naquela casa sombria nos matos sem ver viva alma.

Andou pelo mercado, encontrou alguns conhecidos que fazia tempo que não via, tomou uns tragos de cachaça na bodega do Pedro Antero que como era seu contemporâneo tinha mais assunto para conversar. Lá pelas doze horas quando se ia fechando o comércio ele apanhou o chapéu que estava em cima do balcão, foi se levantando, cumprimentando o bodegueiro disse: – É, compadre vou para casa pegar o feijão. Não tinha nem avisado para o sobrinho que ia ficar para o almoço, mas este já devia ter calculado, pois se tinha deixado égua amarrada no pé de pau em frente da casa. Só então se lembrou da pobre égua. Já eram doze horas e ela estava sem comer e sem beber, e com aquele enxame de mosca pousando em seu lombo. Foi dobrar a rua na esquina da casa do André Braga que já viu a égua aos coices e sopapos para espantar as moscas, que estava para romper a corda do cabresto amarrado no pé da mangueira. Pensou logo: – Vixe, Maria! Se Mariana visse uma arrumação daquela com sua égua de estimação, ficaria possessa, aí teria mais motivo para lhe acusar que não sabe nada das lidas do sertão, de como tratar um animal, diria que a primeira coisa a fazer era desarrelhar o animal, jogar água no lombo, dar de beber e de comer e soltar no quintal, pois o quintal da casa é grande e dá com os fundos para a outra rua onde tem uma porteira justamente para acolher os animais. Pressionado por este pensamento de reprovação de seu comportamento ele apressou o passo e mal pisou na calçada da casa já foi abrindo a cia e tirando a cela, abriu a porta que só estava fechada meia banda e jogou sela com manta tudo em cima de uma cadeira da sala. Viu batida de colher no prato e já foi aproveitando para anunciar sua chegada: – Ôh de casa! Ao ouvir a saudação, o sobrinho que já estava a mesa respondeu com um convite: – Tio venha almoçar. Ele disse: – estou indo, vou entrar pela porta da cozinha, pois vou levar a égua pra soltar no quintal. Nisto já foi dando as costas e saindo. Quando a mulher do sobrinho ouviu a alvissara que ele iria botar a égua no quintal já calculou tudo e se dirigiu ao marido: – E o velho veio para passar dias aqui? Mas que atrapalhada! Só faltava essa! O marido disse: – Sabia não, ele não me disse nada, deve ter resolvido agora, pois se tinha deixado até a 'égua arrelhada', como se fosse voltar em cima do rastro. Nisto o velho assoma na porta da cozinha onde estão à mesa e o assunto é interrompido. Ariano deu bom dia. A mulher do sobrinho lhe estendeu a mão pedindo a benção e puxou a cadeira da mesa indicando-lhe o lugar para sentar. Ele com a mão levantada a abençoou e pediu: – minha filha me dê uma vasilha com água para botar na gamela pra égua beber que a pobre está morta de sede, após dar de beber a égua Ariano sentou na mesa e foi se servindo da comida. O sobrinho se apressou em perguntar: – Tio, quando o senhor volta para Oiticica? Ao que ele respondeu: – não sei, dependendo do negócio que eu vim tratar, volto amanhã. A mulher olhou para o marido e fez uma expressão de alívio. Contudo, iria ter

70

que providenciar uma rede para o velho dormir, e ainda fazer o jantar, pensou.

Ariano tinha avisado para o Japonês que estava na cidade e só iria embora quando recebesse a resposta do telegrama. O japonês o conhecia e sabia onde deveria deixar o telegrama, pois a casa onde o Jacinto mora era a que ele tinha morado por mais de dois anos na cidade.

Ariano não tinha se lembrado da égua quando estava no mercado depois que passara o telegrama, por isso não comprou o milho. Agora o comércio estava fechado e só reabria às três horas da tarde, é que o sol é muito quente e não há quem saia de casa este horário por isso o comércio nem abre!

Terminado o almoço, depois do café o sobrinho pergunta: – Tio quer se deitar um pouco? Deite no tucum aqui no alpendre da cozinha que é mais fresco. É que esta rua tinha a frente para o poente e o sol entrava de casa a dentro e na sala da frente a esta hora da tarde o calor era avassalador. O velho respondeu: – quero, meu filho, mas você tem por aí um milho? Porque eu acabei esquecendo de comprar. O sobrinho mexeu nas latas e veio com um punhado de milho que não dava meio quilo. – Tio, só tem este! Lhe apresentou o milho estendendo a mão. O velho acenou com a cabeça; – Serve, é só o tempo do comércio abrir que eu vou comprar mais! Abriu a porta da cozinha, levou o milho, que colocou na gamela e voltou para levar mais água num balde de cinco litros, pois a gamela da água já estava seca, dessa feita também secou o pote. A mulher estava lavando a louça num Girau no alpendre quando meteu a lata no pote para pegar a água e enxaguar a louça viu que o pote estava seco. Murmurou: – Inferno, Jacinto vem puxar um balde d'água que o pote da cozinha está seco. Ele já tinha ido para o quarto fazer a sesta, se ouviu, se fez de surdo. A mulher foi para o cacimbão, jogou o balde e soltou a gangorra com toda velocidade, só se viu o tibungo do balde antes de afundar se enchendo d'água, a mulher enrolava a gangorra com muito esforço, pois a lata de querosene içada pela corda trazia uns vinte litros d'água, murmurava: – Infernos.

Ariano cochilou no tucum mesmo com o calor e as moscas que não lhe davam trégua, colocou o chapéu sobre o rosto para poupar os olhos da claridade e diminuir o assédio das moscas, estava muito cansado havia muitas noites que dormia mal e agora o fato de ter mandado o telegrama e estar esperando a resposta lhe tranquilizou. Veio então um fio de preocupação: – e se a Lourdes não quisesse ou não tivesse o dinheiro para pagar o telegrama? Pois telegrama era caro, esse mesmo que ele mandara hoje custara 30,00 cruzeiros, mais caro que uma passagem de trem para Fortaleza. Mas teve outro pensamento: – com certeza ela pede dinheiro para a Genaldinha que tem o dinheiro suficiente, aí adormeceu tranquilo.

Acordou quatro horas da tarde, pelo visto nada de telegrama, calculou que apesar de um telegrama ser urgente Fortaleza era cidade grande, se bem que tinha uma agência de correio na Bezerra de Menezes perto do CPOR[2] que da sua casa dava para ir a pé. Ele não sabia bem, mas em caso de telegrama pensou que a repartição não fechava, decidiu ir perguntar ao japonês. Levantou, pegou o chapéu e foi saindo pelo corredor alcançando a porta da rua. O sobrinho que estava em casa indagou: – vai sair, tio? Respondeu: – Vou, vou comprar o milho da égua e prosear com uns conhecidos, volto na hora do jantar.

Foi direto para os correios, o japonês ia saindo com uns papéis na mão, o seu coração ficou aos pulos, pensou que podia ser seu telegrama, o Japonês ao avistá-lo foi logo lhe adiantando – Senhor, nada de telegrama para senhor, agora no trem virá correio se chegar carta pra senhor vou lhe entregar. Se vier telegrama, até seis horas, vou também, não precisa mais vir aqui, sei que está na cidade, se chegar correspondência vou lhe entregar. O pobre do velho ficou triste, e o japonês falava tão apressado que ele esqueceu de perguntar até que hora em Fortaleza a Lourdes podia passar o telegrama. Saiu

---

[2] Centro de Preparação de Oficiais da Reserva (CPOR) são unidades de ensino do Exército Brasileiro responsáveis pela formação básica, moral, física e técnico-profissional do oficial subalterno da 2ª Classe da reserva.

73

para o rumo do mercado para comprar o milho da égua enquanto as bodegas ainda estavam abertas.

Sábado chegou sem uma notícia, não veio nenhuma carta do correio pelo trem, Ariano não teve nem coragem de procurar o japonês, também não foi necessário, encontrou-o numa bodega no mercado e ele lhe veio ao encontro informando que não havia nem carta nem telegrama, Ariano aproveitou para perguntar se domingo o correio em Fortaleza era aberto, ao que o japonês respondeu: – não, senhor, nem lá, nem aqui. Ariano resolveu ir embora à tardinha quando o sol esfriasse. Já tinha o plano feito, como não adiantava ficar na cidade no domingo voltaria segunda à tarde e se não tivesse chegado nenhuma notícia da capital, terça-feira pegaria o trem e iria para Fortaleza, iria pessoalmente para acabar com esta agonia que o estava deixando sem sono, em uma aflição sem fim.

Era quase quatro horas da tarde, logo mais o trem chegaria, Ariano passou para o quintal, laçou a égua, puxou um balde d'água e jogou no seu lombo, esperaria o trem passar, era a última chance de receber alguma notícia. Levou a égua para frente da casa e quando ia entrando para pegar a sela e os arreios, escutou tocar a sineta da estação. O toque da sineta avisava que o trem tinha saído da cidade vizinha e chegaria em meia hora, de lá pra cá distava cinco léguas e meia. Teve um sobressalto, de repente bateu uma esperança de receber a notícia tão desejada. Iria à estação, queria encontrar o japonês logo depois da partida do trem, arriscava receber a carta pois as encomendas dos correios, vinham de trem, se estivesse lá o Japonês lhe entregaria, de qualquer forma ele também queria avisá-lo que iria para Oiticica, e se viesse telegrama não precisaria entregar para seu sobrinho, segunda-feira à tardinha estaria na cidade e receberia pessoalmente. Achou que não daria tempo selar a égua deixou os arreios na sala amarrou-a na mangueira e partiu para a estação.

Como era sábado, a estação estava cheia de gente pois o divertimento das pessoas na cidade era ver a passagem do trem, fora os que iam esperar quem vinha ou acompanhar quem ia viajar. O que tinha de mocinha bonita, banhadinha, arrumadinha na estação! Muitas moças tinham até arranjado casamento nestas passagens. O tempo, os compromissos na cidade eram norteados pela passagem do trem, o que se marcava era antes ou depois de sua passagem, conforme a conveniência, Ariano mesmo tinha conhecido a Livramento na passagem do trem, ela era de outro Estado. Depois que casaram sempre viajavam juntos e relembravam seu primeiro encontro.

Avistou de longe o Japonês, já foi se encaminhando para perto dele, o trem antes mesmo de meter a cara já foi soltando seu apito, aí que o povo se acelerou, quando parou a estação estava coalhado de gente. Era um burburinho e descia gente e subia gente o

'Véi Paula' que era o carreteiro mais conhecido já estava com uma mala e uma caixa nos ombros, os vendedores de broa e bolo de milho rodeava as janelas do trem com suas bacias. De repente a sineta tocou, era o sinal que o trem estava de partida, o maquinista soltou um apito forte e lá se foi trilho abaixo o trem no rumo a próxima cidade. Naquela multidão, Ariano perdeu o Japonês, quando o avistou já ia se distanciando da estação, apressou o passo, pois estava na esquina da rua, por sorte o Japonês parou em frente à casa da sua namorada que era no meio do quarteirão. Quando Ariano chegou perto ele o foi logo abrindo um saco e passando as cartas na mão e disse: – Senhor sua carta não chegou. Ariano disse: – pois muito bem, estou indo agora para a Oiticica e volto segunda-feira, se chegar carta ou telegrama para mim não precisa entregar para ninguém pego com o senhor quando eu chegar.

Ao regressar da estação encontrou o sobrinho com o portador de um recado de Mariana, mandava dizer que precisava ir alguém lá na quinta-feira dia em que receberia alta do Hospital, disse também que fretasse um carro para ir buscá-la. Ficando a par do assunto Ariano disse para o sobrinho tomar providência para fretar o carro. De todo modo iria voltar segunda feira à tarde, pois o negócio a que tinha vindo, ainda não tinha sido resolvido.

Apressadamente selou a égua e pegou o caminho da Oiticica, chegou já estava escuro, passou outra noite sem dormir. No dia seguinte teve o domingo mais longo de sua vida, na intenção de que o tempo passasse mais rápido foi procurar uma mala para botar toalha, sapato e umas mudas de roupas, tinha decidido que se não tivesse chegado notícia até segunda-feira, iria pegar o trem na terça-feira para Fortaleza. Procurando a mala lembrou que não tinha dinheiro para viagem, havia dado o dinheiro do aposento do mês do mês, quase todo, para Genaldinha e ainda faltava uma semana para o próximo pagamento que era sempre no começo do mês. Lembrou do baú, iria abri-lo e tirar dinheiro para viajar. Viu as tralhas que sempre ficavam em cima do baú jogadas no pé da parede, abriu a janela com dificuldade pois estava com as tramelas e os ferrolhos, pensou:- deve ter sido Mariana que fechou tudo antes de sair de casa, no dia do acidente. Quando abriu a janela que a luz do sol clareou o quarto procurou por todo canto e não encontrou o baú, desconjurou: – ou mulher cabreira, pois escondeu o baú! Mas onde essa mulher pode ter botado esse baú? Ficou suado de tanto mexer, foi no quarto das ferragens, foi no quarto das castanhas e nada, dizia: – é, se encantou, não adianta procurar, só ela pode dizer onde guardou.

Segunda-feira às cinco horas da tarde, Ariano foi entrando na cidade montado na égua e com a mala na garupa, o trem já tinha passado, o japonês já tinha chegado da estação e separado as cartas. Ele foi direto para o correio, desapeou da égua e foi entrando, quando o japonês levantou a vista ainda com as mãos cheias de carta lhe abriu um sorriso. – Senhor chegou sua correspondência agora à tarde. O homem ficou numa alegria só. – Chegou carta para mim? O japonês respondeu: – Não chegou carta, chegou um telegrama. Foi logo estendendo a mão e entregando o telegrama. Ariano abriu com cuidado, pois o papel era muito fininho parecia papel de seda. O telegrama tinha uma linha, quando leu, precisou se amparar no balcão para não cair. "Genalda nunca chegou aqui".

Agoniado o homem saiu do correio e passou no quarto do André Braga que ainda estava aberto despachando uma carrada de Chapéu, muito acanhado, mas antes de perder a coragem, disse logo a que veio: – Seu André, eu vim aqui lhe ocupar, pois preciso fazer uma viagem imprevista e me peguei desprevenido, porque meu aposento só sai no começo do mês, então o Sr. pode me emprestar mil cruzeiro? NA próxima semana já lhe pago. André Braga muito delicado, sabendo que o homem tinha posse e só se encontrava desprevenido para a despesa de emergência, e tinha conhecimento que Mariana estava hospitalizada em Kiarana , foi logo lhe dizendo: – ora mestre, não se acanhe você teve sorte, eu nem sempre estou com tanto dinheiro em casa porque passo o dia todo comprando chapéu, comprando palha, mas agora mesmo acabei de receber o pagamento desta carrada de chapéu, foi logo metendo a mão no bolso tirando dinheiro e contando os mil cruzeiros. Pegou na gaveta uma nota promissória, preencheu e Ariano assinou e lhe devolveu, ao receber disse: – Quando o senhor vier pagar nós acertamos o juro.

Antes da cinco da manhã Ariano já estava na estação para pegar o trem, comprou a passagem até Kiarana não queria dar definição que ia para Fortaleza e o agente da estação era seu sobrinho, ao outro sobrinho onde dormiu também disse que ia para Kiarana, pediu-lhe para fretar o carro e fosse buscar a mãe que se encontraria com ele lá e pagaria o frete, voltariam juntos, se não precisasse voltar antes. Quando o sobrinho indagou porque ia ver a mãe se ela já vinha na quinta-feira, Ariano respondeu que podia ela querer algum assunto urgente com ele. Na verdade, Ariano até tinha a ideia de ir à Fortaleza ver como tudo estava e voltar quinta-feira a tempo de vir com a mulher para casa, ele estava com uma ponta de preocupação pelo sumiço do baú, afinal lá estava todo seu dinheiro de três anos, passaria o dia de quarta-feira toda em Fortaleza que era tempo para acertar o que fosse necessário. Achava que tinha um erro naquele telegrama.

GENALDA FÊNIX

Genalda dormiu o dia inteiro, eram quatro horas da tarde quando acordou, estava morrendo de calor, sede e fome. Olhou na sacola não tinha uma roupa decente para vestir, seus vestidos que foram feitos quando ela tinha dez anos serviam como blusa, sorte que ela era gorducha neste tempo e agora tinha emagrecido. Pegou a toalha que estava em cima da cama e um vestido, saiu do quarto, trancou a porta e se dirigiu ao interior da pousada à procura do banheiro. Encontrou no refeitório uma funcionária da pousada que cuidava da limpeza e lhe indicou onde era o banheiro, aproveitou para fazer um comentário e dar uma informação: – Você devia estar muito cansada, dormiu o dia inteiro não acordou nem para tomar café, o Sr. Moacir disse que você podia tomar o café na hora que acordasse, mas aqui o café é só até as nove horas, mas eu guardei seu pão e o ovo. Genalda agradeceu e já aproveitando tanta simpatia lhe disse: – Olhe, eu queria mesmo sua ajuda era para outra coisa, eu estou precisando comprar umas roupas, pois minha mala de roupa se perdeu na viagem quando chegou na rodoviária não estava no bagageiro do ônibus, aqui perto tem casa que vende roupa feita? A mulher foi logo se sensibilizando: – Valha-me, nossa senhora, que prejuízo! E vai ficar por isso mesmo, não tem como pegar de volta? – Não sei, já avisei meu pai para ele procurar na agência do ônibus o encarregado de resolver estes problemas, ver se recupera minha mala. Rita, se apreçou logo em lhe ajudar: – Aqui amanhã tem uma feira que tem uma barraca só de roupa, passa o dia todinho, mas a minha vizinha também costura roupa, você pode mandar ela fazer, às vezes ela tem os tecidos, ela vende também umas roupas feitas de fábrica, umas blusas de meia e umas calças faroeste [3] que ela compra na liquidação da loja da fábrica, às vezes só tem uns defeitinhos e é mais barato que nas loja do centro.

Genalda pegou um copo na bandeja e água no filtro em cima de uma pedra fixada no canto da parede, tomou dois copos d'água engolindo quase sem respirar, disse – eu queria mesmo era almoçar, a Adelaide minha amiga disse que aqui perto da fábrica de Margarina tem umas bancas que vende comida feita, será que esta hora ainda tem? – Ah você é amiga da Deladinha, ela mora perto da minha casa ou menina boa e trabalhadeira, tudo que ganha traz para casa, para a mãe que tem uma reca de filho. Deladinha tem tão boa amizade que arranjou até um emprego pro meu marido na rodoviária e o namorado dela é gente grande, é escrevente da polícia onde faz carteira de identidade. Como é seu nome mesmo: – Genalda, meu nome é Genalda.

---

[3] Como era chamada calça jeans na época.

Rita mais que depressa foi ver se Sr. Moacir estava na recepção. Voltou correndo: – Genalda me dê o dinheiro que eu vou comprar um prato de comida pra você, tenho que ir correndo enquanto Sr. Moacir não chega, é cinco cruzeiro o pratinho. Enquanto Rita procurava os chinelos, Genalda mais que depressa foi até o quarto abriu a porta, pegou a bolsinha e puxou cinco cruzeiros fechou a porta do quarto e entregou à Rita que já vinha ao seu encontro no corredor.

Entrou no banheiro tomou um banho de chuveiro coisa que só fizera até os oito anos quando morava em Fortaleza. Lá em Biana não tinha água encanada, e o melhor banho que tomava era o banho de bica quando chovia que a meninada toda saia para rua, iam tomar banho nas biqueiras das casas altas e na biqueira da calçada da igreja que era a mais forte de todas. Mas era raro chover, tomava banho mesmo era de cuia da lata d'água puxada com a gangorra no cacimbão, por isso não podia gastar muita água dava muito trabalho puxar.

Uma coisa boa era Genalda sempre ter aprendido a lidar com dinheiro, ela pensou que ia ter uma boa vida, só tinha que arranjar um jeito de ninguém saber que ela tinha tanto dinheiro, até porque ela não ia gastar com besteira, nem dá para ninguém ela ia comprar sua casa, decidiu que a noite, quando não tivesse ninguém acordado ela iria contar quantos mil cruzeiros tinha na sacola.

Terminou de tomar banho, vestiu um vestido apertadinho espremendo os peitos, que ficou feito uma blusa depois colocou a saia por cima. O cabelo estava tão esturricado parecia que não tinha visto água, amarrou com elástico, colocou uma gigolete e as mechas que se desprendiam depois da gigolete e não era alcançado com o elástico prendeu com duas fivelas que lhe restavam, uma de cada lado. Olhou-se no espelho, estava melhorando. Pensou: – eu não vou gastar meu dinheiro, mas roupas, calçados, creme pros meus cabelos, fitas, elásticos e fivelas como as que minha mãe botava, eu tenho que comprar, pois faz três anos que vivo como alma penada. Foi para sala que era chamado refeitório. Rita tinha trazido seu almoço num prato da pousada. Enquanto comia conversavam, depois de muitas informações importantes que foi colhendo da conversa da Rita, Genalda perguntou: – Rita a que horas termina seu trabalho aqui? – Seis horas, respondeu: – Esta hora que você chega em casa ainda pode falar com a costureira? – Posso sim, você tá querendo ir lá? Você vai comigo e eu venho lhe deixar de volta. – Sim eu vou, de lá vou na casa da Adelaide, ela me disse ontem que hoje vai chegar cedo. – Ah muito bem você pode até voltar mais ela, se o namorado dela não tiver lá, ou se tiver vocês vêm junto, de qualquer forma você não volta só.

As seis horas quando Rita ia saindo bateu na porta do quarto e avisou que já estava se arrumando para sair. Genalda pegou a bolsinha do dinheiro que o pai tinha dado, separou cem cruzeiros, o resto botou debaixo do colchão, saiu fechou a porta e encontrou com Rita que já estava na recepção.

Ela caminhava observando tudo ao redor, e tudo que via e não entendia perguntava à Rita que ia lhe dando todas informações sobre os lugares, que eram perigosos passar sozinha e outras coisas mais. Rita a levou direto na casa da costureira, entrou, cumprimentou a vizinha e foi logo dizendo o que pretendia: tinha trazido essa hóspede da pousada para comprar umas roupas e se apressou em contar a tragédia do extravio da mala da menina, mas que o pai da menina por certo iria recuperar, porque o expresso tem que ter responsabilidade pela bagagem do viajante.

A costureira trouxe umas três calças apropriadas para o tamanho de Genalda, tinha também duas blusas de malha e lembrou que tinha feito duas blusas de tecido que ficaram perdida para a freguesa e ela teve que comprar o tecido e fazer outras e aí estavam as duas blusas de prejuízo, se lhe servissem, venderia só pelo preço do tecido, não cobraria o feitio. Genalda pegou a braçada de roupa e entrou no quarto da costureira para experimentar. Se sentiu como há três anos atrás, em Biana, quando 'tinha costureira' e podia comprar o que quisesse. Vestiu a primeira calça com a blusa de tecido, ficou linda, parece que tinha sido feita de encomenda para ela, saiu fora para mostrar, as duas mulheres elogiaram disseram que estava muito

84

bem, voltou para o quarto, vestiu outra calça, outra blusa, depois mais outra e todas ela gostou muito, por fim saiu do quarto já vestida com uma roupa nova, dizendo: – eu já vou com esta e vamos ver quanto custa tudo. A costureira foi fazer a conta, cada calça custa 25,00 cruzeiros, mas vou fazer as três por setenta, e as duas blusas de malha é vinte, cada uma é dez e as duas blusas de tecido eu vou cobrar só cinco cruzeiros de cada e tudo fica cem cruzeiros. – A costureira pensou é uma venda muito boa cem cruzeiros só numa mão. Genalda perguntou: – se eu lhe pagar tudo duma vez, à vista quanto a senhora faz? A costureira pensou que para receber à vista, sem perigo, valia a pena baixar até porque as blusinhas de tecido estavam na casa dos perdidos, então disse: – me dê $95,00 cruzeiros para pagar agora. Genalda abriu a bolsinha e tirou noventa e cinco cruzeiros, os olhos da costureira brilharam e Genalda saiu com sua prateleira de roupa. Ela era bem esperta sabia, mesmo lidar com dinheiro.

Adelaide estava na calçada de sua casa quando viu Genalda de longe, quase não a reconheceu, principalmente porque não esperava vê-la em frente à sua casa e metida numa roupa bem moderna, blusa de malha e calça faroeste, muito diferente daquela saia no meio da canela e blusa de manga três quartos do dia anterior, bem diferente e mais nova tinha um sorriso que mostrava todos os dentes.

Realmente até a alma de Genalda sorria, estava de alma nova, parece que tinha saído da senzala, tanto de uma escravidão do corpo como de alma. Pensar que no dia anterior a esta hora estava em extrema agonia. Seguramente Deus a tinha encontrado, pensou. As duas moças conversaram bastante, falavam sobre muitos assuntos parece que se conheciam há muito tempo. Genalda, muito esperta, ficava mais ouvindo para aprender, conseguia conduzir o assunto para o que queria saber. O namorado de Adelaide chegou e a ficou conhecendo. Os três continuaram conversando mais um pouco, quando Genalda disse que já estava indo para a pousada, Adelaide e o namorado se ofereceram para ir deixá-la, iam caminhando e conversando como velhos amigos, foi uma amizade à primeira vista. Todos estavam bem à vontade e falaram sobre vários assuntos e deram muitas informações. Genalda não perdia uma oportunidade de ficar a par de tudo que com certeza ia lhe ser útil na vida que teria de enfrentar sozinha nesta cidade tão grande.

Quando chegaram à pousada Sr. Moacir estava na recepção foi logo cumprimentando o namorado de Adelaide e perguntando como estava o serviço. Armando respondeu: – Muito serviço seu Moacir este ano que é ano de eleição os políticos manda as carradas de gente com os cabo eleitoral para tirar identidade, e é uma trabalheira eu fico mais na parte de conferir os documentos, e o que vem de certidão de nascimento rasurada que não se pode aceitar, mais pra muitas eu fecho os olhos, pois às vezes é erro do cartório, a própria pessoa que está datilografando erra a letra ou número e bate outro em cima, não sabe que estraga o documento, mas eu deixo passar e às vezes os pobres vem sacrificado de tão longe. – É meu filho, é bom a gente ajudar quando pode, disse o Sr. Moacir, concordando com Armando. Adelaide e o namorado tiraram, mais um dedo de prosa com Sr. Moacir, depois deram boa noite e foram embora.

Genalda estava eufórica com as novas conquistas. Quando entrou no quarto e passou a chave na porta abriu o pacote de roupa que havia comprado e experimentou tudo de novo, ficou deslumbrada, ela cheia de roupa nova, era um milagre, lembrou do dinheiro do baú, precisava contar. Tirou a sacola debaixo da cama, quando abriu não acreditou, era muito dinheiro, vinha direto do banco, ainda estavam com ligas e era só pacote de dois mil cruzeiros e os pacotes eram pequenos porque as cédulas eram de cem cruzeiros e de cinquenta cruzeiros. Muitos pacotes iguais, trinta pacotes iguais, dos trinta pacotes que eram iguais no tamanho, só abriu um para contar, era de 2.000,00 cruzeiros. Havia dez notas de cem cruzeiros e vinte notas de cinquenta cruzeiros, calculou: – esses trinta pacotes é aposentadoria do meu pai, pensou. Pegou um pedaço de lápis em cima da mesa riscou no chão 30x2.000,00 fez a multiplicação deu muito zero, ela separou as casas como nos exercícios de matemática deu 60.000,00. Tinham mais quatro bolos de dinheiro, ela contou cada bolo tinha 10.000,00, fez a soma tudo deu 100.000,00, teve a certeza de que ia comprar sua casa.

Pensou na mãe, quando ainda era pequena, seu pai tinha acabado de comprar uma casa nova com um jardim e uma varanda na frente, sua a mãe já dizia – Genaldinha essa vai ser a sua casa, na frente da casa ao pé da calçada plantou um pé de jambo e conversava com o jambo, chamava ele jambalai. – Jambalai esta é a sua menina que vai ser a D. Genalda a dona da Casa. Jambalai a Genaldinha logo vai arranjar um bom marido, vai casar com um Doutor porque ela já tem sua casa.

Genalda guardou o dinheiro na sacola, antes enrolou com suas roupas, que jamais voltaria a usar, colocou na parte de cima a roupa que viera vestida na viagem, apagou com cuspe esfregando com o pé a conta que tinha feito no chão, pegou na medalhinha e falou: – Mãe a casa que você me deu não é mais minha, assim como também meu pai é da Mariana, mas eu vou comprar outra casa e vou plantar outro jambalai para cuidar de mim, aí eu vou arrumar um marido, mas eu é que vou ser a Doutora. Esta noite dormiu com este sonho.

Quando acordou eram sete horas, ela acomodou suas roupas na prateleira e decidiu se arrumar para depois do café ir à a Feira em frente da fábrica de margarina, precisava comprar calcinha e sutiã, nunca tinha usado sutiã, mas seus seios já estavam grandes, pensou em sair arrumada para não ficar abrindo e fechando porta, tinha medo de esquecer o quarto aberto, medo também que tivesse outra chave e alguém entrasse, pensou que se na feira encontrasse umas ligas como aquelas preta que no (interior) se amarra coisas nas garupas de bicicleta e nas cangalhas dos jumentos, iria prender sua sacola na grade do fundo da cama que aí não ficaria no chão e se alguém entrasse não veria. Pensou que se encontrasse uma malinha com cadeado poderia comprar. Ela estava feliz ela podia tudo.

Fechou a porta do quarto e foi para a sala do refeitório onde o café já estava servido. Deu bom dia a Rita que estava na cozinha, lhe disse que ia tomar o café e em seguida iria na feira. Quando ia saindo a Rita estava varrendo a recepção e a acompanhou até a porta lhe indicando a localização da feira que ficava dois quarteirões da pousada depois que atravessava o campo. dobrava na esquina à direita, não tinha errado porque ele ia ver o prédio grande da fábrica de margarina.

Genalda passou toda a manhã na feira, foi de barraca em barraca, primeiro olhou uma por uma perguntando o preço de tudo, ela sabia calcular muito bem e receber troco, antes, quando morava em Biana, sempre fazia compras. Comprou calcinhas, sutiãs, shorts e blusas para ficar em casa. Comprou duas toalhas e uma camisola de lingerie róseo, só a filha do prefeito tinha uma camisola assim, passou na barraca de calçado comprou uma sandália e um conga[4]. Era mais de dez horas, estava com fome, parou na barraca das frutas comprou banana e comeu ali mesmo, quando ia saindo viu umas ligas pretas penduras saindo de dentro do Grajau, voltou-se para o barraqueiro e disse: – Sr. Zé me venda estas ligas. Ele respondeu: – Não, não é de venda é de amarrar os Grajau de fruta no carro. Ela disse: – Mas eu preciso comprar, o Senhor manda fazer outra. O barraqueiro disse: – Quantas você quer? Ela disse: – Quero três, o barraqueiro disse: – eu lhe vendo a dois cruzeiros cada uma, ela puxou cinco cruzeiros da bolsa e disse: – Deixe por cinco. Ele aceitou e ela se foi feliz da vida com suas ligas, agora só faltava a malinha para guardas as roupas, pois já tinha comprado shampoo e condicionador pra cabelos secos, uns óleos de abacate também para passar no cabelo. Rodou atrás de encontrar uma mala, mas não encontrou, lhe informaram que nunca tinham visto ninguém vendendo por lá.

Era meio dia, parou na banca de comida e almoçou lá mesmo com cuidado para não rasgar os papéis de jornal onde suas compras estavam enroladas. Perguntou a dona da banca se ela conhecia algum ponto que vendesse mala ali por perto. A dona da banca disse que na rua das arraias tinha um homem que fazia mala. Genalda terminou

---

[4] é uma marca de calçado pertencente a empresa Alpargatas. Foi adotado por escolas públicas como parte componente do uniforme na época.

de almoçar e voltou para casa, estava muito cansada, o sol escaldante lhe fadigara muito.

Entrou no quarto, fechou a porta a chave, abriu as compras em cima da cama e já pegou as peças novas, separou e levou para o banheiro para vestir depois do banho. Tudo perfeito saiu de short e blusa e sua roupa íntima nova. Parecia um milagre tudo que estava acontecendo. Bebeu dois copos d'água voltou para o quarto. Antes de entrar foi até a recepção procurando a Rita para lhe perguntar se sabia onde ficava o homem que fazia mala, nisso quando ela bate o olho no balcão vê uma máquina de datilografia, – mas será que esta máquina sempre esteve aí e eu nunca tinha visto! Esqueceu da mala, esqueceu da Rita, sua cabeça ficou cheia de planos, foi correndo para o quarto, abriu a porta, entrou e em seguida se trancou, parece que tinha medo de que alguém a olhasse e soubesse o que ela estava planejando, sim ela lembrou da conversa do namorado da Adelaide com Sr. Moacir na noite anterior, estava planejando tirar sua carteira de identidade, não sabia com quantos anos podia tirar mas precisava saber para definir quantos anos tinha, a conversa de Armando na noite anterior e aquela máquina de escrever lhe deu uma ideia. Seu pai era escrivão do INSS e lá o trabalho dele era fazer documento e quando ele se aposentou comprou uma máquina e vivia fazendo documentos, tudo escrevia na máquina, até a carta que ela trouxera para a Lourdes ele fez na máquina, o endereço que ele escreveu para dar ao motorista do taxi era batido à máquina. Genalda lembrou que antes do pai casar com Mariana ele a ensinava datilografar na máquina, e para fazer inveja às meninas na Escola ela levava as capas de suas provas datilografadas. Certa vez ela escreveu até uma redação na máquina de escrever, mas a professora não aceitou, disse que tinha que ser com a própria letra para se certificar que era ela mesma que tinha escrito.

Deste dia em diante Genalda não parou de pensar na conversa do namorado de Adelaide com Sr. Moacir, calculou que com treze anos, por certo, não podia tirar a identidade, mas com a máquina ela conseguiria botar a idade que precisasse e o namorado da Adelaide ia pensar que tinha sido erro do cartório, um número batido em cima do outro.

Genalda estava bem, feliz da vida, até que se lembrava do tanto de dinheiro que tinha debaixo da cama e que ninguém poderia saber, ficava aperreada pensando em como iria comprar a casa se não podia contar a ninguém sua história! Ela lembrava ainda quando era muito pequena que sua mãe dizia que segredo não se conta para ninguém, que se a pessoa não guarda o próprio segredo outra pessoa também não vai guardar. Lembrou do Chico da Dadá, achava que ele tinha sido preso porque alguém descobriu seu segredo, tinha medo de ser presa. Mas logo espantava esses pensamentos ruins, ela ia dá um jeito de tirar seus documentos, sabia que poderia depositar seu dinheiro no Banco do Brasil, porque antes de casar com a Mariana seu pai sempre a levava para o Banco do Brasil e ela o via tirando seu dinheiro lá e quando perguntava porque tirava dinheiro ali, ele respondia – é porque meu patrão botou o dinheiro para mim lá no Banco do Brasil de Brasília tinha lhe dito também que toda cidade grande tem Banco do Brasil e, que o dinheiro pode ser depositado numa cidade e tirada em outra qualquer que tenha Banco do Brasil.

Genalda pegou os papeis de jornal e outros papéis de embrulho que tinha trazido enrolando suas compras da feira e embalou os pacotes de dinheiro e com as ligas prendeu no estrado da cama, mas a pressão das ligas fazia os papéis que eram frágeis se romperem, então resolveu fazer os pacotes com as próprias roupas, decidiu fazer, com a saia que vinha vestida na viagem, dois sacos. Agora só precisava arrumar uma agulha e linha. Pegou os pacotes de dinheiro que já estavam enrolados nos papéis e voltou tudo para dentro da sacola sem desfazê-los cobriu com as roupas e fechou.

Na cabeça de Genalda eram planos e mais planos, não conseguia ficar parada no quarto. Pegou sua bolsinha com pouco dinheiro saiu do quarto fechou a porta e foi ao encontro de Rita que estava limpando as salas da pousada, disse-lhe que queria ir numa bodega comprar uma caneta e um caderno, a fim de escrever umas cartas para seu pai e outros parentes, ela nem falou que queria comprar agulha e linha, porque achava que segredo é segredo e não

93

se pode dar nenhuma pista. Rita saiu na porta da rua e já apontou onde ficava a bodega, disse que era muito sortida, tinha de um tudo, tinha bolachas e doces.

Genalda comprou as coisas necessárias voltou direto para o quarto, e na falta de uma tesoura rasgou a saia em banda e se pôs a costurar transformando a saia nos dois sacos que precisava. Aí acomodou todos os pacotes de dinheiro enrolados nos papéis, e pôs colado no estrado da cama amarrado com as ligas rente com as tábuas, assim não fazia qualquer volume que distanciasse o colchão do estrado, de forma que ficou imperceptível tanto por baixo da cama como por cima. Ah! Mas ficou um trabalho engenhoso, ela sabia que com aquelas ligas ia dar para fazer um esconderijo perfeito. Muita sorte ela ter encontrado as ligas pretas feitas de câmara de ar de pneus, pois lá no sertão era acostumada a amarrar carga nos lombos dos jumentos com aquelas ligas.

Agora ela só pensava como tirar sua carteira de identidade, decidiu que quando a Rita saísse iria com ela até a casa da Adelaide, perguntaria se ela já tinha carteira de identidade e o que era necessário para tirar tal documento, pois com certeza Adelaide sabia, esse era o trabalho do seu namorado. Foi essa a conversa que ela ouviu dele com Sr. Moacir. Depois ia saber onde tinha Banco do Brasil e quando sua identidade tivesse pronta ela se informaria sobre tudo que precisava para botar e tirar dinheiro no Banco

Neste dia à tardinha Genalda estava sentada na recepção da pousada em frente ao balcão de atendimento, os olhos cumpridos para a máquina de escrever, pensou que àquela hora a recepção ficava sozinha, por um bom tempo, dava para datilografar muita coisa na máquina. Deu seis horas, a Rita já pronta para sair veio colocar as chaves da cozinha e do quarto de roupa no chaveiro, assim que a viu Genalda disse que iria com ela, porque queria conversar com Adelaide.

No caminho, lembrou de perguntar se Rita sabia onde era o homem que fazia mala, na rua das Arraias. -Sim, eu sei, mas o Sr. Geraldo só trabalha até quatro horas porque, à noite, ele é vigia do colégio. Disse que ele fazia malas muito boas. E foi logo aproveitando o assunto para falar que se admirava de seu pai lhe dar tanto dinheiro, disse: – acho você tão nova e o seu pai já confia de lhe dar dinheiro para gastar com o que quiser. Genalda ficou de cabelo em pé com a especulação da mulher e foi logo se adiantando em explicar a situação. Disse que o pai trabalhava num garimpo no Pará era dono de um restaurante, e que ela não era nem tão novinha já tinha dezoito anos, disse também que o dinheiro era dela que desde os doze anos trabalhava como garçonete que além do salário ser bom ela ganhava muita gorjeta, por isso ela tinha depositado o dinheiro dela no Banco do Brasil, já que quando vivia na casa do pai não precisava gastar com nada, Aproveitou para matar a curiosidade de Rita e se fazer mais íntima contou alguns episódios interessante de sua vida a maioria ficção baseada nas histórias de umas vizinhas do tempo que morava em Biana, antes de ir para Oiticica. Disse que o pai ia vender o seu restaurante e vir para o Ceará porque a mãe tinha morrido há seis meses, que ia até conversar com Adelaide para saber se tinha escola boa no bairro pois estava gostando de morar neste lugar. Falou que no fim do mês iria ao Banco do Brasil pegar dinheiro e pagar a pousada e outros gastos que precisasse. Disse que depositara seu dinheiro no Banco do Brasil de Santarém, mas ela podia pegar em qualquer Banco do Brasil. A Rita ficou impressionada com a sabedoria de Genalda. Pensou: – parecia tão novinha, ninguém dizia que ela tinha dezoito anos, mas para ser sabida e vivida daquele jeito só se tivesse mesmo dezoito anos e fosse filha de gente rica e 'estudada', admirava dela não estar num hotel de gente rica, mas sabia que gente pra ser rico tem que economizar.

Esta história de garimpo e de Restaurante e de Santarém era uma história que Genalda sabia de cor e salteado, pois se tratava da história de uma família que tinha vindo de Santarém cuja menina de dez anos era sua amiga e tinha uma irmã que vivera exatamente a vida do personagem que Genalda encarnou, de forma que era capaz de descrever o restaurante do garimpo, os clientes, os pratos servidos e a atividade da garçonete. A família veio do Garimpo e de fato tinha um restaurante onde os pais administravam e as filhas trabalhavam como garçonete, a mãe morreu e eles voltaram para o Ceará e chegaram tudo endinheirado na cidade. O Setembrino era o viúvo que foi morar vizinho à sua casa e ela ficou tão familiarizada com esta história a ponto de se fazer protagonista da mesma.

Realmente a Rita ficou muito impressionada, e foi bem oportuna a conversa, porque ela se admirava de Genalda ser tão endinheirada e era doida para saber onde ela guardava seu dinheiro.

Adelaide estava em casa, as duas moças conversaram sobre muitos assuntos e Genalda inteligentemente sempre conduzindo o assunto para obter as informações que precisava. Perguntou à Adelaide se ela já tinha identidade, ela respondeu que ainda faria quinze anos e só poderia tirar a carteira de identidade com dezoito anos. Genalda disse que estava querendo tirar seus documentos o mais rápido possível. Adelaide admirou-se: – você já tem dezoitos anos? – Sim, tenho, respondeu, a outra ficou surpresa, – mas não parece você é tão miudinha que lhe dou não mais que 14 anos, se bem que no dia que você chegou parecia mais velha. Genalda pediu para que Adelaide perguntasse a Armando o que era necessário para tirar a identidade. Ela lhe disse que ele viria em sua casa hoje e hoje mesmo perguntaria.

Genalda não cabia em si de ansiedade e já foi antecipando sua pretensão: – Adelaide quando você vê seu namorado pergunte também se ele pode me ajudar a tirar minha identidade, pois eu o vi dizendo pro Sr. Moacir que trabalha com isso. – olhe Genalda isto não precisa nem perguntar claro que ele lhe ajuda e na quarta-feira eu vou me encontrar com ele lá na Ordem Social, pois é começo do mês ele tem recebido o dinheiro e nós vamos comprar nosso par de aliança, aí se você já tiver com tudo que precisar, pode ir comigo, eu sei que precisa de retrato e você tem que ir no centro antes para tirar porque demora uns três dias para ficar pronto. As duas moças continuaram conversando, e Genalda aproveitou para perguntar se ela sabia o endereço de loja para fazer a fotografia e Adelaide a instruiu direitinho qual ônibus pegar e como encontrar a Praça José de Alencar.

Genalda nem esperou que o namorado de Adelaide chegasse, estava eufórica queria ficar sozinha, pensar como faria, voltou correndo para a pousada queria se trancar no seu quarto planejar como faria tudo. Quase não dorme, passou a noite inteira se revirando na cama procurando uma ideia.

Levantou-se muito cedo, já tinha um plano, vestiu sua blusa nova de meia com calça faroeste, colocou 100 cruzeiros bem trocados na bolsinha e saiu para a casa de Adelaide, pelo muito que tinha conversado com ela sabia quais os dias em que entrava no trabalho as sete da manhã e saia às quatro da tarde, e os dias em que entrava a uma hora da tarde e saia às dez da noite. Decidiu, – vou chamar a Adelaide para ir comigo, eu digo que pago sua passagem no ônibus e ainda pago a merenda na loja chique da cidade que ela disse que sempre queria comer umas comidas que tem os retratos dos pratos feitos uns quadros pendurados nas paredes da parte da loja que é lanchonete. Genalda nem sabia o que era lanchonete, mas desde o dia que ouviu a amiga lhe falar das coisas bonitas da loja e das comidas gostosas da lanchonete ela tinha ficado com vontade de ir ver.

Chegou na casa de Adelaide e da porta já gritou o nome da amiga e respondendo lá da cozinha, disse que ela entrasse. Ainda não era nem sete horas e estava tomando o café, disse à Genalda que mesmo nos dias que só entra no trabalho de tarde, acorda cedo para lavar suas roupas e arrumar o que for preciso em casa. Convidou-a para tomar café. Genalda agradeceu e foi dizendo logo a que veio. – Adelaide eu queria que você fosse no centro da cidade comigo para que eu tire as fotos da carteira de identidade, eu pago sua passagem de ônibus e pago para nós merendarmos na loja que você me falou. Adelaide ficou muito interessada na proposta: – Na LOBRÁS, jura que você paga o lanche lá? Olha que não é barato! – Pago, pago sim e você pode pedir o que você quiser aí de lá você vai trabalhar, mas antes você me bota no ônibus para eu voltar que aqui eu sei onde descer, eu desço em frente à fábrica de margarina. Adelaide ficou radiante poderia bater perna a manhã todinha e ainda ia lanchar na

LOBRÁS. Já tinha separado uma bacia de roupa para lavar, olhou assim de banda a bacia, Genalda interveio antes que ela desistisse – eu lhe ajudo a lavar a roupa e nós duas lavamos rapidinho. Assim fizeram, uma lavava, outra estendia, de forma que oito e meia já estavam era dentro do ônibus se dirigindo ao centro da cidade. Foi uma maravilha, depois de tirar os retratos, na galeria da praça José de Alencar, subiram para a praça do Ferreira entrando em tudo que é loja de sapato, de roupa, por fim passaram em frente ao Banco do Brasil.

Genalda ficou deslumbrada, foi a melhor coisa que lhe aconteceu, pois ela queria muito saber como encontrava o Banco do Brasil, mas fazia parte de seu segredo e ela não queria perguntar a ninguém e agora encontrou no meio do seu caminho. Ela ia prestando atenção a tudo, assim como no sertão ela se norteava, pela estaca torta de cerca, um pé de marmeleiro, um tronco retorcido de carnaúba, aqui na cidade ele também ia fixando os sinais que a fariam encontrar outra vez o Banco do Brasil, prestou atenção que nas esquinas das ruas no alto da parede tinha um nome escrito Barão do Rio Branco aí em toda esquina ela começou a olhar para cima e via que sempre tinha um nome escrito na parede. Bateram pernas as duas mocinhas, vasculharam todo o centro entrando de loja em loja, por fim deu onze horas e já tinham passado em todos os departamentos da LOBRÁS e se dirigiram à lanchonete pediram hambúrguer com coca cola depois banana Split para cada uma. Adelaide estava muito vaidosa lanchando naquele lugar e Genalda se sentiu como antes. Quando morava na Biana com seu pai, podia comer e vestir o que queria, comprar adornos para os cabelos tudo com dinheiro na mão que seu pai sempre lhe dava e deixava as meninas da cidade morrendo de inveja e com motivos para paparicá-la. Lembrou do Pai, como tudo se transformara, seu pai de repente agia como se não fosse responsável por ela deixando que outra pessoa decidisse seu destino. Amava o pai, mas entendeu que a separação seria para sempre, pois ele não tinha coragem em tomar atitude em sua defesa e o que seria de sua vida nas brenhas daquele sertão vivendo sem carinho, sem cuidados, sendo cruelmente maltratada tendo um tratamento que só se dava a uma escrava.

Adelaide entrou com Genalda no ônibus e pediu ao trocador que avisasse a sua amiga quando chegasse a fábrica de margarina que era onde ela devia descer, despediram-se e Adelaide pegou outro ônibus para ir ao seu trabalho. Genalda não cabia em si de contente, encontrara o Banco do Brasil e do jeito que tinha prestado atenção em tudo no dia que viesse pegar os retratos iria procurar o Banco do Brasil, entraria, ficaria lá um bom tempo sentada só para ver como as pessoas faziam quando chegavam no Banco, quando levavam dinheiro, quando deixavam, que papel recebiam, iria ver tudo direitinho para no dia em que fosse levar o seu dinheiro, fazer como quem era acostumada.

Três dias depois Genalda foi receber seus retratos, Adelaide tinha se informado tudo com o namorado, só precisava a certidão de nascimento os retratos 3x4 e o endereço da cidade onde mora. Depois que pegou os retratos foram direto para o Banco do Brasil, muito fácil, veio pela mesma rua que da primeira vez, esbarrou bem em cima. Entrou, sentou e ficou só observando o que o povo fazia: uns tiravam um maço de dinheiro da pasta e entregavam para o rapaz do balcão, outros entregavam um papel e recebiam dinheiro, havia os que entregavam dinheiro e recebiam papéis, a maioria eram homens, ela não estava entendendo nada. Ficou ainda um tempo, depois saiu direto para lanchar na LOBRÁS. O retorno para casa foi muito fácil, ela aprendeu rapidamente a pegar o ônibus no centro, era só ir para o mesmo ponto que desceu e a parada para ir à pousada não tinha errada, a referência era a fábrica de margarina.

Passou o resto do dia dentro do quarto, pegou a certidão de nascimento, nasceu em 9 de abril de 1954, ela tinha que calcular em que ano tinha que nascer para ter dezoito anos, ela sabia como fazer, pois, a dona Inocência, a professora de matemática do educandário tinha ensinado direitinho. Ah! como a Dona Inocência era carrasca, muito magrinha, sempre com os vestidinhos de prega na cintura e umas mangas três quartos, a gola larga da blusa parecia de paletó, o marido dela não trabalhava, só vivia deitado numa preguiçosa, o povo dizia que ele era tuberculoso, parece que já tinha se curado porque o padre tinha levado ele para o Rio de Janeiro para se operar, ficou só com um pulmão, era fraco, se cansava demais até se andasse, por isso a D. Inocência tinha que trabalhar muito, eles tinham três filhas, todas branquinhas e magrinhas, mas muito coradinhas, o cabelinho preto muito liso cortadinho na altura do pescoço, pareciam umas bonequinhas, eram lindas. A Dona Inocência ensinava de manhã no educandário onde só estudavam as meninas que os pais tinham dinheiro para pagar, a farda era linda, saia vermelha, bonina de preguinhas e a blusa amarela creme e tinha uma gravatinha da cor da saia. A tarde ela ensinava no grupo escolar, as duas escolas funcionavam no mesmo prédio que era o grupo construído pelo padre.

Genalda era uma ótima aluna de matemática e achava era bom a professora ser carrasca porque era uma maneira dela se destacar como a menina mais sabida do terceiro ano, ela sabia toda a tabuada decorada e levava todos os deveres feitos e fazia questão de ir para o quadro quando a professora chamava algum aluno voluntário. Também, Genalda tinha o pai para toda tarde estudar com ela, tudo que não sabia ele ensinava, ensinou até conta de multiplicar e dividir antes da escola ensinar, ele era diferente dos outros pais, ele sabia ler escrever e contar e não trabalhava porque era aposentado além do que era muito dedicado à filha, só tinha ela, enquanto os outros pais, a maioria não sabia ler nem escrever nem ensinava os filhos porque precisavam trabalhar. Genalda se lembrou do dever de matemática da escola – se você tem dezoito anos em que ano você nasceu? Ela escreveu na folha do caderno o número 1967 colocou na linha de baixo o número dezoito, formando uma conta de diminuir com o sinal menos. O resultado foi 1949. Vixe, ela tinha que bater o número quatro em cima do cinco e o número nove em cima do quatro na linha onde estava marcada esta data na certidão do nascimento. No dia que comprou a agulha e a linha para fazer dois sacos de sua saia ela tinha comprado o caderno, o lápis, a caneta e uma borracha, agora não estava encontrando a borracha, ela queria apagar bem de levezinho os dois números só para não ficar forte se não ia ficar muito borrado, quando ela botasse os outros em cima. Escacaviou tudo atrás desta borracha, por fim encontrou em cima da prateleira por baixo das roupas, deitou-se de bruços no chão forrou a certidão com o caderno e num trabalho tão delicado como arqueólogo em sítios arqueológicos, depois de muito tempo tinha clareado a tinta dos números sem danificar o papel. Agora tinha que aproveitar uma oportunidade para ficar só com a máquina na recepção, pois era um trabalho muito delicado bater os números no espaço certo. No dia seguinte Genalda passou quase o dia todo de tocaia na recepção, como estivesse causando estranheza à Rita, que já lhe olhava de banda, ela teve a astúcia de perguntar se o correio já tinha vindo alegando estar o dia inteiro esperando uma carta de seu pai. Lá pelas três horas da tarde Sr. Moacir chamou a Rita e disse-lhe que ia ao centro fazer uns negócios no banco, se algum hóspede aparecesse, ela recebesse que ele faria a ficha quando chegasse. Genalda viu a grande chance, mas não poderia fazer isto na frente da Rita, não poderia ter testemunha, lembrou da mãe quando falava que não se conta segredo para ninguém e que perigo do mal feito ser descoberto é a testemunha. Entrou para o quarto, pegou a certidão, arrancou a folha do meio do caderno, botou a certidão dentro e trazendo cinco cruzeiros na mão fechou o quarto e foi à procura da Rita na cozinha. Outro dia, Rita tinha lhe dito dá enorme vontade de comer um sonho, (um pão muito fino com um recheio doce) que era vendido na padaria. Genalda foi entrando na cozinha já estirando a mão com o dinheiro: – Rita tu quer ir na padaria comprar um pão bem quentinho para nós tomar com café? Aí tu compra o troco de sonhos pra nós comer, pode comprar este dinheiro todo aí tu leva um sonho para tua filha, eu fico na recepção se chegar alguém mando te esperar, só não vou porque estou muito vexada para receber carta do correio. A Rita ficou muito contente fazia dias que desejava comer aquele sonho, e agora ainda ia levar um para a filha. Foi a Rita dá as costas, Genalda posicionou a folha do caderno na máquina e bateu várias vezes o número 1954, depois o número 1949 depois um em cima do outro e examinou tudo como ficava. Na máquina de seu pai tinha uma alavanquinha do lado direito depois das teclas de letra que quando se subia esta alavanquinha e batia a tecla não saia a tinta é como se esta tecla afastasse a fita da máquina e só ficava a marca do teclado sem a tinta. Ela encontrou a alavanquinha, movimentou, teclou os números quatro e o número nove e não saiu impresso com a tinta só a marca da letra. Mas que depressa ela pegou a certidão posicionou na máquina bateu o número 49 ainda com alavanquinha afastada para cima e viu que os números não ficaram bem em cima dos outros, movimentou a alavanca que fazia soltar o papel, posicionou de novo, ajustou e voltou a bater, agora sim os números estavam bem-posicionado justamente o 4 e 9 em cima do 5 e 4 que estavam praticamente apagados, baixou a alavanquinha que reposiciona a fita no lugar e bateu com toda força os dois números. Ficou perfeito, só foi o tempo de recolher o papel da máquina e a Rita assomou na porta, mas vinha tão empolgada com o 'sonho' que nem reparou como Genalda estava na recepção tão perto do balcão e a máquina de escrever virada para fora. Rita foi entrando e dizendo a Genalda que faria um café para as duas, rapidamente virou a máquina com a frente para o lado interno do balcão em seguida abriu a porta do quarto, botou a certidão na prateleira debaixo das roupas, saiu do quarto, trancou a porta e se encaminhou para a cozinha. Seu rosto queimava como brasa, parece que estava com febre, quando parou de andar viu que as pernas estavam tremendo, Rita olhou para ela, chegou mais perto, disse: – tu está vermelha parece que estava era no sol. Ela ficou com medo que Rita escutasse as batidas de seu coração pois estava tão forte que latejava dentro do peito. Voltou para a recepção como que tivesse de pegar alguma coisa esquecida; Oh! Aflição, se jogou na cadeira quase desfalecendo. Só algum tempo depois quando Rita gritou avisando que o café estava pronto ela voltou para a cozinha.

Enfim, tudo pronto tinha marcado com Adelaide e Armando de tirar a identidade quarta-feira, ainda faltava um dia, fizera tudo no tempo certo, sairia quarta-feira muito cedo porque Adelaide precisava trabalhar à tarde, mas onze horas, no intervalo do almoço do trabalho de Armando, ele e Adelaide iriam na relojoaria comprar as alianças.

Como combinado, quarta-feira sete horas da manhã as duas pegaram o ônibus e foram ao centro da cidade direto na Ordem Social, quando Genalda atravessou a praça da polícia, ficou com a sensação de já ter andado ali, eram os canteiros da praça, eram os prédios, seus olhos identificaram coisas já vistas antes, em algum momento da vida. Logo que chegaram na sala de identificação, Adelaide entrou para falar com Armando e pegou a senha reservada para Genalda, era a de número três, com poucos minutos ela foi chamada e ele mesmo preencheu toda a ficha com os dados conforme estava na certidão. Se deteve um instante para observar a ligeira rasura nos dois últimos números do ano de nascimento e murmurou – estes cartórios não tomam jeito. Genalda fingindo-se sonsa fez que não ouvia o que o rapaz disse. Depois de apresentar a ficha ao supervisor que passava o visto, ela foi levada à a sala onde pintava todos os dedos de tintas para imprimir as digitais de todos os dedos em duas fichas e de novo melava só o polegar direito de tinta e pressionava no cartãozinho esverdeado o mesmo que ela tinha colocado sua assinatura. Na sala existia uma pia preta de tinta com sabão em barra e umas buchas para lavar as mãos.

Adelaide a esperava do lado de fora da sala, combinaram ficar passeando pelo centro vendo as lojas até a hora do namorado sair, Genalda tinha achado muito boa a lanchonete da LOBRÁS e tinha combinado de outra vez lanchar lá, disse que pagaria, mas desejava escolher outros lanches.

Quando Genalda foi saindo da ordem social estava de frente para o prédio do INPS[5], sua memória se avivou ajudada pelo carro do picolé e da pipoca que ficavam na praça onde seu pai sempre comprava picolé e pipoca quando sua mãe a trazia para encontrá-lo no trabalho em dia de pagamento porque daí iam fazer compras, não restou dúvidas, foi ali que seu pai trabalhou. O que Genalda não sabia

---

[5] Instituto Nacional de Previdência Social – INPS

era que se atravessasse a praça e entrasse no prédio encontraria seu pai na portaria conversando com um antigo colega de trabalho. Assim como naquele dia Ariano poderia tê-la encontrado na ordem social, chegou a atravessar a praça e quando se viu em frente ao grande portão desistiu de entrar. Era ter entrado, atravessado o pátio, subido um lance de escada e a teria encontrado na antessala da identificação.

As duas passaram rapidamente a ver a vitrine das lojas sequer se detiveram para entrar, Adelaide estava muito interessada era no lanche da LOBRÁS. Genalda perdeu a fome ao reconhecer o prédio onde o pai trabalhou. Um tanto de angústia, tristeza, saudade se misturavam formando um bolo de dor que ficou atravessado na sua garganta como se fosse impedi-la de respirar, não teve mais fome para comer coisa alguma, pediu um sorvete com a esperança que descendo goela abaixo levasse aquele nó de aflição que lhe atravessava a garganta. Adelaide muito empolgada com o lanche não percebeu seu estado de tristeza.

Faltavam dez minutos para onze horas, Adelaide tinha marcado de se encontrar com Armando na ordem social, Genalda iria ficar com eles até uma hora da tarde, a hora que cada qual fosse para seu trabalho, antes que Adelaide a chamasse para voltar até onde estava o namorado, ela se adiantou dizendo que não ia mais ficar no centro porque esperava um portador trazendo um dinheiro que seu pai estava mandando e não queria desencontrar, ele teria dito que iria passar na pousada hoje. Adelaide aceitou a desculpa sem nenhuma desconfiança e se apressou, estava em cima da hora.

Desde a hora que Genalda reconheceu o local do trabalho do pai ficou extremamente perturbada, a amiga não percebeu, estava muito empolgada com o lanche, com as alianças que iria comprar. Genalda jurou que tão cedo não voltaria aquele lugar, tremia só de pensar, pela vontade de ver o pai, com medo de vê-lo, de qualquer forma era uma sensação de terror e ela queria ir para a pousada correndo, felizmente Armando dissera que ela não precisaria ir buscar a carteira de identidade, pois ele a levaria.

Deste susto Genalda deu até febre, tomou conta dela uma saudade irremediável da mãe, nunca sentira tanta falta e nunca tantas lembranças desde que a perdera. Estranho sentia falta e saudade do pai como se também houvesse morrido, lembrou-se ainda que depois do seu pai ter casado, com Mariana ela sentia a mesma solidão, o mesmo sofrimento de quando sua mãe estava doente, e ia deixando-a aos poucos até que morreu, assim seu pai foi deixando-a aos poucos até que morreu como pai, mesmo continuando vivo. Naquele homem que tinha convivido os três últimos anos não encontrou mais o abraço carinhoso, a dedicação de seu pai, na véspera da viagem ele a escutou ternamente, acariciou seu rosto, por um instante foi como se ele tivesse retornado de uma viagem.

Genalda ficou uns dois dias encafifada, trancada no quarto, mas não parava de fazer planos, criar estratégias. Nas conversas com Adelaide ela lhe disse que interrompera seus estudos porque precisou trabalhar. Mas estava tentando ajustar seu horário de trabalho no período diurno de sete da manhã às quatro da tarde porque ia voltar a estudar a noite. Era outubro e no mês de janeiro tinha o exame de admissão para entrar no ginásio e não importava o ano que estudara ou deixara de estudar, se passasse no exame entraria no ginásio, falou que ali perto da fábrica de margarina, havia uma professora, a dona Socorro Pinheiro, que ensinava aluno só para passar nesta prova. Ensinava utilizando um livro bem grande com todas as matérias e todos os exercícios de cada matéria e que na prova do exame de admissão as questões eram tiradas deste livro, ele era muito caro nas livrarias do centro, mas a D. Socorro Pinheiro possuía livros de segunda mão, e vendia já que os alunos dela sempre passavam e não precisavam mais dos livros ela os repassava para os novos alunos com um preço bem acessível. Genalda ficou empolgada, apesar de ter feito só até o terceiro ano, estava certa que passaria na prova e decidiu que neste mesmo sábado iria conversar com a professora para começar as aulas já na segunda-feira, era também o dia que estava marcado a entrega de sua carteira de identidade. Adelaide falou que Armando traria segunda-feira à noite quando viesse para sua casa.

Já estava completando um mês que Genalda estava na pousada, ao acordar, separou logo na bolsinha os trezentos cruzeiros para pagar a pousada, saiu do quarto, fechou a porta e foi para o refeitório tomar o café, terminada a refeição dirigiu-se à recepção e fez logo o pagamento ao Sr. Moacir e avisou que ia ficar talvez mais uns dois meses. O homem ficou satisfeito, mas perguntou se o seu pai não ia vir como estava combinado, ela no papel de filha do dono do restaurante do garimpo em Santarém disse que o pai ainda não tinha resolvido a venda de seu restaurante e não poderia deixar negócio pendente, porque era muito difícil o deslocamento para o estado do Pará, aí desfiou a estória que ela sabia de cor. Disse que o pai tinha mandado ela se matricular numa escola particular para fazer o exame de admissão e entrar no ginásio. Sr. Moacir perguntou: – como seu pai se comunica com você que nunca vi chegar nenhuma carta? Ela vivia se preparando para esta pergunta, só não achou que viesse dele, mas prontamente respondeu: – meu pai só me escreveu uma carta pelo correio era de tarde a Rita estava aqui quando chegou. É que ele tem um sobrinho que trabalha na estação no telégrafo, e sempre manda telegrama para mim, por isso toda vez que vou no centro eu passo lá na estação central pra receber os telegramas, quando meu pai bota dinheiro no Banco do Brasil para mim ele manda avisar e outras notícias mais. Genalda falou isto para despistar o homem, caso ele tivesse alguma dúvida de onde vinha o

112

dinheiro ou pensasse que ela guardava dinheiro no quarto, sabia que era muito perigoso se surgisse esta desconfiança. Inventou esta história do telégrafo porque seu pai dizia que antes de ter correio em Biana o seu sobrinho trabalhava como agente da estação e as notícias urgentes vinham pelo telégrafo, por isso ele era agente da estação de trem e telegrafista. O agente da estação era quem mandava e recebia os telegramas. Ela de fato nunca entendeu como as palavras vinham por dentro dos fios aí ele ouvia e escrevia no papel. Até hoje ela não entendia como as palavras viajam nos fios. O Sr. Moacir ficou espantado com o despacho e a sabedoria da moça, e era tão miudinha que aparentava ter uns quatorze anos e já resolvia tudo deste jeito, só podia ser filho de gente rico e letrado.

Genalda estava tão ansiosa para começar a estudar que não nem esperou a Adelaide ir com ela procurar a Professora, foi direto na rua da Fábrica de Margarina e perguntou numa casa onde ficava a casa da Professora Socorro Pinheiro. A Senhora que a atendeu, muito solícita saiu logo à calçada e apontou para a casa – olhe não tem errada, é aquela casa alpendrada e tem uma placa na parede escrita "PROFESSORA SOCORRO PINHEIRO, AULAS PARA EXAME DE ADMISSÃO".

Tão logo Genalda se avistou coma professora já foi dizendo que tinha vindo se matricular para as aulas preparatórias do exame de admissão, perguntou quanto custava a mensalidade, se ela tinha o livro e quanto custava. A professora disse que a mensalidade era duzentos reais, e o livro era cento e cinquenta, era a metade do preço, do que se comprava na livraria um novo. Genalda acertou começar a aula na segunda pela manhã, mas o livro queria comprar agora, como não tinha trazido o dinheiro iria buscar em casa, a professora pegou o caderno com a relação dos alunos perguntou qual o seu nome completo e seu endereço, em seguida disse que ela estava matriculada, que podia levar o livro e trouxesse os 350,00 na segunda-feira. Ela ficou muito feliz da vida, pensou em ir ao centro da cidade num lugar para comprar cadernos de capas bonitas e canetas de todas as cores e borracha que apaga tinta de caneta e lápis coloridos, pensou que como era sábado as lojas fecham uma hora da tarde e se apressou a ir ver se Adelaide estava em casa e queria ir com ela, Adelaide adorava lanchar na LOBRÁS. Já estava na metade do caminho quando lhe subiu um frio na espinha e lembrou do prédio do INPS no centro onde seu pai trabalhara e pensou na possibilidade de encontrá-lo, desistiu, iria outro dia, passou na bodega comprou mais dois cadernos, canetas azul, preta e vermelha, lápis e borracha de duas cores.

Mais uma vez o que Genalda não sabia, mas talvez pressentiu, é que se tivesse ido ao centro, naquela hora, teria encontrado com Ariano que depois de ficar a manhã toda sentada num banco da Praça do Ferreira em frente a LOBRÁS, procurando achar o rosto da filha no rosto de toda mocinha que passava, mais ou menos onze horas resolveu entrar na LOBRÀS para comprar umas cuecas e uns dois pares de meia, pois estava desprevenido destas peças íntimas, como sentiu fome subiu na escada rolante e foi no primeiro piso lanchar.

Depois de comprar os cadernos e caneta na bodega Genalda passou na feira, iria comprar um pastel com caldo de cana, eram dez horas ainda, tinha tempo para a hora do almoço, na verdade já estava enjoando àquela comida da banca da feira, estava pensando em arrumar outro jeito para almoçar pois na pousada só tinha café da manhã e café com pão à noite. Lembrou que a Rita todo dia ia almoçar em casa, quem sabe ela acertava para ela lhe trazer o almoço todo dia, ela lhe pagaria por mês, um dia de sábado já tinha almoçado lá, a comida era muito boa o marido da Rita era pescador e lá se comia muito peixe, ela gostava muito de peixe, iria falar hoje mesmo com a Rita, calculava que podia pagar 150,00 por mês pelo almoço, seria um bom preço.

Chegou em casa foi direto para a cozinha, e já foi fazendo a proposta:– Rita eu queria te propor tu me vender o almoço todo dia, eu te pago cento e cinquenta cruzeiros por mês. Rita abriu um sorriso: – esta Genaldinha é resolvida, não manda recado não, fala logo é direto, eu aceito e você pode começar logo hoje. Genalda foi para o quarto e se trancou, precisava pensar, fazer muitos planos, segunda-feira tudo iria começar a acontecer, ia para a escola pela manhã, receber sua identidade à noite, ia abrir sua conta no Banco do Brasil e levar todo seu dinheiro para depositar e ficar tranquila, logo na terça-feira de tarde, depois da aula almoçaria e iria direto para o centro da cidade.

Antes mesmo do dia que foi fazer sua identidade, depois do dia que foi tirar o retrato e viu a agência do Banco do Brasil, já tinha voltado ali várias vezes e ficava observando como as pessoas se comportavam, como se vestiam a quem se dirigiam. Um dia se vestiu com uma roupa mais fechada, saia em cima do joelho e uma blusa de manga três quartos, comprada para esta ocasião. Entrou na agência e se informou com o funcionário que estava sentado à mesa o que era necessário para depositar dinheiro no Banco, o funcionário falou que tinha que abrir uma conta e lhe disse os documentos que precisava, ela lhe perguntou se o dinheiro estando no Banco podia tirar noutra cidade, o rapaz afirmou que sim tanto noutra cidade como em outra agência em Fortaleza, pois na capital tem mais de uma agência e deu mais informações. Você vai receber um talão de cheque, você vai poder fazer pagamentos com cheque e receber dinheiro em qualquer agência. Genalda agradeceu a explicação, disse que receberia o dinheiro na próxima semana para abrir a conta. A partir deste dia ela contava as horas para receber a identidade, já que dos documentos exigidos só isso lhe faltava. Ficou pensando

116

como levaria este dinheiro ao Banco, não podia ser de uma só vez, era muito dinheiro e iriam desconfiar, ela poderia até ser presa, poderiam pensar que ela roubara de alguém, porque nem tinha idade para já ter ganho tanto dinheiro assim. Espremia a cabeça para tirar uma ideia, mas a cabeça parece que estava vazia, ela confiou que depois de dormir e sonhar, a cabeça iria se encher de planos outra vez.

Finalmente chegou segunda-feira, a partir daquele dia a rotina de Genalda estava completamente alinhada, levantava seis horas, tomava banho e se vestia sempre com uma calça faroeste e camiseta e calçava um sapato conga, pegava o livro e cadernos e nunca esquecia de fechar muito bem o quarto, se dirigia à sala que funcionava como refeitório da pousada, seis e quarenta e cinco tomava seu café, em seguida andava apressadamente os três quarteirões que a separavam do curso de exame de admissão. Chegava pontualmente às sete. Poderia chegar antes ou não vir praticamente correndo, mas é que na pousada o café era servido às sete horas, ela conseguia lanchar 'quinze para as sete horas' por uma cortesia da Rita que lhe deixava se servir antes do horário, muitas vezes o acompanhamento do café era só uma tapioca com ovo porque o pão não tinha chegado. Ela não se importava, o importante era não chegar atrasada na aula. Estava indo muito bem no curso preparatório, aprendia muito a cada dia, agora todas as suas tardes passava estudando, além das tarefas de português e matemática e os pontos de história, geografia e ciências para decorar a professora passou uma lista de livros para ler, lhe adiantou dois emprestados e, disse que se ela pudesse, comprasse os outros; na lista tinham títulos de Machado de Assis, José de Alencar, José Lins do Rego, entre outros. A professora lhe disse que poderia comprar na Livraria Edésio na rua Guilherme Rocha, que tinha bons preços, mas se ela não se importasse de comprar livro usado, tinha um sebo que vendia todos estes livros por menos da metade do preço da livraria, era a banca do Leal em frente à agencia central dos correios por detrás da agencia central do Banco do Brasil, na frente dos correios olhando para a praça dos Leões.

Genalda ficou tão entusiasmada com as manhãs todas no curso preparatório para admissão ao Ginásio da professora Socorro Pinheiro, as tardes todas em seu quartinho estudando e fazendo tarefas e à noite ainda ia ler os romances que a professora lhe emprestara, esquecera do Banco do Brasil. De repente, já tarde da noite, lendo o livro A Normalista do escritor Adolfo Caminha, não se sabe por que, associou seu destino ao da protagonista e lembrou do seu plano para ser dona da sua vida e não ser abusada, nem violentada, nem tratada com crueldade por ninguém. Já recebera a carteira de identidade a alguns dias, mas estava tão deslumbrada, tão entretida por ter voltado a estudar, já tinha passado uma semana e ela não teve sequer a lembrança de ir ao Banco do Brasil. Teve um sobressalto, voltou a preocupação que alguém descobrisse que ela guardava dinheiro no quarto, resolveu ir ao Banco na sexta-feira depois da aula.

Na sexta-feira também o Ariano foi no Banco do Brasil na agência central, antes de ir falar com o advogado em seu escritório, no Palácio Progresso, passou na banca do Leal e comprou um almanaque enquanto o banco abria, para pegar o dinheiro de seu aposento e pagar o advogado.

Genalda era uma leitora voraz, começava a ler um romance não queria mais parar até terminar, quando a professora lhe passou a lista de livros ela pensou logo em comprar todos, queria livros novinhos para colocar numa estante na sua sala, na casa que ela ia comprar teria uma biblioteca, a biblioteca seria na sala de estudo, ou no seu escritório, ficou confusa. Parou a leitura fechou a luz do quarto e começou a sonhar, sonhar e planejar, tinha que arquitetar uma estratégia para transportar todo seu dinheiro para o Banco do Brasil sem que ninguém notasse, mas já era tarde da noite, estava cansada para planejar, amanhã pensaria no plano, ou melhor pensaria no plano no fim de semana, pois teria mais tempo, decidiu não mais ir na sexta feira, decidiu deixar para segunda feira à tarde iria logo depois do almoço, quando saísse do Banco queria ir na livraria comprar alguns livros, daria tempo, pois a Rita sempre trazia seu prato às onze e meia, quando ela chegava do curso já almoçava.

O fim de semana passou num piscar de olhos. A professora do Curso de admissão tinha pedido para os alunos fazerem uma redação sobre as brincadeiras de infância, Genalda voltou ao passado enquanto escrevia, quem lesse àquela redação visualizaria aquela menina pulando de corda, brincando de roda, pulando macaca, estudando, tirando o primeiro lugar na escola e cheia de amigas, só poderia dizer: – que infância maravilhosa que teve esta criança. Na verdade, Genalda tinha uma capacidade de guardar as lembranças boas da vida.

Já era noite do domingo e Genalda sabia que tinha de decidir como faria para levar o dinheiro ao banco segunda-feira à tarde e quanto levaria. Pensou que não poderia levar uma grande quantia, decidiu levar seis mil cruzeiros. Em uma das vezes que foi a LOBRÁS, comprou uma mochila escolar e um colecionador de capa dura vazio por dentro que se ia colocando as folhas, tipo um fichário, ela pensou que botaria os pacotes de dinheiro dentro do colecionador e levaria dentro de sua mochila de livros na segunda-feira à tarde. Dito e feito, foi só chegar do curso, almoçou correndo e foi para o quarto pegar a mochila que já estava com o colecionador e o dinheiro dentro, tinha deixado tudo preparado na noite anterior, além do colecionador colocou mais um caderno, ficou bem pesado, mas uma mochila bem apropriada para uma estudante. Estava de calça faroeste camiseta e um sapato conga azul. Chegou no banco cansada do peso da mochila, os três quarteirões da praça José de Alencar até o banco foi um bom pedaço, não imaginou que pesava tanto, não sabia se o que mais pesava era a mochila ou o medo de algo ruim acontecer. Entrou de banco a dentro e já foi procurando a mesa da pessoa que lhe atendeu na outra vez que perguntou sobre os documentos para abrir a conta. Assim que avistou o funcionário sentou-se na cadeira e colocou sua identidade e um papel anotado o endereço sobre a mesa dizendo: – Eu vim abrir a conta! Ele pegou o documento e olhava para ela e para a carteira como se quisesse confirmar o que estava escrito, por fim disse o que pensava, – você não aparenta ter esta idade, aliás não aparenta nem ter quinze anos! Você trouxe o dinheiro para o depósito? Ela respondeu que sim. Ele pegou um formulário que começou a preencher a partir dos dados da identidade e do endereço e depois começou a lhe perguntar mais informação que ela foi respondendo. Perguntou quanto era o depósito, – seis mil cruzeiros, ela respondeu, ele disse – é o que você vai depositar agora que eu preciso anotar! Ela respondeu: – é este valor que vou depositar agora. Ele parou, a olhou surpreso e indagou: – você está com todo este dinheiro aí? E anda sozinha? Genalda sorriu disfarçada e disse: – não ando sozinha, meu pai me deixou na porta do banco e depois me pega na livraria que vou comprar uns livros. Ela aprumou bem a mochila no seu colo e com as duas mãos tirou o pacote de dinheiro entregando ao funcionário que conferiu todas as cédulas com a ajuda de uma engrenagem que parecia um moinho de moer milho, ele enfiava as cédulas com uma mão e com a outra girava a manivela e ia aparecendo os números como a caixa registradora das lojas no caixa de pagamento. Após a contagem do dinheiro o funcionário fez o depósito lhe deu o comprovante entregou-lhe uma carteirinha com todos os dados da conta disse-lhe que tinha direito a um talão de cheque e poderia vir receber com oito dias, procurando ser agradável, disse que ia indicar-lhe uma boa livraria. – A Livraria Edésio é logo aqui na rua Guilherme Rocha, é só sair aqui do banco, mudar de calçada e dobrar a esquina. Genalda para dar uma de entendida respondeu: – é lá mesmo que compro meus livros. Na verdade, ela ia procurar esta livraria porque a professora já tinha informado que lá encontraria os livros que queria ler. Genalda achou tudo muito fácil, tudo ia bem, então ela tinha bastante tempo para ir na Livraria. Ao sair do banco seguiu a indicação que ele havia dado, só foi dobrar a esquina deu de cara com a placa da livraria. Um vendedor acompanhou-a logo que entrou, então ela lhe apresentou a lista e pediu que ele colocasse o preço do lado de cada título. Após ver o preço dos livros, comprou apenas dois, achou muito caro. Antes de sair da Livraria ela perguntou ao vendedor se a agência central dos correios estava

122

longe, ele falou que não, era só atravessar a Praça do Ferreira e quando chegasse na rua de frente que era a Floriano Peixoto subisse para o lado esquerdo como quem vai para a praia. Genalda não achou difícil, aprendeu a andar nas ruas olhando as plaquinhas que tinha na esquina, depois de cruzar a praça do Ferreira subir na Floriano Peixoto, deu de cara com o prédio do Banco do Brasil, não sei porque sempre se emocionava quando via um banco do Brasil. Andou mais um pouco, deu de cara com agência dos correios, viu a banca do Leal, achou que já conhecia este lugar, chegou na banca seus olhos foram direto para a prateleira de revista, que coisa estranha, já estivera neste lugar, talvez estivesse estado ali em sonho. O dono da banca se aproximou para atendê-la, ela mostrou a lista dos livros, eram seis, menos dois que estavam riscados, queria saber se ele tinha e qual o preço. O Leal rapidamente localizou os livros e lhe pôs nas mãos. Os livros estavam novos, muito bons, ela perguntou quanto custava e quando ele disse o preço, – meu Deus, os quatro eram mais barato do que o que tinha pago pelos dois.

Na semana seguinte, terça-feira à tarde ela foi buscar o talão de cheque e repetiu a mesma fórmula da vez passada só que agora levou dez mil cruzeiros, ao chegar na agência ela se dirigiu ao funcionário e ele logo a reconheceu e já foi lhe adiantando: – você veio pegar o talão de cheque? – Sim e vim fazer outro depósito! Ele falou que ela poderia se dirigir ao caixa que ele entregaria o talão e receberia o depósito. Só tinham duas pessoas na fila, ao chegar sua vez ela foi logo adiantando: – quero fazer um depósito de dez mil cruzeiros e quero receber um talão de cheque que tem para mim! Tirou o dinheiro da bolsa, colocou no guichê junto com sua identidade e o cartão dentro da carteira que tinha recebido onde tinha o número da conta e todos os outros dados. O caixa a olhou surpreso, conferiu o dinheiro naquela máquina igual como o outro fez, perguntou se ela andava sozinha com tanto dinheiro, ela disse que não andava sozinha, mas que era acostumada a trabalhar com dinheiro, era caixa do restaurante de sua família. O caixa acenou com a cabeça dizendo: – ah, está explicado.

Genalda ficou cabreira com a admiração deste povo, – será que este dinheiro é muito dinheiro, será que o povo que vai pro banco tem pouco dinheiro, será que é o seu jeito, assim pouquinha, pequenininha que todo mundo se admira? Ela ficou espantada, como iria trazer todo este dinheiro para o banco em pouco tempo, tinha que fazer um planejamento para sair desta enrascada. Neste dia resolveu ir de novo na banca do Leal, pediu mais indicação de livro para a professora estava lendo sem parar, até no ônibus ela lia. Quando passou em frente à agência central do Banco do Brasil teve uma ideia. – E se ficasse depositando uma semana num Banco e outra semana em outro? Aí iria despistar a curiosidade dos funcionários. Entrou no banco, se dirigiu a uma funcionária mulher e perguntou se a pessoa tendo conta noutra agência podia fazer depósito também nesta agência. A funcionária respondeu que sim, bastava ter os dados da conta e o dono da conta ou qualquer outra pessoa poderia fazer depósito. Genalda criou alma nova, agora toda semana iria trazer seis mil cruzeiros para depositar e ia alternar uma semana em uma agencia e outra semana na outra até botar todo dinheiro. Quando chegasse em casa iria fazer as contas para ver quantas semanas iria precisar. Ao sair do Banco estava meio desnorteada com o coração descompassado, seguiu em frente como uma autônoma quando se deu conta estava na praça dos leões, parou, olhou para trás e voltou, foi até a banca do Leal e comprou mais quatro livros, desta vez pediu abatimento.

Chegou em casa com o coração aos pulos, tinha conseguido depositar dezesseis mil cruzeiros, pegou o lápis e papel e foi fazer as contas, restava oitenta e quatro mil cruzeiros seria preciso catorze semanas depositando seis mil em cada vez, catorze semanas fez as contas de novo, catorze semanas são três meses, e catorze vezes são muitas vezes, e se alguém desconfiasse e se alguém a seguisse? Pensou que iria ter de mudar os horários, calculou que ia ter que perder aula uma semana ou outra para mudar os horários de ir ao centro. Mas estava tão cansada e parou de planejar: – amanhã eu penso! Suspirou.

Genalda estava muito satisfeita com seus estudos, a Dona Socorro Pinheiro disse que ela passaria, na certa, pois tinha uma boa redação e a redação conta muito ponto, lhe orientou a fazer a prova na escola normal Justiniano de Serpa era certo que lá a seleção era muito apertada porque tinha muita gente inscrita e muitas meninas preparadas, mas sabia que ela também estava preparada e muito bem-preparada, com certeza ela passaria. A professora ficou tão confiante e sabendo que ela não conhecia a cidade nem seus pais estavam com ela se ofereceu para levá-la a fazer a inscrição no exame de admissão da escola normal Justiniano de Serpa, iria levar uma sobrinha para se inscrever e neste dia também a levaria. Genalda ficou radiante com a notícia eram coisas boas demais acontecendo.

Passou mais uma semana, chegou segunda-feira e Genalda não estava disposta a levar o dinheiro para o banco, estava se sentindo insegura, medo de ser assaltada também não estava tranquila, aquele dinheiro no estrado da cama, a Rita mesmo brincado já tinha lhe dito, – Genaldinha eu não sei que tesouro você esconde neste quarto que não quer que eu limpe. Ela dizia – Rita eu sempre fui acostumada a limpar não só meu quarto, mas minha casa toda e este quarto é tão pouquinho num instante eu limpo e depois você já trabalha tanto aqui. Sempre se saía com uma conversa comprida, mas até Sr. Moacir já estava também perguntado porque ela não deixava a Rita limpar o quarto e trocar os panos da cama. A situação estava ficando difícil, ela não via a hora de levar todo o dinheiro para o banco, mas também não queria gerar desconfiança nos funcionários levando tudo de uma vez.

Nesta semana ela foi na sexta-feira pela manhã e fez o depósito no Banco do Brasil, perto da praça dos leões, foi bom porque nem na pousada deram definição que ela tinha ido para o centro, ficou como se ela tivesse ido só para a aula, ela pediu à professora para sair do curso às dez horas e foi com os seis mil cruzeiros dentro da mochila igual como das outras vezes, direto para o Banco e voltou nas mesmas pisadas, não foi nem na banca do Leal. Na volta ela viu várias mocinhas de fardas de colégio subindo e descendo do ônibus, observou que a esta hora estava cheio de adolescentes fardados nas paradas, teve uma ideia, iria comprar uma calça de brim azul como as das fardas e uma blusa de farda de um desses colégios para usar toda vida que viesse ao banco, decidiu que viria no horário escolar da tarde ou da manhã, já usava uma mochila escolar muito adequada para disfarçadamente transportar o dinheiro, aí se sentiria mais segura.

O ônibus parou num ponto, o assento ao seu lado estava vago e sentou uma estudante com farda e mochila, ela começou fazendo umas perguntas à moça, sobre o exame de admissão, depois sobre curso de inglês, por fim perguntou se ela sabia onde vendia fardamento escolar a estudante perguntou: – de qual o colégio? na

Liberato Barroso tem uma loja que vende fardamento escolar, mas depende do colégio, não é todo colégio que tem farda em lojas, só quando o colégio é grande, a maioria só vende no próprio colégio. Ela ficou meio atarantada para dizer o nome do colégio, mas lembrou daquele que toda vez que ia ao centro o ônibus passava em frente, e disse: – é o colégio São José! A estudante falou: – acho que este colégio tem a farda lá na loja da rua Liberato Barroso, fica perto da sapataria esquisita, já chegando na praça do Ferreira. Genalda perguntou: – É perto da LOBRÁS? – Sim é na rua que sai na esquina. Genalda achou que era uma boa saída, a próxima vez que viesse ao centro compraria o fardamento. Ficou muito ansiosa, não iria esperar a próxima vez, voltaria hoje mesmo à tarde e procuraria a loja. Almoçou correndo, pegou o ônibus e voltou ao centro da cidade, sabia onde ficava a praça do Ferreira, sabia onde ficava a LOBRÁS, foi fácil, quando vinha na rua pelo lado da praça, deu de cara com a esquisita e já foi avistando o letreiro na loja em frente: fardamento escolar! Entrou, viu vestidos nos manequins, blusas de vários colégios, as calças eram todas da mesma cor e mesmo tecido azul marinho, não importava o nome do colégio o importante era ser farda de colégio, encontrou a farda do colégio São José.

Depois que comprou a farda para usar quando fosse levar o dinheiro, ficou mais tranquila, fazia sempre o mesmo ritual antes de sair, no dia de ir ao banco vestia a calça de brim azul marinho, a blusa da farda e colocava outra blusa por cima tão logo saia de casa que percorria uns dois quarteirões pegava um trecho deserto quando passava atrás da fábrica de margarina para pegar o ônibus no final da linha para ir sentada, aproveitava este trajeto meio deserto, olhava para um lado e outro, tirava rapidamente a blusa que estava por cima, metia na mochila e ficava com a farda. Fez o mesmo ritual em seis semanas seguida sempre alternando horário e dia, às vezes ia à tarde, às vezes pela manhã, sempre em dias diferentes, a cada semana em agências diferentes, ora numa, ora noutra agência, foi uma boa estratégia estava indo tudo bem.

Sexta-feira Rita chegou com recado de Adelaide pedindo que Genalda fosse em sua casa à noite, fazia tempo que ela não visitava a amiga, pois estava muito envolvida e acabou que Adelaide não voltou a estudar, resolveu marcar a data do casamento para o fim do ano. Genalda ficou animada para encontrar a amiga e neste fim de semana quem sabe poderiam ir à praia. A boca da noite quando Rita ia para casa ela aproveitou e foi junto para a casa de Adelaide, foi uma alegria o encontro, tinham mil assuntos para falar, mas o mais importante que Adelaide não cabia em si de contente, é que o noivo ia comprar uma casinha perto da avenida leste oeste, que era uma avenida nova que ligava as praias da cidade e ficava perto da praia e ele iria botar uma lanchonete e ela não precisaria mais trabalhar na lanchonete da Rodoviária, iria trabalhar no que era dela, tinha muita prática, sabia tudo sobre lanchonete. Genalda ficou muito feliz com a alegria da amiga. Foi maravilhoso ver quanta felicidade e realização se expressavam no semblante de Adelaide. Ficou feliz também, porque às vezes a perturbava um pressentimento que se seu pai quisesse procurá-la, o lugar mais certo seria começar pela rodoviária, se botasse um investigador e fosse de quiosque em quiosque, chegaria na lanchonete onde Adelaide trabalhava e do jeito que ela era atenciosa para dar informação, por certo responderia todas as perguntas que lhe fossem feitas e eles poderiam descobrir seu paradeiro, então ela achou muito boa a ideia de Adelaide não ir mais trabalhar na rodoviária, assim se perderia a única pista que poderiam ter. Genalda já tinha a imaginação fértil e agora lendo tantos romances aí é que seus pensamentos viajavam. Adelaide a sacudiu daqueles pensamentos com um convite: – Amiga, eu e Armando vamos amanhã ver a casa, você quer vir com a gente? Um primo dele vai nos levar de carro. Genalda ficou radiante claro que queria e ficou tudo combinado oito horas estaria lá para o passeio com muito gosto.

Genalda ficou eufórica com o convite de Adelaide, quase não concilia o sono, por fim acordou, sábado às seis horas tomou banho, se vestiu, fechou o quarto, botou um livro dentro da bolsa e sete horas já estava na casa de Adelaide, tomaram o café juntas, dali a pouco chegou Armando e todos entraram no carro e desceram rumo a avenida leste oeste. A casa era no bairro Nossa Senhora das Graças, bem em frente à pracinha muito bonitinha era uma ótima oportunidade. Adelaide explicou que um dos motivos que o proprietário estava pedindo um preço bem baixo, era por estar a casa com a parte da frente inacabada, mas para eles isso era bom porque Armando queria fazer a lanchonete justamente na frente do espaço que seria a varanda, faria uma laje para ficar a lanchonete embaixo e deixaria no ponto de construir um compartimento em cima. Na verdade, o preço baixo era em razão de está inacabada, não ter escritura pública, só vender a vista, ter pressa para vender.

O negócio ficou bem apalavrado, ficou praticamente certo a venda, marcaram terça-feira no cartório João de Deus para fazer o documento, pagar a parte do dinheiro e marcar o dia da entrega das chaves e o pagamento do restante. Adelaide estava muito feliz, tudo que ela queria era casar com Armando e agora com a casa e um lugar para trabalhar não tinha coisa melhor.

O proprietário disse para Armando que do outro lado da avenida ele tinha um terreno grande com um galpão e que também era para vender, o terreno tinha trinta metros de frente e cinquenta de fundo, mas só tinha construído um galpão sem parede, só as colunas e o teto, disse que estava vendendo por trinta e cinco mil cruzeiros. Genalda estava prestando atenção em toda negociação de Armando com o dono dos imóveis quando o ouviu falar sobre o terreno ficou de orelha em pé, se meteu logo no assunto: – Senhor lhe ouvi dizer que tem um terreno pra vender, meu pai mora no Santarém, mas está de muda para o Ceará, eu vim na frente porque ele está fechando a venda de um restaurante que tem lá. Então eu queria ver o terreno porque eu sei se vai agradar ao meu pai. O vendedor ficou muito animado e como já tinha encerrado o assunto da casa ele convidou todos para ver o terreno que ficava praticamente confrontando com a casa, mas sendo do outro lado da avenida Leste Oeste. Adelaide ficou logo muito animada: – já pensou Genalda, se tu vens morar aqui pertinho de mim, vai ser nós com uma lanchonete e vocês com restaurante.

Quando Genalda avistou o terreno com aquele Galpão grande construído assim solto no meio, sentiu o coração estremecer, teve a certeza de que iria comprá-lo, teve a certeza de que já tinha visto aquele terreno em sonho, tinha tido aquela visão, mas não tinha ainda revelado nem a si mesma. "Era um amplo salão onde tinham estantes com todo tipo de livros de histórias infantil e romances, estava cheio de adolescentes lendo, pintando, tocando violão, tocando tambores, dançando, desenhando, fazendo pipas, fazendo bolas, era um emaranhado de atividades e cores e crianças e os adolescentes todos se movimentavam e se misturavam na sua visão". Sabia que compraria aquele terreno, sabia que o transformaria em um grande espaço para que crianças e adolescentes pudessem ficar.

Precisou ser sacudida por Adelaide para despertar do sonho, acordando deu um salto à frente: – Senhor, meu pai vai com certeza se interessar pelo terreno e ele tem planos para comprar um terreno assim, vou me comunicar com ele e terça-feira quando Armando for se encontrar com o Senhor eu já vou junto e levo a proposta para fechar a compra. – Pois muito bem, diga a seu pai que o terreno é trinta e cinco à vista, não existe preço melhor nesta região, esta avenida acabou de ser feita e liga um lado da cidade a outro, liga o lado pobre com o lado rico e tudo aqui vai se valorizar muito estou vendendo deste preço porque estou de viagem, não tenho tempo de esperar e preciso do dinheiro para comprar uma propriedade que já está apalavrada lá onde eu vou morar.

Genalda não teve mais sossego, sua cabeça parecia uma panela de pressão querendo explodir com tantos planos, ela não via a hora de se trancar no seu quarto para botar os planos e os pensamentos em ordem, não aceitou nem ir almoçar na casa da amiga, queria ficar sozinha, se despediu correndo, não sem antes confirmar que terça-feira iria junto com Adelaide e Armando falar com o proprietário do terreno.

Era mais de meio-dia quando chegou na pousada, foi até a cozinha tomar um copo d'água, viu o prato coberto em cima do fogão, era seu almoço que Rita trouxera, só não fazia almoço aos domingos aí ela se virava como podia. Estava sem fome, só o que queria era entrar em seu quarto deitar na cama, fechar os olhos e planejar. Fez as contas na cabeça, já sabia decorado, tinha levado cinquenta e dois mil cruzeiros para o banco, pelo seu planejamento ainda tinha oito semanas para levar todo o dinheiro, fez as contas dos dias, eram quase dois meses. Por falar em tempo, lembrou-se que quando neste mês foi pagar a pousada o senhor Moacir perguntou pelo pai dela, quando ele viria, Genalda para desconversar dissera: – que é isso Sr. Moacir está querendo me expulsar? – Não menina, você é a melhor hóspede que eu tenho, só me paga adiantado, eu quero é que seu pai também se hospede aqui, se é que quando ele chegar não vai querer é ir para o um hotel chique! Genalda pensou: – Sr. Moacir sempre com as indiretas especulando, deixando no ar as desconfianças, tenho muito medo que um dia por curiosidade ele entre no meu quarto para descobrir os segredos que ele acha que eu tenho. Começou a planejar de novo e dizer para o seu cérebro: – vou comprar este terreno, mandar fazer uma casa, deixar o galpão na frente, mandar fazer as paredes com muitas portas e janelas para ser um grande salão, construir uma casa na parte de cima. Lembrou-se que o Armando ia construir um quarto em cima do compartimento que ia fazer para a lanchonete, e continuou a conversa interna: – vou morar em cima e atender os meninos e meninas, pixotas e pixotes que precisarem de ajuda, em baixo no salão vou fazer igual como no centro comunitário, mas lá não vai ter fila pra ser atendido, quem precisar vai ter apoio. E passou toda a noite viajando no seu sonho real que quando cochilava fazia força para acordar de novo e continuar sonhando acordada, pegando o roteiro de onde tinha deixado, e descrevendo combinando cenários, personagens e situações como se tivesse escrevendo um romance. Vai ver que a influência dos romances que estava lendo lhe dera tanta capacidade de sonhar. Não, ela sempre foi sonhadora e teve método para planejar, mas agora com os romances seu repertório aumentou, multiplicou-se seu horizonte, suas possibilidades.

Era domingo, ao acordar ela deu graças a Deus, pois ela poderia ficar mais tempo deitada de olhos fechado para planejar. Decidiu que ofereceria vinte e cinco mil cruzeiros, chegaria aos vinte oito nada mais que isso, a casa do Armando tinha sido dezessete mil cruzeiros está certo de que o terreno da casa era bem pequeno, sete de frente por vinte de fundos, mas a casa estava no ponto de morar, era uma casa de quatro compartimentos e banheiro e só faltava terminar a parte da frente que era área e garagem. Estava certo, iria fazer a proposta de vinte e cinco mil, era melhor que não precisaria levar o dinheiro para o Banco do Brasil. O dia não saia do lugar, os ponteiros do relógio não andavam, nem na leitura de seu romance se concentrava, estava lendo MEMÓRIAS DE UM SARGENTO DE MILÍCIA de Manoel Antônio de Almeida, resolveu se levantar e ir à casa de Adelaide antes que aquela agonia, àquela avalanche de planos e pensamentos explodissem sua cabeça.

Adelaide estava na porta de casa e foi logo lhe interpelando: – e aí Genalda, já falou com seu pai? Ela esqueceu de planejar esta resposta, mas improvisou: – já, ele ficou foi animado, eu lhe falei mais ou menos a localização, ele sabe onde fica e disse que esteve aqui tempos atrás quando ainda não tinha a avenida, eu acho que vai dar certo, ele mandou eu fazer a proposta terça-feira se o homem aceitar ele manda o dinheiro. – E quanto é a proposta? – A proposta é vinte e cinco mil na hora que assinar os papéis. – E seu pai vai vir para assinar? Assim vai demorar, pode o homem não esperar. – Não, ele não vai poder vir, eu mesmo assino.

– Foi bom ter treinado esta parte com a Adelaide porque ela não tinha lembrado de planejar estas respostas.

Adelaide estava muito interessada que o pai da amiga comprasse o terreno, queria se garantir que ia dar certo. – Mas Genalda, é um abatimento muito grande do preço, será que ele aceita? – Adelaide, é o que meu pai propôs e ele sabe o preço das coisas e mais que dinheiro à vista sempre faz a diferença. – É verdade, nossa era vinte e cinco mil cruzeiros que ele estava pedindo e baixou pra dezessete porque está querendo o dinheiro à vista e está vexado pra viajar.

Segunda-feira, pela primeira vez, Genalda não conseguia se concentrar na aula, era muito coisa acontecendo, como ela iria comprar esta casa? Ninguém poderia desconfiar que ela não tinha pai, ninguém poderia saber que ela era sozinha no mundo, sem parente, nem aderente, nada poderia atrapalhar seus planos, ela só tinha que planejar. A professora, tinha mandado os alunos fazerem uma redação sobre a arte de seduzir, ela nem tomou conhecimento: – Genalda, chegue aqui na mesa, o que está lhe acontecendo? Você está muito inquieta! – Professora, posso ir para casa? Não estou me sentido bem. Ao receber o consentimento, saiu vexada, só queria entrar no seu quarto, se deitar, fechar os olhos e planejar. E pensou e planejou de cor e salteado o que iria fazer na terça-feira, ensaiou em frente ao espelho, todas as suas falas era a do pai dono do restaurante, era dos telegramas que recebia do pai, era um portador que vinha do Santarém, tinha que combinar todas as falas para não se atrapalhar. A mente estava cansada, resolveu fazer sua redação: a arte de seduzir! Começou a escrever e se descrever, ela se identificou, achava mesmo que tinha a arte de seduzir, pensou, – só não consegui seduzir a Mariana e isso foi meu infortúnio! Quem sabe seduziu ao contrário, ela a odiava, terminou a redação, resolveu ir na casa da Professora, tinha saído no meio da aula, não queria que ela a achasse desleixada afinal ela tinha prometido de levá-la para se inscrever no exame de admissão do instituto, a melhor escola da cidade, não queria que ela mudasse de opinião, ia aproveitar para levar o dinheiro da mensalidade ainda faltava cinco dias para completar o mês, mas ela gostava de pagar adiantado, notava que a professora precisava, pois sempre ficava muito contente com sua pontualidade.

Bateu palma na porta, a filha da professora veio atender, avisou que ela não estava em casa, mas que poderia esperar, pois ela tinha ido na escola que ficava próximo para pegar um documento e logo estaria de volta. Genalda entrou, sentou na sala e ficou ouvindo vozes de uma saleta ao lado, era o marido da professora conversando com um estrangeiro, ela soube pelo sotaque, pelo assunto entendeu que estava tratando de uma compra de uma terra, falavam em registro da terra, falavam de matrícula do cartório, falavam de contrato e recibo, por fim ela entendeu que se tratava da venda de um terreno. A professora chegou, ficou surpresa com sua presença: – que aconteceu Genalda? Fiquei preocupada com você, pois é a aluna mais dedicada, nunca falta a aula, é a primeira a chegar e a última a sair. Ela foi logo se levantando e se explicando que saíra da aula porque não estava se sentindo bem, mas que fizera a redação e lhe entregou o caderno, abriu sua bolsa e lhe entregou o dinheiro da mensalidade. -- Aproveitei e já lhe trouxe o dinheiro deste mês, já foi se despedindo muito contente com a impressão que tinha causado na professora.

Chegou terça-feira Genalda tinha contado e recontado o dinheiro, tinha separado vinte e oito mil cruzeiros num dos sacos, no outro ficou vinte mil cruzeiros fechados, mas ela estava certa de propor os vinte e cinco e ia amarrar nesta quantia. Fez a separação do dinheiro por previsão, voltou a amarrar os dois sacos de pano com dinheiro no estrado da cama preso com as ligas pretas, como sempre fazia quando retirava o dinheiro para levar ao banco. Foi para a casa de Adelaide logo depois do almoço, pois de lá iriam para o cartório. Armando encontraria o proprietário da casa para assinar os papéis de compra. Quando chegaram os dois já estavam de saída na calçada do cartório, avistaram as moças, o proprietário foi logo se dirigindo à Genalda, – e aí moça vamos fazer negócio? – Vamos! Já falei com meu pai ele me autorizou a fazer o negócio, disse que paga vinte e cindo mil cruzeiros na hora, que o se o senhor quiser receber é só eu assinar os papéis e receber o terreno, recomendou para examinar os papéis para ver se estar tudo em dia antes d'eu assinar a escritura; destampou a conversa toda de uma vez, assim resolvida como quem sabe fazer negócio, o homem ficou foi admirado: – mas moça, o que você tem de pequena tem de sabida e eu que pensei que você não tinha nem quinze anos! Armando entrando na conversa já foi se fazendo bem íntimo: – que nada Sr. Fernando, esta amiga da minha noiva é quem resolve todos assuntos do pai dela, tem conta em banco e tem documento de identidade, – ah pois muito bem, então vamos fazer negócio, pelos vinte e cinco não posso vender, pois é prejuízo demais, só pensar o quanto este terreno vai se valorizar quando terminarem esta avenida Leste Oeste, mas avise a seu pai que eu vendo pelos vinte e seis mil, mas o dinheiro todo de uma vez e os documentos eu trouxe aqui, você pode mandar um despachante encarregado de arrumar papéis de transferência de imóveis examinar.

Vamos marcar para fechar o negócio a próxima terça-feira. – Dá tempo você se comunicar com seu pai? Ele vai vir para assinar a compra ou é você mesmo? – Meu pai não pode sair do restaurante agora, eu estando aqui só tem ele para cuidar e também ele está em fase de negócio, mas lhe passo um telegrama e comunico a sua proposta e ele me manda o dinheiro pelo Banco do Brasil, eu mesmo é que assino vou comprar em meu nome, afinal sou a única filha e herdeira.

Genalda chegou em casa esbaforida com a pasta de papel dos documentos do terreno, que sorte teve por ter ouvido àquela conversa do marido da professora, era isso mesmo, pela conversa dele com o estrangeiro ele era despachante, lembrou agora que Sr. Moacir tinha falado que o marido da professora vendia muita terra para estrangeiro porque ele entendia a língua dos gringos e estrangeiro gostava muito de comprar terra na praia. Eram seis horas da noite,

140

será que poderia ir agora mesmo na casa da professora falar com seu marido? Não, estava muito ansiosa, era melhor pensar e planejar.

Dormiu lendo os papéis, não entendia quase nada, leu o nome dos proprietários, o nome do cartório de registro de imóveis, a medida dos metros de fundo e de frente, adormeceu vestida com a luz acesa. Eram quatro horas da manhã, ela acordou e não conseguia mais conciliar no sono, resolveu ler o romance que já estava chegando ao fim. Seis horas já estava de pé caminhando para o banheiro, tomou banho, se vestiu apressadamente e ficou lendo na mesa esperando o café. Saiu apressada para o curso, mas na cabeça só pensava um jeito de falar o assunto com o marido da professora para ele examinar os papéis do terreno, ela achou que este serviço que ele fazia era pago, mas queria um serviço com segurança, podia pagar, iria propor até que ele fosse com ela ao cartório como testemunha, ela já sabia que estes negócios grandes tinham testemunhas. Encontrou a professora já no salão da aula, que sorte, não tinha chegado nenhum aluno, apressou-se em adiantar o assunto para a professora: – eu soube que o seu marido é despachante, que vende e compra casas e terrenos e arruma os papéis para registrar no cartório. Eu estou comprando um terreno e tenho aqui os papéis e queria que seu marido olhasse para ver se está tudo certo e queria que ele fosse comigo ao cartório, me acompanhar para eu assinar os papéis, eu posso pagar o trabalho dele. A professora sabia o quanto

Genalda era despachada, mas mesmos assim ficou surpresa com o seu jeito de falar, seu conhecimento e sua independência. – É verdade Genalda, ele trabalha mesmo com isso e lhe aconselho que se você tiver pressa com este negócio suba lá na sala dele e leve os papéis para mostrar, diga que é minha aluna e diga que negócio você vai fazer que ele entende de preço, de localização, da legalidade dos papéis, ele entende de tudo, pois seu trabalho é este, além de ajudar os comerciantes a vender e comprar terreno também trabalha na regularização dos papéis junto aos cartórios junto a prefeitura ou qualquer burocracia. Suba, o nome de meu marido é Gilvan.]

Genalda nem conhecia algumas palavras, mas achou tudo muito bom e subiu correndo para a saleta onde trabalhava o despachante. Deu bom dia, disse que a professora a tinha mandado falar com ele, abriu a bolsa e entregou os papéis que trazia. Disse que estava em negócio com o dono deste terreno e queria que ele visse se os papéis estavam em ordem e também sobre o preço que ele tinha pedido para fechar o negócio era vinte e seis mil cruzeiros, se estava de acordo com o tamanho e a localização do terreno, estas palavras ela já tinha aprendido de ouvir o dono do terreno assim falar. O despachante examinou os papéis, verificou o número da matrícula, o tamanho do terreno e a localização, ele sempre lendo e acenando positivamente com a cabeça, ela já ia entendendo que estava tudo bem, por fim ele dobrou o documento, olhou para ela,

142

lhe devolveu o documento, – você arranjou um bom terreno num lugar já bem valorizado com os documentos todos em ordem e por um ótimo preço e em que eu posso lhe ajudar? – Senhor Gilvan eu queria saber se posso fazer o negócio com segurança e queria que o senhor fosse comigo no cartório porque quero levar o dinheiro e já receber o documento, eu posso pagar o seu serviço, como meu pai não está aqui para me acompanhar e vou comprar mesmo no meu nome, não conheço o vendedor e não queria fazer um negócio tão grande sozinha. O Sr. Gilvan ponderou, sim eu posso lhe acompanhar você me paga os meus serviços normais nesta compra apenas a parte de arrumar os papéis, vou nas repartições da Prefeitura, do Estado tirar todas as taxas de impostos estaduais, municipais e da União, também dar entrada no registro no cartório de imóveis e vou cobrar duzentos cruzeiros pelo meu serviço, para lhe dar o papel da matrícula do imóvel no seu nome em sua mão, vou mandar calcular todos os impostos e o valor do registro no cartório e lhe passo o valor a ser pago.

Genalda devolveu os papéis para o despachante, disse que ele poderia providenciar todos os documentos e lhe avisasse o valor a ser pago que ela lhe repassaria todo dinheiro necessário e se tiver tudo pronto terça-feira mesmo poderia ser concluída a compra, pois ela já dispunha do dinheiro para pagar e que o Sr. Fernando, o proprietário do terreno, tinha combinado com ela, e se tudo tivesse pronto poderiam fechar o negócio. Passou pelo menos trinta minutos para acertar tudo, desceu muito satisfeita, ainda não eram oito horas, entrou na sala, pediu licença a professora para assistir a aula, mesmo estando atrasada.

Era sexta-feira, logo depois da aula Genalda subiu até a sala do Sr. Gilvan, ela queria pedir para que ele a levasse ao cartório no seu carro, pois pretendia levar o pagamento para o cartório. O despachante ficou muito surpreso de a moça dizer que estaria com todo esse dinheiro em mãos. – Por que você vai tirar este dinheiro do banco? – Basta você dar um cheque, ou se não quiser dar o cheque chame o vendedor para o banco, lá você faz o saque e já entrega o dinheiro sem sair do Banco, é muito perigoso andar com dinheiro. Genalda ficou sem saber o que falar, não podia dizer que tinha este dinheiro em casa, apenas concordou com o despachante. – É verdade. Ele retomou a conversa – mas eu posso lhe levar, podemos ir junto para o cartório. Ela correu para casa, precisava se trancar no quarto, se deitar, fechar os olhos e pensar, pensar e planejar, era a oportunidade de tirar debaixo da cama vinte e seis mil de uma vez, ela não iria perder esta oportunidade, tinha que haver uma saída. Almoçou apressada não tirou nem conversa com Rita, já ia saindo para o quarto quando ela apareceu, – e aí Genaldinha, comeu ligeiro, hoje você está resolvendo muito negócio, a Adelaidinha me disse que você vai comprar um terreno e é caro, disse que é grande. – É

Rita, meu pai está resolvendo se vai comprar. A desconfiança de Rita é que não via Genalda falar com o pai, nem para pousada ele nunca tinha ligado, se bem que ela disse que falava no telefone público, perto da escola, pensou:– deve gastar é muita ficha um telefonema interurbano e para outro Estado, se bem que neste último mês toda semana ela saia dizendo que ia para a TELECEARA no centro para fazer ligação interurbana para o pai, vai ver que já era estes assuntos que ela estava tratando. Foi bom que a Rita matou sua própria curiosidade só matutando no que Genalda fazia ou deixava de fazer.

Esta história de ir ao posto da TELECEARA no centro para ligar para o pai, Genalda inventou de improviso quando um dia Rita lhe perguntou o que toda semana ela ia fazer no centro da cidade, ela também vivia lhe perguntando como se comunicava com o pai se era ela que ligava para ele, pois ele nunca tinha ligado para pousada, então a resposta já serviu para matar as duas curiosidades, – Rita, eu vou toda semana no posto da TELECEARA falar com meu pai porque na cidade onde a gente mora a ligação é feita para as casas através da telefonista do posto. Genalda não tinha familiaridade com telefone nem sabia como funcionava, passou, pelo menos, três anos na Oiticica, longe da civilização e mesmo antes, na cidade onde morava não tinha serviço de telefonia, ficou sabendo deste posto da TELECEARA porque no dia que andava no centro Adelaide tinham entrado lá e lhe mostrado as cabines e explicando que era para fazer ligação interurbana e quando terminava a ligação era cobrado conforme os minutos de duração.

Genalda já ficou agoniada, daqui a pouco todo mundo já saberia que ela tinha comprado o terreno aí é que o Sr. Moacir ia especular sobre o seu pai, sobre o dinheiro, minha Nossa Senhora, era muita coisa para pensar e planejar. Trancou-se no quarto, naquela hora o calor era de matar, ainda bem que tinha comprado um ventilador bem potente, quatro horas da tarde já estava cansada de pensar, acho que chegou numa solução, se sentou no chão e desprendeu as ligas que amarrava o saco de dinheiro ao estrado da cama acomodou os vinte e seis mil num saco plástico da LOBRÁS, ficou tão apertado que diminuiu o volume, os outros dois mil ela colocou noutro saco plástico menor. Arrumou na mochila, que levava os livros e cadernos para a escola os dois sacos com dinheiro, só para fazer uma experiência se caberia, se ficava bem disfarçado, deu para colocar, mas ficou bem apertado. Tinha pensado em levar o dinheiro para o banco, ela marcaria com Sr. Fernando depois que assinasse no cartório, entraria no banco, iria ao caixa como quem fosse receber o dinheiro, depositaria os dois mil e traria os vinte e seis como se tivesse recebido no caixa do banco, o problema era o despachante, ela tinha que se separar dele no cartório, pois viria do cartório acompanhada pelo dono do terreno aí não correria perigo. Também tinha que escolher a agência e a melhor era o banco do

Brasil perto da praça dos leões, porque era bem grande e tinha um salão grande onde o Sr. Fernando poderia esperar, tinha muitas cadeiras e era afastado dos caixas e ele não perceberia o que ela estava fazendo ou deixando de fazer. Tudo resolvido, que solução fácil e ela tinha quebrado tanto a cabeça por um motivo deste. Terça-feira duas horas estava Genalda, com sua mochila nas costas já na porta esperando o S. Gilvan, ele chegou pontualmente e já foi comentando que estava bem apressado, pois um cliente seu tinha de última hora marcado um compromisso às três e meia e ele não podia faltar porque o homem ia viajar para o estrangeiro nesta mesma noite e tinha que deixar um negócio concluído, falou que caso o proprietário do terreno atrasasse ele não poderia esperar. Chegaram no cartório o Sr. Fernando já estava na porta esperando, entraram para fazer toda a burocracia exigida, o cartório estava cheio e como o Sr. Gilvan era muito conhecido, agilizou o quanto pode, quando terminou de encaminhar tudo era três e vinte, ele se virou para Genalda e o Sr. Fernando e explicou, – a papelada já está toda encaminhada já foi tudo assinado, o cartório já emitiu a guia para tirar os impostos, agora não depende mais nada do Sr. Fernando, é só fazer o pagamento, Genalda, para todos os efeitos a venda foi concluída pode pagar o homem, eu não vou poder lhe acompanhar, pois estou em cima da hora para outro compromisso, mas como meu caminho é pegar a rua São Paulo deixo vocês em frente ao Banco do

Brasil. Genalda criou alma nova, só Deus para botar todas as coisas no lugar certo, fez o sinal da cruz.

Como planejado pediu para o Sr. Fernando esperá-la sentado nas cadeiras, se dirigiu ao caixa, pegou a carteira do banco, tirou o saco com os dois mil cruzeiros, fez o depósito, guardou o comprovante, enfiou a mão na mochila rasgando o saco que estava dentro e continha o dinheiro de modo que se despejou todo dentro da mochila, fechou-a, em seguida caminhou na direção do homem que a aguardava. Sentou-se na cadeira ao seu lado, abriu a mochila e foi lhe passando os vinte e seis pacotes um por um que ele ia conferindo. O recibo tinha sido feito no cartório, já estava até assinado e reconhecido a firma, ele só fez passar para sua mão depois que acabou de conferir o dinheiro, passou-lhe também a chave do cadeado do portão do imóvel: – pronto, o imóvel é seu tome posse. O Sr. Fernando estava de carro e ofereceu para deixá-la em casa, incontinente ela recusou: – não senhor, obrigada, ainda vou ficar aqui no centro, tenho que ir a livraria comprar uns livros e vou até a TELECEARA fazer uma ligação para meu pai, ele me disse que assim que fechasse o negócio lhe comunicasse, ia falando e caminhando com medo que ele a detivesse com algum tipo de insistência, ela não queria nem saber de passar nenhum momento a sós com ele que com certeza iam surgir conversas e perguntas onde ela teria que criar estórias de uma realidade paralela e não havia planejado nada. Aproveitou que o homem estava embaraçado em arrumar o dinheiro e disse que tinha seu telefone e o Sr. Gilvan também, caso fosse preciso entrariam em contato, se despedi e saiu porta a fora, aliviada

Genalda foi na banca do Leal, achou preciosidades, comprou o romance do Machado de Assis, Dom Casmurro, comprou Meu Pé de Laranja lima de José Mauro de Vasconcelos e encontrou um Dom Quixote de La Mancha de Miguel de Cervantes, capa dura; foi na lanchonete da LOBRÁS, comeu banana split e voltou para casa às seis horas da noite. Estava podendo, era proprietário de um imenso terreno com galpão, era de maior e tinha identidade. Não conseguia acreditar se era sonho ou realidade, não iria conseguir dormir, nem o quarto poderia contê-la, não iria nem na pousada, iria direto para a casa de Adelaide.

Chegou na casa de Adelaide encontrou Armando conversando muito animado com o sogro que era mestre de obra e há uma semana trabalhava com uma equipe de quatro pedreiros na obra dele. Armando entrara com o material para a construção da lanchonete com a laje e o quarto em cima, o pai de Adelaide lhe presenteara com a mão de obra, estavam falando animadamente que já dava para marcar o casamento para dezembro, pois a obra com mais três semanas estaria pronta, de porta fechada, com a chave na mão. Genalda nem puxou conversa com Adelaide, estava com uma

149

atenção desmedida na conversa dos homens, então o pai de Adelaide era mestre de obras fazia casa e tinha uma turma de pedreiro, se tivesse dinheiro ele construiria ligeiro. Não teve, mas nem assunto com a amiga, arrumou uma desculpa e foi logo para a pousada, queria se deitar fechar os olhos e pensar, pensar e planejar.

Decidiu que já nesta sexta-feira iria na casa de Adelaide falar com Sr. Antônio, que queria contratá-lo para fazer sua casa, pensou que iria combinar para sábado ele iria ver o terreno e fazer o cálculo do preço do material e da mão de obra. O Sr. Gilvan tinha o papel do terreno, lá dizia quantos metros de área construída, quais as medidas do galpão, teve uma ideia! Falar com o despachante para ele mandar um especialista fazer o modelo de uma casa para ela construir em cima do galpão, toda cheia de varanda ao redor que iria dar para ela avista o mar, assim ela fez, foi para o curso, onze horas depois que terminou a aula perguntou para a professora se seu marido estava em casa, disse que precisava lhe falar sobre a compra do terreno: – sim ele está, ela respondeu, e Genalda subiu até sua saleta e já foi lhe participando o assunto. – Sr. Gilvan eu queria que o senhor arranjasse uma pessoa que faz model de casa para desenhar a minha que quero fazer naquele terreno. O despachante entendeu o que ela estava querendo. – Ora, pois não, você está querendo uma planta para construir seu prédio, eu trabalho com técnico especialista em planta, lhe mostro o documento do imóvel e o levo até o terreno, aí ele indica

150

a melhor localização para construir a posição do vento, do sol, e avalia se sua ideia é viável, se é possível construir a casa num segundo piso em cima do galpão. Mas tudo custa dinheiro, vou perguntar qual o custo de seu serviço.

Adelaide convidou Genalda para ir à sua casa sábado, quando lá chegou estavam à mesa comendo bolo, era aniversário de sua mãe, todos muito alegres o assunto era a casa de Adelaide e Armando, que estava ficando linda, Genalda não perdeu oportunidade e se dirigiu logo ao pai de Adelaide: – Sr. Antônio eu quero falar com o senhor para não pegar outro serviço, depois que terminar a casa deles, eu quero lhe contratar para fazer a minha que fica lá pertinho e eu já mandei fazer a planta, então quando o senhor se desocupar quero combinar para irmos no terreno calcular o material que vai pegar e o preço do material e da mão de obra. O Sr. Antônio ficou pasmo com o jeito da moça falar, tão miudinha parecia até mais nova que a Adelaide e resolvia tudo sozinha, tinha mandado até fazer a planta da casa. Ele muito brincalhão lhe disse: – minha filha, acho que você é extraterrestre, não tem pai, nem mãe faz tudo sozinha e compra terreno e constrói casa, que mágica é esta? Ela não se encabulou – Sr. Antônio a mágica é que meu pai sempre me ensinou fazer negócio, é do sangue de comerciante, é o costume desde menina eu já era caixa do restaurante do meu pai, mas já foi mudando de assunto, – e aí, dá certo o senhor fazer a construção assim que terminar a casa da Adelaide e Armando? - Dá sim, já estou contratado.

A planta ficou linda até as plantas do jardim o arquiteto desenhou e um parquinho do lado, a casa de dois andares rodeadas de varandas, na parte de cima ficou parecendo um castelo e na interna tinha um teto bem alto e uma sacada para dentro da própria casa, ele disse que era um mezanino era para quem estivesse no segundo piso ver as salas do primeiro piso, até o Sr. Antônio, que é mestre de obra, ficou escandalizado com a beleza da casa.

Sr. Antônio ficou encarregado de comprar o material para a construção de Genalda, ele deu a relação do material e lhe disse que se o pai dela tivesse dinheiro saia mais barato comprar areia, brita, tijolo, telha, cimento, tudo de carrada porque ela tinha espaço suficiente para guardar todo material. Genalda contratou o serviço da casa por empreita para pagar dezoito mil e receber a casa na chave, de porta fechada, com toda a instalação de energia, água, pagou seis mil cruzeiros inicialmente tinha contratado para pagar de três vezes, a segunda parcela com um mês e a terceira quando recebesse a casa terminada. Depois de pagar os seis mil cruzeiros para o Sr. Antônio, Genalda colocou o restante do dinheiro no banco, segui a mesma rotina e o mesmo método até depositar todo seu dinheiro. Ficou radiante com este feito por fim podia amanhecer e anoitecer sem sobressaltos de ter seu segredo descoberto. Foi um alívio, pois a partir do dia em que não tinha mais um cruzeiro em casa ela ia ao banco e pegava; para pagar o material sempre pagava com cheque, pagava à vista para ter os descontos, entregava o cheque ao mestre de obra que recebia o material. Que benção ter encontrado um profissional tão competente para construir e tão honesto para administrar a compra do material, pois como profissional ele conhecia os melhores produtos, os fornecedores e melhores preços. Falou para si mesmo: – decididamente, Deus está sempre junto de mim, como no tempo que ela era cruzadinha e rezava na igreja.

Genalda fez as contas e depois de ter pago o terreno e as taxas de registro, o despachante, a planta da casa e suas despesas, ela tinha sessenta e seis mil cruzeiros e como o dinheiro estava todo numa conta de poupança os rendimentos mensais davam para ela pagar suas despesas pessoais, pousada, alimentação, mensalidade do curso. Fez as contas direitinho, a previsão era pagar doze mil cruzeiros para o mestre de obra e uns vinte e quatro mil com material, conforme este orçamento do Sr. Antônio, ela calculou que ainda ficaria com trinta mil cruzeiros na poupança. A casa estava prometida para ser entregue em três meses.

O REGRESSO E A FALÊNCIA

Na cidade o único carro de frete que ia até Kiarana era do Cortês, uma Rural Aero Willis toda documentada e podia passar na 'cancela[6]', fazia horário para outras cidades, mas era exigente com os passageiros porque a 'Rural' era nova, nunca viajava para os matos, pois a estrada de piçarra acabaria com sua 'Rural' nova, nesses casos os fretes eram sempre feitos com os carros mais velhos que não tinham nem documento para rodar, por isso não pegavam estrada que era sujeita a uma fiscalização. O Cortês só viajava para Kiarana fretado, não fazia horário sairia muito caro não tinha passageiro suficiente para lotar sua Rural. Todo mundo só viajava de trem que a passagem barata e podia levar mercadoria à vontade. A Rural só alguns poucos podiam fretar e era sempre para casos urgentes. O filho de Mariana não teve outro jeito se não fretar a Rural do Cortês para trazê-la de Kiarana, afinal era Mariana ou seu marido que iriam pagar. Cortês era desconfiado, só aceitava pagamento à vista, mas neste caso sabia que a mulher e o marido tinham posse e não tinha perigo de perder a viagem. Quinta-feira às cinco horas da manhã Cortês buzinou na casa de Jacinto, sua mulher veio junto, ia aproveitar a viagem para comprar uns calçados e alguma novidade

---

[6] Posto de fiscalização rodoviário.

que na cidade não vendia. Quando a Rural chegou em Kiarana, parou em frente à Padaria, a mulher do Jacinto já ficou lá aproveitando o tempo para passar nas lojas, Estava acertado da sogra ter alta às nove horas, o mais tardar onze horas, já estariam voltando, Cortês lembrou de pegar um pacote para o Compadre Zé da Farma, era uns remédios, na verdade o Cortês tinha acertado pra ele vir na viagem, pois não sabia que além de Mariana seu marido também estava em Kiarana e vinha junto, pensou que os passageiros eram só o Jacinto a mulher e a mãe, ainda bem que conversando com o Jacinto, acertando na noite anterior a hora da saída, este lhe dissera que o tio tinha ido visitar sua mãe e estava lá esperando para vir também e lá mesmo já pagaria o frete que ficou certo por duzentos e cinquenta cruzeiros, a viagem era particular. Cortês foi despachar o Zé da Farma porque o carro já estava lotado assim não sobrava assento para ele, mas se comprometeu de trazer a encomenda que era os uns remédios que estava em falta na sua farmácia.

Parou a Rural em frente à Santa Casa às oito horas, para deixar Jacinto e disse-lhe que iria aproveitar o tempo para comprar uma peça e pegar a encomenda do compadre Zé da Farma, dez horas estaria lá na porta aguardando para voltar. A hora da entrada para quem fosse pegar paciente da alta era às nove horas. Jacinto esperou que a qualquer momento seu tio apareceria, na porta da Santa Casa, não apareceu. Nove horas em ponto ele entrou e foi direto na enfermaria onde se encontrava sua mãe, ela já estava de alta, aguardando uns papéis de receita para comprar os remédios passados pelo médico e uma guia marcando o dia da volta para tirar o gesso. Mariana estava sentado numa cadeira de rodas, ao avistar o filho, antes mesmo que ele tomasse a benção, olhou atrás dele e viu que estava só. Jacinto estirou a mão direita para ela e disse: – a bênção mãe. A mãe respondeu numa frase só: – Deus te abençoe, tu veio só? O Ariano está bem? Ficou lá na Oiticica? O Filho não entendeu foi nada. Pensou: – o que teria sucedido? O homem saiu de lá há três dias dizendo que vinha ver a mulher e pelo visto cá não apareceu. Se agoniou, pensou em algum desastre, mas todo dia tinha gente da cidade em Kiarana e notícia ruim se espalha rápido depois, seu tio era homem viajado, morou muito tempo na Capital e trabalhava com gente grande num emprego federal. – Não, coisa ruim não podia ter acontecido se não todo mundo já sabia! Ele emendou outro assunto e nem deu respostas às perguntas da mãe, disse que tinha vindo na Rural do Cortês, e que voltariam de dez para onze horas e perguntou se ela ficaria em Biana ou iria direto para Oiticica, pensou só com ele, que era melhor ela ir direto para a Oiticica, porque sua mulher não iria querer ter trabalho com sua mãe. Mariana parece que leu seus pensamentos e disse: – não eu vou é para casa mesmo porque não gosto de dar trabalho a ninguém e lá na Oiticica o Ariano pode ajudar a me levantar e eu posso andar com a muleta pela casa e tem

156

a negrinha para fazer... interrompeu a frase inacabada: – será que a negrinha foi mesmo para Fortaleza ou tinha saído por lá por perto e tu não viu? Estou avexada para chegar em casa e ver como estão os meus bichos. – O Ariano te deu algum dinheiro? Que eu quero comprar os remédios da receita logo aqui, porque lá na Farmácia do Zé da Farma é uma carestia.

Voltou de novo ao assunto que Jacinto lhe estava evitando, teria que dizer não saber o paradeiro de seu tio, não dava para adiar o assunto porque quando o Cortês chegasse na rural também perguntaria por ele. Agora deu ruim porque não tinha um tostão para comprar os remédios e o Cortês não era homem de emprestar dinheiro a ninguém e para piorar o frete já estava fiado, ficou acertado que Ariano pagaria e agora danou-se. Pensou que sua mãe por certo guardava dinheiro em casa, desconfiava que escondia num baú de documentos, no dia que ela o mandou levar Ariano à Kiarana ela se preocupou muito e falou mais de três vezes para fechar bem o quarto, as janelas com as tramelas e os ferrolhos e a porta de chave. Este cuidado todo só podia ser com que estava dentro do baú. Ele sabia que Ariano, por certo guardava seu dinheiro no Banco do Brasil, mas a sua mãe não gostava de dinheiro em banco, ela recebia as safras de castanha, do carnaubal e este dinheiro guardava num lugar seguro, com certeza. Ficou despreocupado que por certo ela tinha dinheiro para pagar o frete, mas os remédios, o que ele ia fazer?

Jacinto estava agoniado, sufocado com aquela preocupação, não sabia por onde começar a conversa com a mãe sobre o paradeiro do tio Ariano, só podia lhe contar o sucedido e a desconfiança que ele podia ter ido para Fortaleza, mas estava ruim de começar este assunto principalmente quando ele viu o jeito que ela falou da negrinha ainda querendo crer que Genalda não tinha ido para Fortaleza, que estaria por lá na casa de algum vizinho. Livrou-se da conversa embaraçosa porque a enfermeira chegou e disse que o acompanhante de Mariana precisava ir até o posto da enfermaria, recebeu a receita, a guia e assinar o papel da alta. Acompanhou a enfermeira, pegou a receita e os outros papéis e nem voltou mais para o quarto, foi lá para fora, estava precisando botar as ideias para funcionar, iria ficar lá fora até o Cortês chegar assim não teria de responder as perguntas da mãe. Ia dizer logo para o Cortês que o tio não estava mais em Kiarana, já tinha voltado, não ia nem encompridar conversa, sabia que ele reclamaria.

O Jacinto estava inquieto com aquela situação, pois não atinava o que estava se passando, porque Ariano disse que vinha para Kiarana ver a mãe e não tinha nem pisado na cidade. Lembrou que o tio estava meio estranho, foi duas vezes à Bianna, mas não disse o que tinha ido fazer, também em nenhum momento falou o nome da Genalda, alguma coisa estava acontecendo, estava desconfiado que Ariano fora para a Capital. Saiu caminhando para encontrar logo sua mulher, podia ser que tivesse sobrado algum dinheiro que desse para comprar os remédios.   Em frente a padaria foi avistando o Sr. Raimundo Branco; ah! criou alma nova, não ia ter nenhum acanhamento de lhe falar o dinheiro porque vendia seu pó de carnaúba para ele e estava fazendo as entregas para receber todo o apurado no fim da safra. O perigo era ele andar sem dinheiro, mas isso era difícil, ele era um homem que sempre tinha dinheiro, de qualquer forma se não tivesse no bolso, tinha no Banco do Brasil. O Sr. Raimundo Branco foi logo lhe vendo de longe e lhe cumprimentando: – oi Jacinto, que que você anda fazendo por aqui? Ele disse: – Vim buscar minha mãe que teve alta. O Sr. Raimundo Branco foi logo entrando no assunto: – pois é por isso que se diz que para morrer basta está vivo, a Mariana, uma mulher desde pequena acostumada a montar e um animal manso de casa fazer um desastre desse!   O Jacinto aproveitou a deixa: – Sr. Raimundo Branco eu estou aqui com uma receita que o médico passou uns remédios para minha mãe tomar durante um mês, até voltar para tirar o gesso, queria comprar aqui, mas estou desprevenido. Raimundo Branco foi logo metendo a mão no bolso: – quanto é o dinheiro que precisa? Ele respondeu: – não sei, mas acho que trezentos cruzeiros devem bastar, porque são três remédios, umas injeções que é para desinflamação. Raimundo Branco lhe entregou na mão a quantia solicitada. Se despediram e o Jacinto foi conjecturando: – esse é que é o homem,

159

por isso que é rico porque sabe fazer comércio, porque sabe conquistar seus fregueses, eu mesmo que não vendo meu pó para outra pessoa que não seja ele. Ali mesmo em frente estava a farmácia do Dr. Ramos e ele apresentou a receita e já comprou todos os remédios, que somou o valor de 220,00 cruzeiros. – Vixe, como era caro! Mas se fosse lá no Zé da Farma por certo era mais de trezentos, não esqueceu a nota para entregar a mãe junto com os remédios, ela era muito desconfiada, queria tudo na ponta do lápis.

O Dr. Ramos era baixinho e gordo e com os óculos na ponta do nariz só vestia uma roupa branca de linho sempre engomada, as calças com suspensório davam-lhe uma aparência singular, não era doutor de hospital, mas parece que era Dr. de remédio, pois no bolso de sua camisa branca de linho estava bordado de preto, Dr. Ramos, as pessoas chegavam sem receita e diziam o que sentiam e ele passava o remédio, que era tiro e queda. Lá no interior era comum as mulheres que tinham filhos pequenos doentes assentar num papel tudo que o menino estava sentindo e mandar por um portador para o dr. Ramos e ele passava o remédio que curava na hora.

Quando saiu da farmácia avistou o relógio da coluna da hora, já eram mais de dez horas: – vixe, do jeito que o Cortês era aperreado já deve estar lá pisando nos calos! Cruzou o beco do cotovelo e apressou o passo para a Santa Casa. Quando chegou lá em frente o Cortês já foi lhe avistando, coçou a cabeça, abriu os braços num gesto de impaciência enquanto vociferava: – compadre, cadê o povo pra viajar? Ele se aproximou e já foi entrando na Santa Casa dizendo: – Se avexe não homem, já está tudo pronto é só o tempo de trazer a mãe aqui pra fora.

Eram onze horas, a Mariana já estava agastada, pois desde às nove horas que estava sentada naquela cadeira dura e quando o filho saiu do quarto é como se fosse no posto da enfermaria buscar os papéis que ia num pé voltava noutro e nunca mais voltou e não havia quem desse notícia de seu paradeiro. Quando o viu entrando na enfermaria foi logo perguntando: – onde diabo tu se meteu? Ele calmamente respondeu: – peguei a receita e fui logo comprar o remédio pra quando a senhora entrar no carro não ter empalhação. – Ah bom, disse a mulher, esquecendo toda ira que pensou descarregar no filho pelo seu sumiço. – Fez muito bem, pois Deus me livre de depois de sair daqui ainda ter alguma empalhação, eu quero ir direto pra casa. Só então Jacinto se lembrou de sua mulher, pois saiu para encontrá-la aí avistou Sr. Raimundo Branco, foi comprar o remédio e agora, tomara que ela tivesse esperando na Padaria como haviam combinado.

Mariana chegou do lado de fora com um maqueiro empurrando a cadeira de rodas e Jacinto chamar o Cortês para trazer a 'Rural' para porta da frente da Santa Casa no lugar onde as ambulâncias paravam, o maqueiro avisou que, os funcionários da

Santa Casa só podiam ir até a porta. Cortês trouxe o carro e colocaram Mariana no banco da frente escorando sua perna com a caixa do Zé da Farma e, um encosto para a apoiar sua perna.

Ainda, estava do lado de fora da rural quando o Cortês perguntou: – cadê o velho e a sua mulher? Ele respondeu: – a minha mulher nós vamos pegar lá onde ela ficou e o tio acho que já foi, parece que desencontramos. O Cortês ficou sem entender: – foi de que, homem, se o trem vai sair para lá agora e outro transporte não tem? Ele disse: – não sei, só sei que não estava aí. E deu o assunto por encerrado, não queria que a mãe encompridasse conversa e nem fizesse pergunta que ele não sabia responder. Entrou pela porta do motorista depois que o Cortês derreou o banco para ele passar para o banco detrás.

A Rural parou em frente à Padaria e Jacinto ficou aliviado quando avistou a mulher disse: – ainda bem que não vai ter empalhação! O Cortês sabia que a mulher precisava entrar para o banco detrás pela sua porta, foi logo abrindo a porta, descendo, dobrando o banco para lhe dar passagem. Jacinto aproveitou a oportunidade, desceu ligeiro com a desculpa de ter que sair para pegar os embrulhos que a mulher tinha na mão e chegando perto dela que estava ainda na calçada disse: – o tio não vai com a gente e nem sequer teve aí, quando tu entrar não pergunta nada, chegando em casa, te explico. Acomodaram-se os dois no carro, a mulher do

162

Jacinto estirou a mão para a sogra tomando a benção. Ela respondeu:

– Deus te abençoe! Não, sabia que tu tinha vindo.

Ainda bem que na viagem o silencio reinou. Mariana estava cansada, com fome e chateada porque o marido não tinha ido buscá-la, sem falar que não queria nem pensar que a negrinha tivesse ido mesmo estudar em Fortaleza, era uma afronta ele ter feito isso pelas suas costas, sem combinar com ela, principalmente ela sem poder andar. A mulher do Jacinto encafifada porque Ariano não tinha vindo de Sobral e o marido lhe segredou que só podia conversar em casa, aí ela ficou com medo falar qualquer coisa e a conversa desandar, o marido não a perdoaria. O Jacinto estava preocupado, pois prometeu ao Cortês pagar o frete ainda em Kiarana, certo que encontraria o tio lá para fazer o pagamento. O Cortês ficou cabreiro porque ninguém tinha falado em dinheiro e todo mundo já sabia que ele só fazia viagem com o pagamento adiantado ficou só esperando chegar no posto onde botava gasolina aí o dinheiro do frete iria ter que aparecer.

Rapidinho chegaram no posto, até ali a estrada era asfaltada, daí por diante era piçarra, do jeito que o Cortês zelava sua Ruralzinha dava dó andar naquela estrada, era muito arriscado cortar os pneus ou empenar a suspensão naquela buraqueira. Daí porque os fretes eram caros se não fosse não compensaria. O Cortês parou a Rural no posto de gasolina, mandou encher o tanque, olhou para o banco de trás, dizendo: – compadre, passe o dinheiro do frete que eu vou pagar a gasolina. Danou-se, o dinheiro que Jacinto tinha era os oitenta cruzeiros do troco dos remédios, cutucou a mulher cochichando, perguntou se sobrara algum dinheiro, ela deu uma rabiçaca e falou: – fez foi faltar. Mariana, vendo aqueles cochichos se meteu, – Jacinto o Ariano não te deu o dinheiro do frete? Ele respondeu – Não, ele me mandou fretar, mas eu pensei que ia me encontrar com ele aqui. – Mas como tu pensou de encontrar com ele aqui? – Porque ele me falou que vinha para cá na segunda-feira, e ia me esperar. Mariana foi se agastando – Mas que marmota é essa, vocês não estavam um junto do outro para acertar as coisas? – Que trapalhada é essa? Se virou para o Cortês e falou: – olha cortês, tu vai me deixar direto na Oiticica, chegando lá pego o dinheiro e te pago. Falou isso certa que Ariano estava em casa, mas também por instinto passou a mão no cós da saia para ver se a chave do baú estava presa lá. Cortês, desgostoso respondeu: – comadre eu sei que você tem dinheiro em casa, mas eu estou precisando dele é aqui pra pagar a gasolina. Jacinto disse: – homem, quanto foi a gasolina? O bombeiro disse: – deu 98,00 cruzeiros, o Jacinto meteu a mão no bolso tirou os oitenta cruzeiros e entregou ao Cortês: – tome esses oitenta e procure nos seus bolsos, vê se encontra algum para inteirar o que falta. Virou-se se para Mariana com o pacote de remédio na mão, feito de papel de embrulho amarrado com barbante com a nota pendurada, e disse meio aborrecido, – a senhora tem que me dá trezentos cruzeiros quando chegar lá, que foi 220,00 dos remédios, mais estes oitenta que dei para a gasolina. A mulher do Zé não se conteve: – de onde tu tirou esse dinheiro que ontem quando te pedi para comprar meu sapato tu disse que não tinha um vintém? Ele retrucou, – mulher deixa de pergunta besta, deixa de tudo querer saber. E encerrou a conversa e no resto da viagem ninguém teve mais assunto. Era a Rural no meio da piçarra e o poeiral no meio do mundo e o calor escaldante das duas horas da tarde. E o Cortês já estava com vontade de aumentar o preço do frete porque ainda tinha que ir até a Oiticica e aí era que a rodagem era ruim, era uma carroçal cheia de veio de grota, que o carro só faltava era virar, principalmente porque depois do inverno não tinham passado a máquina para raspar e tapar os buracos. Iriam começar a fazer isso agora porque era ano de eleição. O Cortês já estava começando a achar aquele frete sem futuro.

Eram quatro e meia da tarde quando foram passando no Barrocão. O Cortês se virou para a mulher perguntando: – comadre você quer ir mesmo pra Oiticica? A mulher disse: – quero sim. Cortês se virou para trás dizendo: – Jacinto, meu fi, nós não tínhamos combinado isso não. Jacinto respondeu em cima das buchas, – a viagem era para ela e é na Oiticica onde ela mora. Da carreira que a Rural vinha quando chegou depois do Cajueiral do Salustiano dobrou logo para a esquerda numa tirada que nem entrou na cidade.

Quando a mulher do Jacinto deu fé já estava no caminho da Oiticica. Desconjurou, ia descer na cidade, estava para morrer de sede e de fome. Era o mal de todos dentro da Rural, todos com sede, fome e sem dinheiro.

A mulher do Zé Preá de longe ouvi o ronco do carro, se acelerou com os meninos para o terreiro, o Zé Preá também estava em casa pois num sol quente daquele não tinha cristão que pudesse capinar. Quando a Rural veio se aproximando da casa já a Maria foi buscar o molho de chave que Ariano tinha deixado.

Marina já de longe espreitava o vulto das pessoas que estavam no terreiro para ver se via Ariano, quando o carro esbarrou no alpendre todos o cercaram e ela viu a casa fechada e não viu marido, – danou-se! Pensou ela, – deve ter ido me esperar na cidade, nisto Jacinto desceu e se dirigiu para a entrada da casa com a intenção de empurrar a porta que julgava só encostada por causa da poeira, Maria chegou com a chave e lhe entregou na mão dizendo que Sr. Ariano tinha deixado a chave com eles segunda-feira antes de viajar. Jacinto ficou pasmo, – ô lasquera, o tio tinha viajado mesmo e devia ser para Fortaleza! Mas que marmota era essa de não avisar a ninguém? Disse -Maria abra a porta do quarto e tire uma rede pra botar pra mamãe aqui mesmo na sala que é mais fresco. A mulher trouxe a rede e ia distorcendo os punhos e armando enquanto ele abria as janelas para entrar ar e a claridade. Ele começou a

166

perguntar: – o Tio disse para onde ia? Ela disse: – não! Mas precisava ver como ele estava agoniado depois que a Genaldinha foi embora, acho que ele foi para Fortaleza atrás dela. Aí desembestou a dar informação. – Olhe, o homem estava doido, não teve nenhuma notícia desde que ela foi, mandou o Zé Preá quatro vezes na cidade, no correio atrás de carta e nunca chegou uma linha. O homem estava doente de tristeza, não estava nem comendo direito, dou razão, é doido pela filha, mas fez uma doidice deixar a menina ir só, eu sei que Genaldinha é muito esperta, sabe falar, sabe especular, mas na capital dizem que é muito grande, dizem que dá umas dez cidades como a Biana e ela era muito pequena quando veio de lá. Olhe Jacinto, que ninguém saiba, mas ele segredou pro Zé Preá que estava muito agoniado com medo da menina não ter chegado na casa dos parentes dele, pois ninguém lhe tinha dado notícias. E olhe, é perigoso a menina ter levado um descaminho e ter se perdido neste mundo de meu Deus.

Mariana estava transtornada com aquele desencontro e chamou Zé Preá para lhe pedir umas informações. – Zé que horas foi que Ariano saiu daqui? O caboclo olhando para o chão, disse: – ele saiu daqui segunda-feira por essa hora. A mulher disse: – segunda-feira? Tu está é doido, se hoje é quinta-feira como ele saiu segunda-feira e não voltou? Para onde este homem foi? Se não foi pra Kiarana nem estava na Biana hoje? O Zé Preá é quem menos sabia destas respostas, nisso o Cortês falou vexado: – vamos minha gente, desçam a mulher do carro que estou morrendo de fome, preciso chegar em casa. Jacinto se aproximou do carro e escutou o assunto que a mãe tratava com Zé Preá disse num sussurro: – deixe este assunto para tratar depois, vá logo ajeitar o dinheiro para pagar o homem, que é um enforcado. Pediu ao Zé Preá para ajudá-lo a levar sua mãe para a rede. A mulher muito gorda e corpulenta pesava como chumbo, as outras duas mulheres, a sua e a de Zé Preá ajudaram como puderam, o Cortês se fez de morto e ainda disse estou só esperando o pagamento para ir embora.

Mariana estava louca para despachar aquele homem para poder esclarecer toda aquela confusão, não teve tempo nem de falar sobre a negrinha, agora pelo andar da carruagem já sabia que ela tinha mesmo ido pra Fortaleza, mas precisava saber tintim por tintim como tudo acontecera. Pediu que a levassem até o quarto para que ficasse sentada numa cadeira. Quando lá estava pediu que o filho ficasse com ela então disse: – Jacinto olhe lá no fundo do quarto, debaixo daquelas mantas tem o baú dos documentos, traga ele até aqui que eu deixei uns trocados aí dentro, vou pegar para pagar esse homem. Ela pretendia que ele trouxesse o baú e deixasse ao seu alcance, mas daria um jeito de não abrir na frente dele, para despistar iria mandá-lo sondar Zé Preá para saber o paradeiro de Ariano. O quarto estava meio revirado, mas a princípio ela não notou, também já o sol estava se pondo e a claridade ali era pouca, Zé remexeu tudo no fundo do quarto e nada encontrou: – mãe, aqui não tem baú e as mantas estão aqui, mas tudo jogada no chão e tem rede jogada no chão e pano jogado no chão, mas não tem nenhum baú. A mulher surtou, tentou se levantar com ajuda da muleta, mas muito pesada não se sustentava numa perna só, o filho vendo que ele cairia correu para sustentá-la e ela não sossegou enquanto não andou por todo o quarto apoiada no filho e na bengala fuçando tudo que estava amontoado à procura do baú. Por fim se convenceu que o baú não estava lá. Faltou a respiração, a mulher teve um colapso nervoso, e gritava: – Valei-me N.S. da Conceição! Lá se foi tudo que eu tinha, se debatia, gritava e praguejava foi um alvoroço ninguém entendia o que de fato o que estava acontecendo. O filho a trouxe para a rede pediu para Maria do Zé Preá fazer um chá de cidreira e foi lá para fora falar com o Cortês – Olhe senhor, aconteceu um problema, meu tio não chegou, minha mãe não sabe onde ele guardou o dinheiro, amanhã eu lhe entrego os 170,00 cruzeiros. Cortês ficou fumando numa quenga, – isto lá é trato que se faça, porque não me disse logo, que eu já tinha ido me embora. Entrou na rural, ligou, acelerou e gritou: – quem vai comigo, venha logo. Jacinto mandou que sua mulher fosse para Biana que ele ficaria com a mãe para cuidar dela e resolver os problemas. Disse que se o tio aparecesse por lá mandasse ele pagar 170,00 cruzeiros do frete ao dono do carro.

A mulher do Jacinto voltou para a cidade com o Cortês, a noite foi chegando e a escuridão era grande, a estrada toda cheia de buraco e o homem se maldizendo e desconjurando de negócio mal feito e repisava a mesma cantilena a viagem toda: "isto é que dar fazer trabalho fiado, isto é que dar fazer serviço para receber depois! A pobre mulher não abria a boca, queria mais era chegar em casa.

Mariana estava em transe, não achara o baú, estava presa naquele gesso, não sabia notícia de Ariano, não atinava o que tinha acontecido, pois se tinha uma pessoa acima de qualquer suspeita era o seu marido, conhecia-o a vida inteira, pois além de terem nascido e se criado juntos ainda eram parentes e ele era irmão de seu finado marido. Naquela aflição a vontade que tinha era arrancar o gesso do pé e revirar a casa inteira atrás do baú, isso era impossível, era noite, a casa estava toda escura e ela não podia se mover nem amparada por outra pessoa. Deitada, agora na rede de perna para cima procurou um pensamento para se acalmar, até porque não queria dar definição para o filho de tanta aflição por causa do baú, porque ele não tinha noção da quantidade de dinheiro que lá estava guardado e que ela não dava a saber a ninguém que tinha tanto dinheiro principalmente para os filhos, que estavam sempre a necessitar de ajuda, e nem sempre podiam devolver os empréstimos. – Por certo, Ariano tinha guardado o baú noutro quarto, num lugar seguro, se viajou segunda-feira e até esta data não tinha voltado ele já sabia que ia fazer uma viagem longa e quis deixar o baú em segurança, abrir, ele não abriu, porque não tinha a chave. Sabia por certo que ele não tinha intenção de pegar o dinheiro, apesar de ser homem da cidade e ter costume de ter acesso ao Banco do Brasil tinha concordado em deixar o dinheiro em casa. Para convencê-lo ela tinha dado muitos motivos. Era bom ter dinheiro em mãos para fazer negócio de ocasião, pois tem muita gente que se aperta por dinheiro e quer vender uma cabeça de gado ou uma safra de gênero e quem tem dinheiro na mão sempre aproveita estas oportunidades, até pedaço de terra boa se compra por bom preço na hora do aperreio. Ela só não entendia porque ele não avisou que ia viajar, só podia ter ido para a capital e o motivo só podia ser a negrinha. Olhou para o terreiro, viu seu filho conversando com Zé Preá, nisto Maria assoma na porta, ela aproveita para interpelar a mulher, essa que já estava doida para dar com a língua nos dentes não se fez de rogada. Quando Mariana perguntou – Maria, quando foi que Ariano foi para Fortaleza? Respondeu – Ah dona. Mariana, ele saiu daqui segunda à tardinha, deve ter pegado o trem no outro dia bem cedinho, o homem estava numa agonia só, desde que a Genalda viajou, ele não disse, mas a gente via o alvoroço dele, mandou o Zé Preá quatro vezes na cidade atrás de carta no correio, depois da primeira semana que ela viajou e depois foi ele mesmo e passou dois dias, quando voltou no sábado já foi se preparando pra viajar, mandou eu lavar e engomar duas mudas de roupa. – E como

171

foi esta viagem da Genalda? – Ah! Foi da noite pro dia, eu mesmo não sabia que ela ia viajar, era de madrugadinha eu vi um barulho de animal no curral, ele tinha chamado Zé Preá para selar a égua, pensei que ele ia só, quando saiu a Genalda com uma sacola assim pequena, mas estufada de roupa e ela montou na garupa e foi segurando a sacola, isto foi dois dias depois que a senhora foi pra cidade e se deu o acontecido com sua perna e seu pé. Mariana engoliu a seco aquela estória, não tinha como especular mais nada, pois só saberia de todos os detalhes da viagem da Genalda e o paradeiro do baú quando Ariano voltasse. O filho se chegou perto da rede e foi lhe falando: – mãe eu estava conversando com Zé Preá e disse que ele mais Maria cuidam da senhora, então amanhã cedo eu vou pra cidade, e agora como vai ser o dinheiro do frete? – Olhe eu estou sem dinheiro, deixe seu tio chegar que ele paga, pois por certo ele anda com dinheiro e se não tiver, quando chegar eu pego uns trocados que tenho, por certo ele guardou o baú. E você vai em que animal? – Vou no burro com o Zé Preá para ele trazer a égua que o tio deixou segunda-feira lá e já está com uma semana eu com este animal lá no quintal tendo trabalho e despesa, é todo dia comprando milho e puxando não sei quantos baldes d'água no cacimbão pra dar de beber. A mulher balançou a cabeça com um ar de desagrado: – este homem não entende nada da vida do interior, custava ter levado o Zé Preá para trazer a égua no mesmo dia? Aí deixa o animal sofrendo preso num

172

quintal pequeno sem um mato pra comer. O filho a advertiu: – mãe, se o tio não vier amanhã no trem eu vou pegar os 170,00 para pagar o resto do frete, que aquilo não é homem que se deva nada, se não toda cidade fica sabendo que o frete do rural está fiado, vou pegar na sua conta com o Sr. Raimundo Branco, aliás vou pegar 500,00, que é 250,00 do frete, 220,00 dos remédios e mais gastos que eu tive com passagens de trem. Mariana ficou muito desgostosa com todo este gasto. Concordou com a cabeça. Mas estava preocupada com a falta de notícia do marido, falou para o filho: – tu sabe do endereço da casa do teu tio lá em Fortaleza? Ele só pode estar lá, a Lourdes mora lá na casa, manda amanhã um telegrama dizendo para ele que já estou em casa e precisa que ele volte urgente e que mande notícia.

PERDIDOS NA CAPITAL

Eram cinco horas da tarde quando o trem chegou na estação de Álvaro Weine, como de costume os carros iam quase vazios, antes por imposição da administração da capital, agora pela dinâmica habitacional já que os retirantes que outrora vinha daquele sertão fixaram moradia nesta zona da cidade desde Caucaia até o Parambu, já que foi feito como um cinturão de proteção contra os retirantes, os muros da marinha e do cemitério São João Batista eles jamais os ultrapassaram. A maioria descia na estação de Antônio Bezerra e daí se espraiavam para Jardim Iracema, Barra do Ceará, Quintino Cunha e as favelas Alto do Bode, Entrada da Lua, Buraco da Gia, fora os muitos que já tinham descido na Caucaia. O trem que vinha da linha norte sempre cumpria esta rotina, essa região sempre esteve submetida a grandes estiagem e era grande o número de sertanejos que migravam de suas cidades em busca de uma vida melhor na capital fixaram suas residências nestes bairros, por esse tempo os ricos da cidade moravam no centro em grandes casarões na ruas Floriano Peixoto, ─General Sampaio, Barão do Rio Branco, próximos ao forte, ao passeio público ou em bangalôs pelas bandas do Benfica, de forma que os retirantes vindo de trem para a capital não tinham opção de desembarcar na estação central, conta-se que existia uma guarda que e os conduziam a desembarcar em Caucaia,

Antônio Bezerra, contanto que a última estação que poderiam descer era a do Álvaro Weine. Ariano desceria na estação de Otávio Bonfim, pois era bem perto de sua casa. Já botou a mão na sua mala, tanto porque era a próxima estação como para evitar de alguém a levar, isso acontecia muito, o extravio de bagagem, não existia controle, cada qual que cuidasse da sua. A sineta da estação tocou avisando os retardatários que o trem já estava de saída, tinha gente que trazia tanta tralha do interior que faltava não dar tempo tirar tudo, e iam lançando sacos de roupa pela janela do trem e pulava deste já em movimento, para gente pobre viver era mesmo uma aventura. Ariano ia com coração na mão pensando como foi precipitado ter mandado a filha só, poderia ter mandado uma carta com antecedência para a Lourdes a esperar na parada do expresso em frente à igreja de Otavio Bonfim, ou ele mesmo era para ter trazido a filha, não tinha nada que o impedisse, agora estava vivendo aquela agonia.

Quando o trem chegou na estação ele já estava na plataforma e de um salto alcançou a calçada da estação. Caminhou rápido em direção à sua casa no Monte Castelo que estava à distância de uns sete quarteirões. A Lourdes tinha casado com um primo seu que trabalhava na fábrica de castanha, tinham dois filhos e moravam na casa de empréstimo, quando foi chegando na calçada ela que estava à porta, de longe o avistou e já foi ao seu encontro, perguntando: –

Ariano, você recebeu meu telegrama? O Sr. estava perguntando era se a Genaldinha tinha chegado aqui? Mas qual foi o portador que vinha 'trazendo ela'? Ela veio com quem? Aqui ela nunca chegou não. A última frase da mulher lhe fez escurecer a vista. Ele foi entrando na sala e se sentou para não cair. Aliás, ela nem precisava ter dito a última frase, aquela afirmativa mortal, só as suas perguntas já tinham revelado tudo, confirmando a curta frase do telegrama. A GENALDA NUNCA CHEGOU AQUI.

Ariano estava de mãos atadas não tinha ideia por onde começar a procurar a filha. Com pouco mais chega seu primo Luiz, que vinha da fábrica de castanha, de certa forma estava esperando que Ariano viesse a qualquer hora, pois não encontrava explicação para o telegrama que tinham recebido. Sentou-se vestido com a farda da fábrica, sebenta e empestada de fumaça de castanha e foi dizendo: – conte aí, meu primo, a menina veio mesmo para a capital? Você a mandou com quem? Essa pergunta era que lhe matava, era a mesma acusação que ele se fazia, a resposta era a confissão de sua culpa no desaparecimento da menina. – Ela veio só. E contou que tinha ido tirar o dinheiro da sua aposentadoria, levou a filha e a embarcou no expresso às onze horas do dia, e chegaria na capital às seis horas, deu o endereço da casa anotado num papel para Genalda pegar um dos taxis que ficam na praça em frente à igreja onde os ônibus param. O primo escutou tudo, balançou a cabeça: – sozinha? Aqui não chegou e nunca se ouviu falar de alguma menina perdida por aqui, e pelo que você diz do dia que ela veio até hoje já faz mais de um mês. O primo falou "menina", porque a última vez que a viu tinha oito anos, agora já tinha treze, mas era miudinha mesmo para a idade. Luiz, consigo mesmo pensou, -foi uma doidice muito grande, nada disse para não agoniar mais o homem que se encontrava transtornado. Falou: – primo, está dando seis horas vamos lá na praça da igreja que com sorte a gente encontra o expresso que vem de Pedrolândia e você pede alguma informação pro motorista que é sempre o mesmo, vamos de bicicleta que a gente chega ligeiro. Ariano que estava sem ação se alvoroçou e quando o primo botou a bicicleta na rua no ponto de sair ele pulou na garupa. – Ô sorte! Quando foram chegando na praça da igreja avistaram o ônibus do outro lado com os bagageiros abertos tirando uns sacos e malas, Ariano se apeou da bicicleta e correu em direção ao motorista, era o mesmo do dia da viagem de Genalda. Se apressou em lhe contar a história em lhe recordar o dia e a hora que tinha embarcado a filha na agência da cidade e a lhe falar que a menina nunca tinha chegado em casa. O motorista disse: – eu me lembro do senhor, mas a mocinha eu não sei onde desceu não, vou ver se o trocador se lembra. Veio o trocador, ele contou de novo toda história e o trocador disse não lembrar porque quando o expresso para ele é o primeiro a descer para entregar a bagagem e não lembrou de entregar bagagem a nenhuma mocinha e o motorista acrescentou – a gente só presta atenção quando alguém recomenda, pode ser gente já adulta ou às vezes velho, se é recomendado a parada para descer a gente presta atenção. Mas uma falta sua, para onde se virava, é como se o acusassem ele era o culpado. O primo do seu lado tentando lhe ajudar perguntou: – tu disse pra ela que descesse no Otavio Bonfim? O trocador interveio: – olhe que quando chega em Fortaleza antes de cada parada eu já fico avisando de longe principalmente esta daqui do Otávio Bonfim que é a última antes da rodoviária grande. O motorista foi entrando no ônibus seguido do trocador, resmungando: – este povo que mora nas brenhas é doido, pensa que em capital o povo da rua vai dar definição de quem vai e quem vem.

Depois que o ônibus saiu Ariano se dirigiu aos motoristas de taxi que estavam parados naquele ponto, ali paravam os ônibus que vinham do interior das bandas de Kiarana. Abordou um por um e dizia o dia e a hora que a menina teria desembarcado naquela parada no expresso que vinha de Pedrolândia. Nenhuma notícia ninguém tinha visto a menina. Tinha uns guardas na praça também indagou deles se na noite dia e hora que ele descrevia, ou em qualquer outro dia depois deste se não tinham visto por ali uma mocinha moreninha de treze anos. Nada, nenhuma notícia. Voltaram para casa, quando foram chegando perto de casa perguntaram para os conhecidos se não tinham visto falar de uma menina de treze anos, moreninha à procura de seu endereço. Também na rua ninguém deu notícia.

Ariano passou a noite em claro, deitado, metendo o pé na parede para ver se o embalo da rede lhe acalmava. Quando o dia clareou que viu batida na cozinha já foi se levantando, encontrou o primo na cozinha já de saída para a fábrica de castanha, ele disse: – também já estou de saída, vou ao centro ver que providência eu tomo. – Homem, é muito cedo, está tudo fechado, as repartições só abrem depois das oito horas. Vá tomar um banho para esfriar a cabeça que é o tempo que a Lourdes ajeita o café. Ariano atendeu a ideia do primo e logo depois que tomou banho, se vestiu com roupa de sair, tomou o café e saiu em direção à parada do ônibus. Pensou de ir no INPS falar com seu chefe, que era um homem muito entendido, era até bacharel em direito, para se aconselhar e ver quais as providências tomar, ficou com vergonha da estória que contaria, que tinha deixado a filha de treze anos viajar sozinha, pensou que era melhor ir na ordem social que ficava mesmo em frente ao INPS e lá tinha delegado, policial, detetive, era uma coisa mais certa. Atravessou a praça da polícia e em frente a ordem social parou antes de entrar, talvez não fosse uma boa ideia, estava desnorteado resolveu ir lá no palácio progresso falar com aquele advogado que tinha contratado para tirar o Chico da Lindalva da cadeia.

Ariano botou o advogado a par de todo assunto, todas as circunstâncias em que a menina tinha se perdido. O advogado fez todas as anotações referentes a data da viagem, procedência, destino, expresso em que ela viajou, pediu certidão de nascimento e um retrato. Estabeleceu logo o custo inicial do serviço, iria prestar queixa na polícia e contratar um detetive particular para investigar todo o trajeto da viagem até o destino. O custo ficou bem alto. Disse logo que não era garantido cem por cento o resultado favorável, pois muitas pessoas somem para sempre, mas que tinha grande possibilidade de a menina ser encontrada com a ação do detetive e também a publicação das fotos nos jornais. Era meio dia, Ariano se despediu do advogado se comprometendo a voltar logo que tivesse em mãos um retrato e a certidão de nascimento. Saindo do escritório foi direto ao cartório pegar a segunda via da certidão de nascimento, pois a tinha registrado no cartório Moraes Correia, retrato recente não tinha, lembrou-se que batera uma foto com a filha nos festejos de dezembro que é o novenário de N.S. Conceição, a padroeira da cidade. Nesta época junto com os botes e o carrossel vinham as barracas de jogos, brinquedos, roupas, comidas e o fotógrafo "lambe, lambe" que ficava na calçada da rua da praça da matriz e tirava as fotos e revelava na hora. Ele guardara estas fotos no baú junto com alguns documentos. Genalda tinha dez anos, tirou um retrato sozinha com a boneca e outro retrato com ele. A cópia da certidão só ficaria pronta sexta-feira, este também era o dia do mês que poderia sacar sua pensão. Quando lembrou que a foto de Genalda estava no baú lembrou de Mariana e que sairia do hospital na quinta-feira, ele não iria voltar a tempo de encontrá-la em Sobral, na verdade ele não tinha concebido a ideia de voltar sem ver a filha, sem saber seu paradeiro. Comeu alguma coisa pela rua mesmo, ficou perambulando desatinado assim como um "boi no meio da multidão". Era tardinha, sentou-se no banco da Praça do Ferreira em frente ao cine São Luís, outrora costumava encontrar com amigos depois do expediente e ficar conversando. Esperava encontrar algum conhecido e quem sabe até encontrar a filha perambulando pela praça, assim foi que caminhou a tarde toda esperando ver em todo rosto o da filha. Quedou-se de espanto várias vezes quando via por trás ou à distância o perfil de alguma mocinha que de alguma forma se assemelhava a Genalda, era vã aquela procura, como procurar alguém sem um rumo, uma indicação? Só um profissional. O preço do advogado era muito caro, 9.000,00 cruzeiros, e tinha que dar 3.000,00 adiantados porque o advogado disse que ia ter muito gasto com detetive, era despesa de viagem, transporte e hospedagem que tinha de ser pago tudo à vista. Ariano não dispunha deste dinheiro nas mãos, nem o seu salário era suficiente, não tinha dinheiro no Banco do Brasil, pois a mulher o convencera a guardar o dinheiro em casa, ele teria que ir para o interior buscar o dinheiro que era guardado no tal baú. Estava cansado, confuso precisava conversar com alguém, lembrou da Lindalva e do Chico. A Lindalva era muito ligada a Genalda, tinha cuidado dela por muito tempo, com certeza teria uma foto dela, mas era muito menina ainda, tinha sete para oito anos. Lembrou que tinha tirado uma foto 3x4 da menina quando ela tinha dez anos, para botar na carteira do INPS e como eram seis fotos e ele só tinha usado duas, as outras estava num envelopezinho de papel das fotos. Guardava num bolsinho da carteira, havia de estar na lá. Sentado ali mesmo no banco da praça virou a carteira pelo avesso e encontrou as fotos num bolsinho que era reservado para moedas, mas que ele nunca usava. Que alívio, sexta-feira iria receber a certidão de nascimento e sua pensão e ia fazer o contrato com advogado.

O dia de quinta-feira parece que não queria acabar, Ariano, desde manhã que perambulava pela praça de Otávio Bonfim, pelas ruas próximas à sua casa, agora com a foto da filha a todos perguntava se a tinham visto, mais uma vez, a cada motorista de taxi sem sucesso procurou os vizinhos que conheciam dos muitos anos e a todos fez o apelo que se tivessem notícia de sua filha lhe comunicassem. Ariano, desolado nem pensava em voltar para o interior sem saber o paradeiro da filha, no entanto, sabia as coisas pendentes que precisava organizar para por lá, inclusive explicar a sua mulher tudo que acontecera, e lhe dizer que precisava de seu dinheiro que estava no baú.

Por fim chegou sexta-feira e Ariano foi ao centro da cidade, pegou a certidão de nascimento no cartório, esperou o Banco do Brasil da agência central abrir, enquanto dava dez horas, foi na banca do Leal e ficou escolhendo uns almanaques e o dono da banca veio tirar uma prosa com ele, pois o conhecia desde que trabalhava no INPS e sempre ia na sua banca toda vez que ia ao Banco do Brasil. Perguntou pela família, lembrou que ele tinha uma filha e sempre comprava revista em quadrinhos para ela, Leal também tinha uma garotinha da mesma idade ele ia lá com a menina, as duas ficavam brincando, perguntou pela menina, adiantando a resposta, – já deve estar mocinha, é da idade da minha, me lembro que ela pequena já gostava de ler, sempre o senhor comprava revistinha para ela. Ariano ficou entalado, não sabia o que responder, o homem veio lembrá-lo de que ele já tinha sido um pai atencioso, cuidadoso. Disse que estava bem, que estava tudo bem, mas a vontade que teve era de contar tudo ao Leal, dizer que a filha desaparecera, dizer que a filha foi cruelmente maltratada pela madrasta e fugiu, queria pedir ajuda para encontrá-la. Não teve coragem de falar e saiu com um até logo em direção ao Banco do Brasil. O Banco já estava abrindo as portas, pegou o dinheiro e foi direto para o palácio progresso ao escritório do advogado. Ao ver a foto, o advogado disse que mandaria ampliar e fazer várias cópias e faria todas as diligências para encontrar a menina. Ariano fez um trato com o advogado que só poderia adiantar agora dois mil cruzeiros, pois tinha que ir pegar o dinheiro no interior. O advogado concordou, contanto que ele trouxesse em uma semana, pois ele já iria publicar as fotos no jornal e fazer as diligências na polícia, mas só contrataria o detetive quando ele trouxesse o dinheiro, pois este ia vasculhar rodoviária, paradas de ônibus e também tinha os informantes da própria polícia que ele tinha que pagar.

Ariano não se sentiu seguro com a promessa do advogado, mas não sabia a quem recorrer, nem a seus parentes em Fortaleza deu definição do sumiço da filha, principalmente porque sentia um remorso muito grande por ter mandado a menina sozinha, sabia que qualquer pessoa que tomasse conhecimento da história iria culpá-lo por tamanha leseira. Assim retornou naquele dia para casa já quase ao anoitecer ficou perambulando pela praça do Ferreira, praça José de Alencar, praça da Lagoinha, Parque da Criança, por todo o centro de Fortaleza, sempre na esperança que seus olhos avistassem sua filha. Oito horas da noite ele chega na casa de Luiz, este já tinha chegado da fábrica, ao lhe avistar pergunta logo de Genalda, se ele teve alguma notícia da menina. Ariano, sem palavras, apenas abana a cabeça e se senta na cadeira à sua frente, suas pernas estão bambas de cansaço e de pesar, o dia todo perambulando não teve vontade de comer nada, nem água bebeu, estava destruído. Disse apenas uma frase: – nada, nem o menor roteiro, eu queria ir embora amanhã de madrugada, mas não tenho coragem de voltar deixando esta menina perdida, também não tenho como ficar aqui de mão atada sem poder fazer nada, tenho que pegar dinheiro para pagar o advogado que vai botar um investigador atrás do paradeiro da menina, pego o trem e volto amanhã. Luís estava perplexo com a situação. – E tua filha homem? Tu a perdeu de vez. As lágrimas irromperam no rosto de Ariano e ele não pode conter um choro convulsivo. Depois que se acalmou disse: – não, eu vou no interior porque a Mariana está doente no Hospital, eu vim sem nem falar com ela, mas eu volto. Hoje fui de novo no advogado e ele vai precisar de mais dinheiro e eu só tenho dinheiro em casa. Luís lhe chamou para jantar, passara o dia todo sem comer, mas estava sem fome, sentia um entalo na garganta, se sentia fraco, mas é como se a comida não tivesse passagem, por muita insistência da mulher de Luís, foi para a mesa da cozinha e comeu um pouco de canja de galinha e uma xicara de café, disse que as dez horas iria para a Estação Central lá pernoitaria e pegaria o trem de madrugada. Luís lhe disse que não havia necessidade, pois o trem, dia de sábado, sempre andava vago e ele podia pegar na estação de Otávio Bonfim, que não tinha sentido uma noite mal dormida se podia pegar o trem às cinco horas da manhã à distância de quatro quarteirões de casa. – Homem, tome um banho e vá dormir que o sono é um bom conselheiro.

O CONFRONTO COM A REALIDADE

Ariano passou a noite inteira em claro, se arrependeu de não ter ido para a estação central, não achava jeito de se acomodar na rede e o sono não chegou nunca, quando deu quatro horas da manhã ele pôs-se de pé, chamou o dono da casa e disse que já estava saindo. Luís viu que era inútil tentar atrasá-lo, o homem estava inquieto, era melhor deixar ele com sua dor. Saiu caminhando pela madrugada com destino à estação de Otávio Bomfim em cinco minutos chegou. Na estação já estavam alguns careteiros e muitos passageiros, o agente acabara de abrir o guichê para vender os bilhetes de passagens. Ariano se sentia completamente desnorteado com o sumiço da filha, não conseguia organizar as ideias. O agente deu o sinal na sineta que o trem já ia saindo da estação central, de lá até Otávio Bonfim não demorava mais que cinco minutos, todos os passageiros se amontoaram na calçada da estação na posição para ficar mais próximo às portas dos carros do trem, pois os assentos não eram marcados, nem tinha controle de número de passageiros, pegava lugar quem entrasse primeiro se tivesse algum assento desocupado se não, poderia a ir em pé a viagem toda. Nem bem o trem parou a multidão foi entrando e por sorte Ariano foi empurrado e entrou mais rápido, esbarrando logo num banco com um assento desocupado, cada banco inteiro era para dois assentos sem divisória.

186

A viagem parecia que não tinha fim e no calor exacerbado das onze horas até o vento quando entrava, se o trem corria mais quando pegava um estirão na chapada da Irauçuba, era morno. Mas Ariano não estava achando ruim a viagem demorar, pelo seu gosto era melhor que não terminasse nunca, saíra de onde tinha perdido a filha e estava voltando para onde sabia que não iria encontrá-la. O que mais lhe doía era a lembrança do que conversou com Genalda no último dia que esteve com ela, quando longe da presença de Mariana, ela lhe contou com detalhes, enumerando dia e hora toda os maus tratos que tinha passado, desde a humilhação de descompostura, agressão de palavras lhe desqualificando pela sua cor, quando ainda vivia na cidade e estava no grupo das cruzadinhas ou nas apresentações da escola e Mariana dizia-lhe: – mas tu é uma negra muito enxerida, tu já via alguma negrinha como tu no grupo da cruzadinha ou estudar no educandário onde só estão os ricos, e as filhas do prefeito? Os maus-tratos físicos quando chegou ao sítio, levando surras de cipó e até ficar sem comer quando não conseguia pilar a terça de arroz. E tudo isto tinha acontecido debaixo de seu nariz, como ele pode ser tão apalermado a ponto de deixar tudo isto acontecer? Agora lhe vinha uma desconfiança, que se transformava numa certeza, Genalda tinha fugido, ele começava agora a insistir neste pensamento e não sabia o que era pior: se os maus tratos sofridos pela filha a ter feito fugir por vontade própria ou ela está perdida no mundo sem saber voltar para casa, ou ainda ter sido carregada por alguém e está sendo mantida cativa. Se agarrou no pensamento que mais o consolava e achava que diminuía sua culpa, Genalda tinha fugido, pois ela era muito esperta, se tivesse apenas se perdido, saberia voltar para Biana, sabia que tinha um trem que saindo de Fortaleza que lhe levaria direto para a cidade, podia não saber onde era a estação, mas podia perguntar, tinha dinheiro para pegar um transporte, mas este era o problema, voltava atrás daquele pensamento consolador. E se alguém tivesse roubado dela todo dinheiro que ele lhe tinha dado, e se alguém a tivesse feito prisioneira? O homem ia do céu ao inferno no auge do paroxismo. Finalmente chegou em Kiarana, agora era passar mais quatro horas e estaria em Biana. Seu coração se apertava, pelas contas dos dias passados fora, Mariana já estaria em casa. Ô confusão grande que ela ia fazer com ele porque tinha deixado a égua no quintal da casa do sobrinho! Ô arenga que tinha dado estes dias entre o sobrinho e a mulher por ter que dá de comer e beber à égua todos estes dias, puxar água no cacimbão, mal tinham coragem de puxar para eles mesmos beberem, imagine puxar água para um animal que bebe muita água e preso num sol daqueles bebe mais de uma vez por dia, sem contar que não deixara dinheiro para comprar o milho. Era muita coisa para pensar, lembrou -se até do sumiço do baú e ficou matutando: – mas porque esta mulher escondeu o baú? Será que ela quis esconder com medo de ladrão ou escondeu de mim? Não, com medo de ladrão não era, pois tinha saído para voltar no mesmo dia e sabia que ele estava em casa e o baú sempre ficou guardado no fundo do quarto em que eles dormiam, coberto de tralha numa camarinha escura não havia quem adivinhasse o esconderijo, muito menos o que ali se guardava, acho que nem seus filhos sabiam. Será que esta mulher escondeu o baú de mim? Mas se lá está todo meu dinheiro de anos! Finalmente às quatro horas da tarde o trem chegou em Biana, a estação estava repleta de gente, mais que nos outros dias, porque era sábado, e o divertimento do povo era ver o trem passar, as mocinhas se arrumam para ver algum rapaz bonito viajante, as mulheres se sentavam na sombra das mangueiras de frente para a estação e davam definição de quem viajou e quem chegou, era um acontecimento quotidiano numa cidade onde não acontece nada.

Ariano apeou-se do trem, além do peso da mala trazia nos seus ombros o peso do mundo inteiro. Caminhou pela rua, mal cumprimentou as mulheres que estavam debaixo da mangueira, em frente à igreja, se benzeu, na verdade foram as mulheres que puxaram conversa com ele, perguntando se estava chegando de viagem, perguntaram como estava Mariana, pois souberam que estava com o pé engessado, perguntaram por Genalda, pois souberam que ele tinha ido visitá-la em Fortaleza, as mulheres sabiam tudo, sabiam mais que ele. Não respondeu nenhuma pergunta, só fez um aceno com a cabeça e disse: – boa tarde, donas, foi dar mais umas cinquenta passadas, dobrou a esquina e já avistou a mulher do sobrinho com as vizinhas que estavam sentadas em frente de casa debaixo da mangueira. Todo mundo nesta cidade tem uma mangueira na frente de casa e todo mundo nesta cidade às quatro horas senta debaixo da mangueira para ver o trem passar e ver as pessoas que vão e que vem. Tão logo a mulher do sobrinho lhe avistou foi gritando: – Sr. Ariano, homem de Deus, o que foi feito do senhor que saiu há mais de duas semanas e não deu mais notícia? Olhe, dona Mariana está que é uma arara, já pediu ao Jacinto para lhe mandar telegrama está agoniada, a mulher. O homem não respondeu uma palavra sequer sobre as indagações. Foi entrando porta adentro, perguntando pelo sobrinho, a mulher respondeu que ele fora esperar o trem, pois todo dia esperava que ele voltasse, não sabia como não tinham se encontrado na estação. Na verdade Ariano tinha feito uma estratégia para não encontrar com ninguém quando desembarcasse, ao se aproximar da cidade, o trem começou a apitar, ele se levantou do assento pegou a mala que estava entre os bancos e foi caminhando dentro do trem rumo ao primeiro carro que fica junto da máquina, atravessou os três carros, por que estava no último e pela distância da estação era onde ajuntava mais gente, de um lado e do outro, e descendo do primeiro carro ele ficava mesmo na calçada da estação, na esquina da rua que tinha que subir para a casa do sobrinho. Dito e feito, foi o trem parar ele já na plataforma estava, pulou tão ligeiro e tão ligeiro passou em frente à praça que se não fosse pela mala ninguém diria que ele tinha vindo de trem.

Perguntou a mulher de seu sobrinho, se a égua estava no quintal, disse que queria ir naquele mesmo instante para a Oiticica. A mulher respondeu: – que nada, quem é que aguenta passar tantos dias dando água e milho para um animal num quintal pequeno deste e tendo que comprar milho e puxar água no cacimbão? O Jacinto mandou o Zé Preá levar ela de volta na quinta-feira que dona Mariana chegou de Kiarana.

O homem se dirigiu à cozinha para tomar um copo d'água, o sobrinho assomou na porta e já foi pronunciando de lá a sentença: – mulher o tio não veio também hoje não, não sei o que está acontecendo com este.... Não completou a frase, pois à medida que ia entrando pelo corredor o tio vinha saindo da cozinha e se avistaram. Estirou a mão: – A benção, tio, homem de Deus, como foi que você desceu desse trem e eu não lhe vi? Ariano estava sem assunto, nem respondia às perguntas, nem perguntava por nada. O sobrinho observando seu cansaço se apressou em lhe fazer uma gentileza, perguntou se queria tomar um banho e se estava com fome, mandaria cozinhar uns ovos e fazer um café. Ariano disse que só queria o café, na verdade queria ir para a Oiticica antes de anoitecer, pediu para o sobrinho procurar um carro de frete para ele. Jacinto foi

191

lhe falando sobre o carro do Cortês que tinha fretado para trazer sua mãe de Kiarana confiando que o tio tivesse lá para pagar e como ele e a mãe estavam desprevenidos o frete tinha ficado fiado.

Ariano respondeu aborrecido, – e porque tua mãe não pagou? – Porque estava sem dinheiro, tio, o senhor disse que estaria lá e pagava. – Sim, em Kiarana ela estava sem dinheiro, mas na Oiticica ela tinha dinheiro. – Na Oiticica ela não achou o baú onde guarda os trocados, não estava no lugar que deixou, ela disse que o senhor só podia ter botado noutro lugar. Pronto, a confusão estava armada, Ariano achou que a mulher estava com marmota. E se fosse um golpe para tomar o seu dinheiro? Já vez ou outra desconfiara que não era bom tirar todo seu dinheiro do Banco do Brasil e colocar num baú isto durante três anos e agora este sumiço do baú que sempre teve no fundo daquele quarto coberto com aquelas tralhas que ninguém dava definição que ele existia. Agora sim tinha se agoniado para ir embora, queria resolver este mal-entendido. Então o sobrinho continuou o assunto: – o certo é que a metade do frete ficou fiado e o senhor sabe como o Cortês é enforcado, cobra mesmo, então eu tive que pedir dinheiro emprestado para pagar, só não foi assim emprestado porque peguei com seu Raimundo Branco por conta do carnaubal da mamãe. Ariano se voltou para o sobrinho num tom de impertinência. – Homem, vá logo atrás dum carro de frete para mim seja de quem for que eu quero ir embora agora.

192

O carro de frete chegou, o único que encontraram disponível para ir no sábado àquela hora era o Cortês que não enjeita ganhar dinheiro e sempre está com combustível, mas mete a faca na hora de cobrar o frete quando sabe que a ocasião é especial. Ariano nem perguntou o preço da viagem antes de entrar no carro, estava disposto a pagar o que cobrasse, não estava com paciência para ficar discutindo preço, ou qualquer outro assunto. Se despediu do sobrinho e da mulher, sequer perguntou se ele queria ir à Oiticica ver a mãe, entrou no carro e deu sinal para o motorista partir. Foi uma hora de viagem, o tanto de pensamento que vinha na cabeça de Ariano era coisa de viver cem anos, era pergunta que ele mesmo respondia, era pergunta que não tinha resposta, era um monte de paragem e visagem passando na sua cabeça como se fosse na sua vista, como se estivesse tendo pesadelo estando acordado, quando o carro dobrou a manga de cerca e foi subindo o alto da Oiticica um frio lhe percorreu pela espinha se retorcendo até o pé da barriga, ele não sabia como começar o assunto, sobre Genalda. Dizer que revirou toda Fortaleza e não a encontrou. Perguntar sobre o sumiço do baú. Dizer que revirou todos os quartos da casa e não o encontrou. O carro parou no terreiro da casa, ainda deu tempo ele ter um último pensamento antes de abrir a porta e sair. Não falaria nada, só ouviria, porque assim era mais fácil descobrir a verdade.

O terreiro já estava cheio de gente, de longe já escutaram o barulho do carro subindo o alto da Oiticica, Zé Preá foi logo se encostando no carro para lhe alcançar a mala e carregar até a casa, Maria do Zé Preá estava no terreiro com a meninada e uns vizinhos que tinham indo visitar Mariana, vieram lhe cumprimentar. Ele depois de cumprimentar o povo com um aceno de mão meteu a mão no bolso e perguntou ao motorista: – quanto foi a corrida? Ele respondeu: – é trinta cruzeiros, o senhor sabe, dia de sábado esta hora é mais caro. Ariano tirou o dinheiro, pagou o que lhe foi cobrado sem acrescentar uma palavra e se despediu do motorista: – boa noite, Cortês.

Mariana estava sentada no alpendre na cadeira de balanço com o pé apoiado num banco forrado com uns coxins, Ariano foi se aproximando da entrada da casa e quando estava diante da mulher parou e cumprimentou-a: – boa noite, Mariana. A mulher estava numa fúria que não se aguentava, e com o alpendre cheio de visita a sua frustação aumentava por ter que adiar aquela conversa que há mais de duas semanas estava entalada em sua garganta e cada vez mais assunto se acumulando, primeiro era a ida da negrinha para Fortaleza, depois a ida do marido sabendo que ela estava doente não foi sequer lhe visitar e foi visitar a negrinha e para completar o sumiço do baú. Tinha que arranjar um jeito de apressar aquele povo para ir embora, porque no interior as visitas não vão embora enquanto não sai um café.

Mariana maquinou um jeito de apressar a ida do povo, começou a dizer que estava sentindo dor no pé e tinha que se deitar, então falou para as visitas: – meu povo, o café ainda não saiu, mas eu vou ter que me deitar, bem que eu queria ficar conversando com vocês, pois acabaram de chegar e vem de uma boa caminhada, Maria de Zé Preá muito gentil se adiantou no assunto: – dona Mariana não se avexe que eu faço o café pro povo e boto umas cadeiras na sala perto da sua rede para vocês ficarem conversando. Mariana ficou possessa, viu que a conversa com Ariano seria adiada aí não se conteve e disparou: –Ariano, que desculpa é que tu dá para eu estar doente e tu se atacar no mundo e passar todos esses dias fora sem dar notícia de nada, que marmota é esta de fazer as coisas sem combinar comigo de mandar Genalda estudar em Fortaleza? Ariano foi entrando para o quarto, não deu resposta, pegou uma toalha na corda e passou para o quintal a fim de tomar um banho, estava morto de fome e de cansaço. Quando retornou do quintal depois do banho, Maria do Zé Preá estava na cozinha e lhe ofereceu café. – Quero e quero que você procure aí nos ninhos das galinhas e bote quatro ovos para cozinhar para eu comer com farinha. Depois de comer os ovos com farinha, Ariano foi para o quarto passando pelo meio da sala onde estava as visitas por trás da rede que Mariana estava deitada,

195

deu boa noite para todos e disse que iria se deitar porque estava muito cansado, viajara o dia todo. Não falou palavra com a mulher, o que a deixou mais indignada: – ô raiva da Maria de Zé Preá, inventar de fazer café pro povo mais se demorar na visita.

Finalmente oito horas da noite todas as visitas tinham ido embora. Mariana se levantou da rede apoiada na muleta e foi pulando numa perna só, até o quarto onde encontrou Ariano deitado com o pano enrolado na cabeça como era de costume. Ele fingiu que dormia, pelo tom que a mulher se dirigiu a ele já vi que ela estava se achando cheia da razão e ele, por sua vez, a culpava por toda desgraça. Foi por ela ter maltratado tanto Genalda que ela tinha levado fim e agora ele não sabia de seu paradeiro. Mariana ficou cada vez mais possessa a ponto de surtar, não aceitava que o homem tivesse feito o que fez, mandar a negrinha para estudar em Fortaleza, ir visitar a negrinha, deixá-la doente e ficar ausente por todos estes dias fazendo toda traição nas suas costas e ainda chegar e ir dormir como se nada tivesse acontecido.

Ariano acordou muito cedo, estava sem ânimo para ter uma conversa com Mariana, estava cheio de mágoa e se culpava pela perda da filha tanto quanto culpava a mulher, um remorso muito grande, uma sensação de fracasso pela sua covardia de não ter cumprido o que prometera à Livramento no leito de morte. Era o mais doloroso, lembrar de sua falecida mulher que tanto lhe pediu

196

para zelar pela segurança da filha, fez-lhe prometer que só deixaria a filha quando estivesse casada, fez ele prometer que das duas casas que possuía daria uma a ela como presente de casamento. Não fora capaz sequer de manter a pobre criança na escola, tão estudiosa, tão interessada que era pelos estudos. O homem estava se sentindo um lixo, o último dos derradeiros, mas na sua cabeça culpava Mariana por ter lhe influenciado, lhe convencido e cegado a ponto de permitir fazer toda maldade. Ele se sentia um verdadeiro monstro que atira uma criança às feras, não tinha coragem de contar a ninguém o acontecido. Pensava – O que dizer quando os amigos e parentes quando perguntassem por Genalda, como explicar que ela tinha desaparecido? Resolveu sair do quarto e já ganhar o bredo, tomaria café na casa de Clotilde, caminharia pelos matos e esfriaria a cabeça, quando chegasse antes do almoço teria a conversa com Mariana e cobraria satisfação dela porque tinha mudado o baú de lugar e não tinha lhe avisado, escondera o baú dum jeito que ele procurou por toda casa e não encontrou, lhe diria que ia pegar todo seu dinheiro e botar no banco, que não ia depender de dinheiro de baú, pois ela mudava de lugar quando queria sem lhe avisar e lhe deixava desprevenido de não poder se socorrer numa precisão. Que adiantava ter tanto dinheiro e ficar se humilhando pedindo dinheiro emprestado? Assim fazia a guerra em seu juízo, ensaiando o que falar para Mariana.

O que Ariano não sabia é que Mariana se levantou às cinco horas e estava de tocaia, mandou armar sua rede no canto da sala que dava a vista direta para a porta do quarto e só esperava a hora do marido se levantar. Ela tinha, entre outros, um assunto muito urgente para falar com ele e que não lhe saia da cabeça um só minuto, onde ele tinha botado o baú, já fazia mais de uma semana que tinha voltado de Sobral e todo dia ela vasculhava um canto da casa e não encontrava o baú, mandou subir até no paiol onde guardava a farinha e nada encontrou, não havia mais lugar na casa onde procurar este baú não atinava onde este homem podia tê-lo escondido, sabia que dinheiro de lá ele não tinha tirado, pois estava com a chave do cadeado, isto lhe servia de consolo, mas a curiosidade estava lhe matando, além de estar precisando do dinheiro para pagar os trabalhadores que estavam batendo os cajueiros e também para comprar mantimento da casa, gasolina para o motor da casa de farinha, comprar remédios e outras necessidades mais, desde que tinha vindo de Kiarana estava sem um tostão furado.

Foi Ariano assomar na porta do quarto que Mariana se sentou de jeito na rede e lhe chamou logo atenção num tom solene e irado.
– Sr. Ariano, você parece que perdeu o juízo, mas junto com o juízo perdeu a responsabilidade, como é que você me ver doente nem sequer vai me visitar e se mete numa viagem de tantos dias sem dá satisfação a seu ninguém? Se você não tem apreço pelas pessoas é

uma lástima, mas você só podia saber que nessa doença eu tive gastos, gastos com os trabalhadores da roça e você tira o baú do dinheiro do lugar, esconde sabe Deus onde e não dá satisfação. Isso é coisa que você faça? Eu ficar aqui como uma indigente, sem poder pagar o frete de um carro, sem poder comprar um quilo de açúcar, sem poder comprar óleo para o motor da casa de farinha, sem poder pagar os trabalhadores porque você some como quem não tem responsabilidade. Que você tenha aproveitado a minha doença para fazer os gostos da sua negrinha é um assunto que depois vamos conversar, se você vai pra capital pra visitar sua negrinha e gastar todo seu dinheiro com ela isso também nós vamos conversar, mas custava ter passado em Kiarana e me avisar que tinha tirado o baú do quarto e ter me dito onde guardou o baú? Não, não pensou em nada, sabia que eu estava doente e com certeza ia precisar do dinheiro, aí fez uma safadeza dessa. Olhe você trate de pegar logo este baú e trazer de volta pro lugar dele que ontem mesmo os trabalhadores vieram receber o pagamento e eu não pude pagar, e nunca mais faça outra dessa porque não tem lugar mais seguro pro baú do que o lugar que ele estava. Eu quero o baú agora na minha frente, quero ver só onde você escondeu, pois já vasculhei esta casa de cabo a rabo e não há como encontrar. A mulher disparou num fôlego só, tanta acusação e com tanta ira que ele pode calcular a gravidade do conflito.

Ariano não acreditava no que estava ouvindo, será que a mulher estava louca, ou estava mentindo, seria velhacaria querendo dar um golpe nele para ficar com todo seu dinheiro acusando-o de ter tirado o baú do quarto, escondido o baú noutro lugar? Neste instante lhe faltou o chão para os pés, faltou o ar para os pulmões e o som para a fala. Ficou paralisado, mudo, entalado, com os olhos esbugalhado. Se sentou para não cair, fazendo um esforço para falar, a voz sair rouca.

– Mulher tu estás ficando doida? Eu não peguei neste baú, deixa de ser dissimulada, só pode ter sido tu que tirou o baú do lugar. Dei fé que o baú não estava no quarto, no domingo, véspera da segunda-feira que eu viajei, estava procurando uma mala para levar umas roupas e quando fui atrás do baú para pegar o dinheiro da viaje não encontrei no lugar que sempre estava, as tralhas que ficavam em cima dele estavam jogadas no chão então eu fiquei certo de que tu tinha guardado noutro canto, ainda procurei nos quartos dos arreios, no quarto que fica os gêneros até no paiol, pois eu precisava do dinheiro para viajar. Tive que pedir dinheiro emprestado ao Sr. André Braga. À proporção que Ariano ia fazendo o relato, a mulher ia ficando vermelha, roxa, tomando o fôlego e gritava e puxava os cabelos e dum sopapo se levantou da rede esquecendo que estava com a perna imobilizada e despencou no chão sentada, e gritava: – foi a negra, foi a negra que roubou o baú de dinheiro, foi a negra, ela

200

fez isso para se vingar de mim, foi a negra a ladrona sem vergonha, aí a mulher surtou de vez e gritava quantas imprecauções e injúrias com todos os adjetivos que se pudesse ter para desqualificar alguém cujo substantivo feminino singular era negra. A agressão desmedida daquela mulher contra sua filha, àquela calúnia odiosa, a acusação infame, reeditaram na cabeça de Ariano toda a história que Genalda lhe contou sobre os maus tratos, abusos, injúrias e violência que tinha sofrido durante todos os anos vividos com a Madrasta. Ariano se revoltou, arrastou-a pelo braço, depois erguendo-a pelos dois braços a chacoalhou a ponto de derrubá-la: – você já fez muito mal à minha filha, você já fez todo tipo de violência com minha filha, já esculhambou, já humilhou , já bateu, já castigou, já deixou sem comer, você é a culpada dela ter sumido, foi você quem me obrigou a tirar a menina da escola, foi você quem obrigava todo dia ela pisar uma terça de arroz até largar a pele das mão, foi você que todo dia jogava um alguidar de feijão na sua cabeça e a fazia andar três quilômetro a pé até o roçado para levar o almoço dos trabalhadores. A minha filha agora sumiu e você é a culpada, sua bruxa desalmada. Se você abrir a boca para chamar minha filha de ladrona eu mando lhe prender, eu entrego você à polícia, ladrona é você, é você a ladrona, é você que quer roubar meu dinheiro, pode devolver meu dinheiro sua ladrona, por isso você não queria meu dinheiro no banco, era para roubar, vou lhe botar na cadeia sua ladrona. Como pode querer culpar uma menina inocente de roubar um baú daquele tamanho? ela nem podia com o peso dele. Como pode dizer uma calúnia dessa? A menina saiu daqui na garupa da égua comigo levando uma sacolinha com suas roupas. Agora eu vou sair dessa casa, mas quero meu dinheiro.

Foi um rebuliço grande, os caseiros ouviram o alarido e vieram correndo para a casa, encontraram a mulher sentada no chão no maior desespero puxando os cabelos aos gritos: – fui roubada, fui roubada, o fruto do trabalho de toda a minha vida, meu Deus, uma vida toda de trabalho se foi, eu não tenho mais um tostão, estou na miséria, roubaram todo o meu dinheiro e foi àquela negra e este palerma é o culpado, a negra cegou ele e levou todo meu dinheiro. O que vai ser de mim devendo a Deus e o mundo? O que vai ser de mim com um batalhão de trabalhador para pagar e sem ter um tostão? Foi àquela negra quem roubou, a negra me roubou para se vingar. Maria do Zé Preá não sabia o que estava acontecendo, ficava que nem uma barata tonta da sala para a cozinha, não sabia do que a mulher estava falando, achava que a mulher estava variando, não estava falando coisa com coisa.

Ariano sabia que tinha que sair imediatamente daquela casa, não podia suportar ver àquela mulher acusando sua filha de ladrona, o que ela estava fazendo era pior do que caluniar uma pessoa morta. Entrou no quarto para pegar suas roupas e sair de casa, se não, cometeria um desatino, mas estava decidido antes de sair ela teria que o ouvir, pois ela tinha que saber que devolveria seu dinheiro, deixaria aquela mulher causadora de seu infortúnio e procuraria sua filha até o último dia de sua vida, se redimiria do erro que tinha cometido de fazer vista grossa para os maus tratos que a mulher tinha feito com Genalda. Obrigaria Mariana a devolver seu dinheiro. Estava fazendo esta guerra no juízo quando Zé Preá entrou no quarto.

– Que se passa, Seu Ariano, porque dona Mariana está aos gritos, completamente desatinada? – Zé Preá esta mulher é uma monstra, ela vivia maltratando minha filha dando castigo, dando surra botando pra trabalhar, deixando a menina sem comer até que a bichinha quis ir embora e agora ela está dizendo que o baú do dinheiro sumiu e foi a menina que carregou, imagina Zé Preá como esta capanga é descarada, tu viu eu saindo com a menina de madrugada, a bichinha ia na garupa da égua levando um sacolinha com umas mudas de roupa, como esta menina podia ter carregado um baú de dinheiro, um baú de madeira pesada como era aquele? Até gente grande não suspendia ele sozinho. No dia que ela viajou eu tirei o dinheiro no banco e dei para ela, eu comprei sua passagem e deixei ela lá dentro do ônibus carregando a sacola com as roupas na mão.

Essa mulher é uma falsa, eu antes de viajar senti falta do baú e só pode ter sido ela que tirou do quarto e escondeu noutro lugar porque aqui ninguém entrou e eu dei pela falta antes da minha

203

viagem, vou embora dessa casa, eu vou me separar dessa mulher Zé Preá, mas esta pistoleira vai me devolver meu dinheiro, isso eu garanto. O pobre do Zé Preá já ficou todo se encolhendo, pois quando falta alguma coisa na casa dos patrões os culpados são sempre os empregados e principalmente sumiço de dinheiro, e pelo desespero dos dois era muito dinheiro e o pior é que um desconfia do outro.

O Zé Preá matutou e falou com seus pensamentos; – vixe Maria, só pode ser muito dinheiro e um está desconfiando do outro, e é um dos dois o ladrão que eu nem minha mulher não roubamos e aqui ninguém arrombou nada, e a menina é que não levou este baú de dinheiro, pois eu vi quando ela montou na garupa da égua e só levava uma sacola de roupa. – Vixe, maria e eu lá sabia que um destes dois velhos era ladrão. É um dos dois o ladrão ou é o velho ou é a velha. Ariano com a mala na mão foi saindo do quarto tangendo o Zé Preá que estava meio apalermado: – Zé se essa mulher não mudar de cantilena e não quiser devolver meu dinheiro e continuar acusando a Genaldinha eu vou denunciar ela na justiça e vou te botar como testemunha, tu e tua mulher viram eu sair daqui de madrugada com a menina na garupa segurando na mão uma sacolinha de roupa. Zé ficou apavorado com estória de justiça; – Seu Ariano, você lá é homem de botar sua mulher na justiça, é melhor o senhor se acalmar, esperar sua mulher se acalmar, aí vocês conversam, pois desde que ela voltou ela está injuriada, muito agastada mesmo porque você

204

levou a Genaldinha para Fortaleza sem o consentimento dela. O homem foi saindo para o alpendre aproveitando que Mariana não estava na sala tinha sido levada por Maria para fazer alguma necessidade no urinol, que estava em cima da cadeira no quarto dos arreios.

Ariano sempre foi muito calmo, mas nesses últimos dias tinha passado por muitas desventuras, muitas coisas ruins aconteceram e agora só o que tinha eram dívidas, e não era acostumado a passar precisão. Estava devendo mil cruzeiros ao Sr. André Braga, tinha que pagar sete mil cruzeiros ao advogado, pois dos nove mil que tinha tratado só dera dois mil cruzeiros, agora só tinha uns trocados no bolso, o aposento só daqui há um mês e todo dinheiro de três anos a mulher não queria entregar com essa invenção que o baú tinha sumido. Aceitaria o conselho do Zé Preá e esperaria que a mulher se acalmasse, mas ela tinha que devolver seu dinheiro.

O impasse estava criado, Mariana estava certa que tinha sido roubada, não acreditava que Ariano fosse capaz de roubá-la, apostava que o roubo tinha sido feito pela 'negrinha', não podia explicar como, mas descobriria quem mais estava metido nesta história. Ariano não tinha dúvida que Marina tinha roubado seu dinheiro, principalmente agora que ele tinha aberto os olhos e percebido toda maldade que tinha feito com a sua filha.

Ariano voltou onze horas, avistando Mariana na sala, foi logo lhe ameaçando: – Olha mulher, tu acaba com esta farsa que o baú sumiu, foi tu que escondeu, eu te digo para devolver meu dinheiro que tem pra mais de sessenta mil, e eu não vou mais viver contigo tanto por toda maldade que tu fez com minha filha como por tu querer roubar meu dinheiro. Tu me devolve o dinheiro senão eu te boto na justiça.

A mulher ficou paralisada com tamanha acusação, ela mesmo nunca julgou que ele fosse o ladrão e ele a acusava de ladrona, se ela tinha deixado o baú com todo dinheiro em casa. Ela explodiu com aquela acusação e revidou histérica: – vai seu palerma, vai pro diabo que te carregue, eu não vivo mais contigo um dia de minha vida, mas tu vai me devolver meu dinheiro, vai atrás daquela negra que tu encontra o dinheiro e se tu não for, assim que eu ficar boa eu vou e te garanto que trago ela, boto na cadeia e obrigo ela confessar onde botou meu dinheiro. Mariana tinha certeza, que Genalda havia dado sumiço no seu baú de dinheiro só não sabia como ela consegui fazer isso, quem ajudou, mas com certeza descobriria, pensou.

O CONFLITO FINAL

Ariano não aguentou ficar mais um dia na mesma casa com a mulher, veio para a cidade e chamou os filhos de Mariana e avisou que ia separar dela, e contou tudo que tinha acontecido, como o seu dinheiro da aposentadoria de quase três anos tinha sumido, era para mais de sessenta mil cruzeiros, disse que merecia botar ela na justiça, mais iria embora para a capital e esperava que ela resolvesse devolver seu dinheiro, ela o tinha convencido a tirar do banco e guardar no baú e era muito dinheiro. Os sobrinhos ficaram horrorizados, não acreditavam que a mãe fosse capaz de tamanha desonestidade. Jacinto pediu que o tio tivesse calma e garantiu que a mãe não tinha cometido este desatino, pois estava junto de Mariana quando ela foi pegar o baú para pagar o frete do carro e deixou o Cortês esperando, que presenciou toda sua agonia, viu como ela só faltou ter um colapso quando não encontrou o baú e só se acalmou porque pensou que o tio tinha guardado noutro lugar, insistia: – tio, eu vi o desespero dela quando não encontrou o baú, não estava fingindo.

Nada demovia Ariano da ideia de que a mulher era capaz de qualquer maldade desde que Genaldinha tinha lhe contado todos os maus tratos que ela lhe tinha feito e dizia: -para completar ainda teve o descaramento de acusar a menina de ter roubado o dinheiro, disse

207

isso na minha cara, como pode ser capaz de tamanha calúnia se foi eu mesmo quem levei a minha filha na garupa da égua e a menina saiu   trazendo suas roupas numa sacola que carregava nas mãos. Disse que ia esperar seu   dinheiro ser devolvido e se nada fosse resolvido ia denunciar na Justiça. Ainda passou três dias em Biana, mas muito agoniado, pois justamente o único lugar que tinha para se hospedar era a casa de Jacinto, mas precisava saldar uns negócios que tinha na cidade, não queria nunca mais voltar aquele lugar. Estava sem dinheiro para as despesas de viagem, só receberia a pensão no dia cinco do próximo mês. Foi no estabelecimento do Sr. André Braga e lá pegou a promissória que tinha assinado, foi calculado o juro e ele pediu mais quinhentos cruzeiros, somou tudo que devia e preencheu um cheque para ser descontado no começo do mês, estava muito envergonhado de pedir dinheiro emprestado, mas calculou que seria melhor se arranjar na cidade que o povo o conhecia e por isso tinha crédito, do que ir para Fortaleza sem nenhum tostão.

Os três dias que Ariano passou em Biana foi uma agonia grande, ficava perambulando pela cidade assim como num delírio imaginava encontrar a filha na praça junto com as outras meninas onde tantas vezes a tinha visto brincar, arrodeava o colégio e não tinha coragem de entrar, na hora do recreio ouvia os gritos de alegria das crianças brincando e lhe partia o coração saber que Genalda não estava lá. Na verdade ele pretendia falar com a diretora do Colégio para conseguir um retrato na secretaria pois todo começo de ano quando fazia a matrícula a escola pedia quatro retrato três por quatro para colocar no fichário e na pasta do aluno lembrou também que ela tirou um retrato junto com a professora, no dia que fez o discurso, sabia do retrato porque ele mesmo tinha pago ao fotógrafo, e foi tirado retrato também com as meninas da cruzadinha e outros da Genalda com a professoras mandou fazer duas cópias de cada um e deu uma para D. Inezita e outra para D. Inocência, ele ficou arrodeando, mas não teve coragem de entrar na escola, tinha muita vergonha de ter perdido a filha, o que responderia para as professoras quando elas perguntassem pela menina? E que motivo daria para querer as fotos? Ele não tinha coragem de contar o que sucedera. No último dia que estava na cidade era domingo foi para a missa das nove, quando viu as cruzadinhas todas com suas fardinhas brancas cantando na missa das noves procurou em todas o rosto o de sua filha e não se conformava como podia ter sido tão cego e tão perverso e tão sem ação a ponto de ter tirado sua filha da escola, da cidade, do meio das amigas. E lembrar que Genaldinha lhe implorou para que não fizesse isso e instigado pela mulher que lhe chamava de palerma que era dominado por uma menina de dez anos, não deu ouvidos à filha. Como se fosse pouco a sua agonia na saída da igreja a professora de matemática que também era a coordenadora da cruzadinha lhe atalhou quando ia saindo na porta da igreja: – seu Ariano, por onde o senhor anda que nunca mais ninguém lhe viu? E Genalda, está estudando em Fortaleza? Ô menina inteligente e esforçada, você bote aquela menina para fazer a prova no colégio militar na capital, não deixe a inteligência e a sabedoria da sua filha se perder. Pronto foi o golpe final, foi uma facada no peito, a água nos olhos começou a escorrer, o que lhe valeu é que alguém em cima do altar chamou a professora bem vexada e ele não precisou responder e as pessoas foram saindo na porta e lhe atropelando e ele feito um morto vivo ia sendo empurrado, pois suas pernas não lhe atendiam ele não conseguia dar um passo. O homem voltou para casa e chorou a noite toda, ainda bem que pediu para dormir no alpendre da cozinha alegando que estava com calor e aí ninguém escutava seu lamento. Neste suplício ele pediu, implorou para Nossa Senhora a alma da falecida esposa que ajudasse a encontrar sua filha. Ariano voltou para Fortaleza, acabou não dando parte da mulher por vergonha do povo e achando que não ia dar em nada porque não tinha na cidade polícia para investigar o caso.

Mariana empenhou toda a safra de castanha para pagar os trabalhadores e saldar as dívidas que tinha contraído, como não tinha renda mensal foi vendendo mês a mês as cabeças do gado adquiridas. O seu estado de saúde era deplorável, já se passaram seis meses que tinha voltado para casa e ainda estava com o pé engessado e sentindo muitas dores na perna, voltou duas vezes ao hospital na cidade de Kiarana para fazer novos exames, mas não tirara o gesso do pé e estas viagens era um gasto a mais que ela não estava suportando, tinha vendido uma novilha de vaca para poder pagar o frete do carro e a pensão para o acompanhante nos dias que teve que ficar lá e outros gastos com medicamentos e comida. Depois destas duas viagens e de todo este gasto o médico deu mais dois meses para ela ficar com o pé engessado e voltar lá. Passado o prazo dado pele médico decidiu, por ela mesma, mandar um ferreiro abrir a bota do gesso com uma serra, pois achou que não carecia de ir a Kiarana ter toda àquela despesa para tirar o gesso, ela tinha visto como é que os enfermeiros tiravam o gesso e ia ensinar para o ferreiro fazer igual. Mariana estava completamente neurastênica. Não era para menos, uma mulher acostumada a montar numa égua ir e vir a hora que queria, administrar seus negócios dando ordem e comandando o serviço dos trabalhadores da roça, pessoalmente, mandar e desmandar com toda autoridade que eram próprias do seu temperamento agora se encontrar imobilizada, em total dependência de alguém que a ajudasse a tomar banho, se vestir, cuidar de sua higiene pessoal, lavar suas roupas, limpar a casa, esta dependência a deixava enlouquecida, somado a isso tinha as eternas noites de insônia onde ela chorava a perda de todo seu dinheiro e a cada dia desconjurava a 'negrinha perversa' e o pior é que ninguém dava

211

crédito ao que ela dizia, todo mundo; os moradores, os filhos, e todos a quem ela contava o acontecido lhe afirmavam que ela tinha encasquetado uma história que não tinha como acontecer, diziam: – a senhora não ver que a Genaldinha não tinha como levar um baú de dinheiro sustentando nos braços na garupa de uma égua?

O SUPLÍCIO DE MARIANA

Um ano já se passara desde que Ariano tinha deixado a casa, Mariana procurava de todo jeito notícias dele com o interesse de saber se já tinha se encontrado com a filha, não incutia na cabeça que Genalda tivesse desaparecido como fumaça e ninguém desse definição do paradeiro dela, achava que tudo era uma trama, não perdia a esperança de encontrar o seu dinheiro, pensava: – é só eu poder andar que eu vou para a capital e boto a mão na 'negrinha'. Mariana tinha tirado o gesso do pé por conta própria e não voltou mais ao hospital, andava com dificuldade apoiada numa muleta que machucava muito sua axila, mesmo ela forrando o apoio da muleta com uns molambos para diminuir o impacto da madeira na cava do braço. Passado este tempo ela tinha perdido àquela força, aquele vigor e foi aumentando a ira, o desgosto profundo por ter perdido todo seu dinheiro e não poder ir atrás da pessoa que tinha roubado. Isto era motivo de discussão com seus filhos, principalmente o Jacinto, porque ela queria que ele fosse atrás da "negra" para trazer seu dinheiro de volta, de tanto ela atazanar o filho depois de mais de um ano que o tio tinha ido embora, Jacinto foi à Fortaleza para sondar o paradeiro de Genaldinha, encontrou com Luís que lhe falou com detalhes tudo que estava acontecendo.   Disse-lhe que a menina nunca tinha chegado em Fortaleza, tinha sumido e isto estava matando Ariano de desgosto. Jacinto ficou horrorizado com a história e achou que o tio tinha sido muito irresponsável de botar uma menina que estava vivendo nos matos para vir sozinha para uma capital tão grande como Fortaleza. Falou para Luís que o tio e sua mãe diziam que tinha sumido um baú com muito dinheiro, e o tio acusava sua mãe, mas não era verdade porque ela estava pobre e já não tinha dinheiro nem para fazer a feira, deixou de plantar e criar porque não podia se mover e não tinha um vintém pagar ninguém nem os moradores, disse que a mãe não acusava o tio, mas acusava Genalda, era uma história que não se podia acreditar, pois Genalda era uma menina de treze anos e como os moradores viram, ela saiu com uma sacolinha cheia de roupa na garupa do pai, não tinha como carregar um baú de madeira pesado que nem adulto podia suspender.

Luís ouvi toda história que contou o filho de Mariana e por outro lado contou o sofrimento de Ariano com o desaparecimento da filha e o desgosto mortal por ter perdido todo seu dinheiro e o pior de tudo é que ele lhe contara que tinha certeza que foi Mariana que lhe roubou, pois ela para se limpar, acusou a Genaldinha, Ariano afirmava: – é tão prova que foi Mariana a ladra que nem pensou na possibilidade de ter entrado um ladrão e para roubar, acusou logo a minha filha, e eu sei porque vi, e Zé Preá e Maria do Zé Preá sabem porque viram que a menina não podia ter levado o baú de dinheiro, saiu de lá na garupa da égua segurando a sacola que eu mesmo dei

214

para ela botar sua roupa. Jacinto ficou desnorteado com a história, não sabia do desaparecimento de Genaldinha, ninguém sabia do acontecido com estes detalhes pois Ariano por vergonha, escondia o assunto da família aliás, não se comunicou com outra pessoa a não ser com Luís depois que tudo aconteceu. Ainda incrédulo, mas para tirar toda dúvida disse a Luís que queria ver o tio, tomar a benção, e conversar e tentar se desfazer esta confusão porque com certeza um ladrão tinha entrado na casa, pois não tinha sido nem o tio, nem a sua mãe que roubou o dinheiro um do outro.

Luís e Jacinto chegaram em casa às sete horas da noite, a porta do quarto de Ariano já estava fechada, nestes últimos dias ele estava com uma morrinha no corpo, parece que era começo de gripe, tinha até febre, Luís bateu na porta, chamou pelo seu nome, ele estava cochilando e acordou num sobressalto, atordoado com o chamado de Luís àquela hora, de um salto ficou em pé, achou que ele tinha encontrado Genalda, abriu a porta apressadamente e foi metendo a cabeça para fora, muito nervoso, indagou: – cadê Luís, tu encontrou minha filha, que notícia é que tu tem dela? – Não Ariano, eu não trouxe nenhuma notícia de tua filha, eu te chamei porque o teu sobrinho que veio te visitar. Foi deprimente a desolação em que ficou o pobre homem vendo sua esperança se esvaindo. Quando Jacinto viu o estado desesperador do tio se arrependeu de estar ali, de ter dado ouvidos à mãe, foi logo se justificando, – tio, eu vim resolver uns negócios aqui em Fortaleza e volto amanhã, mas passei aqui para ver como está o senhor. Ariano com a voz dolorida, cansada, respondeu: – como pode estar um pai que perdeu uma filha, uma menina de treze anos que eu não sei se estar viva ou está morta, se está passando fome, se está dormindo na sarjeta? Tudo por culpa daquela mulher que a maltratava, ter roubado meu dinheiro foi pouco em vista da desgraça que ela causou na vida da minha filha e ainda teve o topete de acusar, a menina de ter roubado o dinheiro. Eu só peço a Deus que a minha filha apareça e que eu esqueça o infeliz dia que casei com essa mulher e o tempo que vivi com ela. Jacinto ficou sem palavras, não teve sequer ânimo para dizer que sua mãe não tinha roubado o dinheiro.

Quando o filho voltou e disse à Mariana o que tinha se passado e como tinha encontrado o tio ela se irritou muito, principalmente quando Jacinto deu sua opinião. – Mãe, nem o tio, nem Genalda pegaram o dinheiro, aliás o tio está destruído, a filha se perdeu e por culpa dele, em vez de ter ido deixar a menina, mandou ir sozinha e o Luís disse que ela nunca chegou lá, por isso o pobre do velho está morrendo aos poucos, já vendeu até a casa para pagar detetive na busca de Genalda. É desesperador uma menina de treze anos perdida numa capital. Mariana interrompeu o filho, estava irascível – está vendo como eu tinha razão! A negra fugiu com meu dinheiro por isso ela nunca chegou lá, ela levou o meu dinheiro e aquele palerma não deu nem fé da cabreragem que a filha dele fez debaixo do seu nariz, ah! sujeito abestado, mas quando eu puder andar, eu boto a mão naquela negra, pego todo meu dinheiro de volta e boto ela na cadeia. Era inútil Jacinto querer convencer a mãe que a menina não tinha como levar o dinheiro e repetir a história que os moradores e o tio já tinham contado inúmeras vezes.

Depois da ida do filho à capital e de todo relato que fez do sumiço de Genalda, Mariana tinha pesadelos todas as noites. Às vezes ela sonhava espancando a menina, maltratando como costumava fazer, outras vezes sonhava vendo a menina correndo com o baú de dinheiro e ela correndo atrás e quando estava prestes a alcançar, Genalda jogava o baú dentro do cacimbão e ela ouvia o barulho da madeira se despedaçando do impacto nas paredes do cacimbão. Na verdade Mariana era acusada e atormentada pela sua própria consciência, lhe voltava a memória as surras que tinha dado em Genalda, os beliscões, os 'muchicões', os muitos dias que a deixou sem comer, jogava a comida fora e emborcava as panelas – ah! negrinha tinhosa, não se queixava para o pai nem pros vizinhos, nem para ninguém, mas estava de tocaia esperando uma oportunidade para se vingar de tudo que eu fiz com ela, ah! Negrinha inzoneira, levou o dinheiro do baú porque sabia que o dinheiro do pai estava lá e ela sabia que eu ia comprar tudo de terra e gado e ia botar tudo no meu nome e ela não ia ver nem o azul, não lhe tocaria nada eu mesmo disse a ela várias vezes só para ela saber que negro não tem direito a ser tratado como gente, só o que faltava querer ter direito à herança.

Este último sonho de Mariana sempre perseguindo Genalda que corria com o baú na cabeça se tornou recorrente, toda noite ela sonhava correndo atrás da menina que estava com o baú na cabeça e quando ela ia alcançá-la jogava no cacimbão e dava gargalhadas dizendo: – tu não me pegas Mariana tirana. Mariana ficou irascível completamente descontrolada, achou que aquilo era um aviso, aquilo eram as almas lhe avisando onde estava o baú com o dinheiro, ela tinha feito muitas promessas com as almas do purgatório para trazer seu dinheiro de volta. Ficou avexada, tinha que arranjar um jeito de baldear o cacimbão, era costume no sertão quando o cacimbão ficava entulhado e com pouca água se mandava baldear (tirar os entulhos) e cavar mais. Chamou Zé Preá e mandou ele ir atrás do Zé da Redonda, que era cavador e limpador de cacimbão, para vir falar com ela. O homem não teve nem coragem de perguntar para que Mariana queria o Zé da redonda, do jeito que mulher estava zangada e ignorante ele pouca conversa tinha com ela. Selou o burro e foi. Zé da redonda não estava em casa, sua mulher lhe disse que ele estava cavando cacimbão na chapada nas terras do Antônio Branco, mas que dava o recado quando ele chegasse. Zé Preá voltou com este assunto para Mariana, a mulher ficou injuriada, na cabeça dela era para Zé Preá ter trazido o Zé da Redonda na garupa do burro. A mulher perdeu a paciência e a compostura, colérica descompôs Zé Preá: – mas tu é um caboclo muito abestado, e imprestável, por que tu não foi logo na chapada e trouxe o homem aqui para eu conversar com ele? Tu trazia ele e levava de volta, este povo é pobre, miserável, porque não tem ação, não tem iniciativa pra nada, e caxingava para lá e para cá no alpendre praguejando contra Zé Preá que ouvia tudo de boca aberta apalermado. Por fim a mulher deu uma estocada, se aprumou na perna e na muleta e ordenou:– vá agora mesmo lá na chapada e traga este homem aqui. Já era meio-dia, Zé Preá matutou, matutou e disse para si mesmo, – essa mulher está tomada pelo coisa ruim, eu que não vou confrontar ela porque a desgraça pode me amaldiçoar, e não vou voltar agora sem almoçar que estou é morto de fome. E foi saindo de fininha como quem pega a estrada, foi só Mariana sumir no alpendre ele deu a volta e desapeou do burro e o amarrou no pé de juazeiro detrás de sua casa, ali Mariana não chegaria e nem dava para avistar o burro do alpendre de sua casa. Zé Preá entrou e avisou à mulher e aos filhos que não era para dizer a ninguém que ele estava em casa, muito menos à Dona Mariana, mandou a mulher botar o almoço, almoçou, deitou no tucum no alpendre da cozinha e pensou, – para trazer este homem só se fosse depois de cinco horas quando terminasse o dia de serviço, então ele só precisaria estar lá às quatro e meia da tarde, ele iria dormir até às três ou três e meia. A tarde estava quente, quando vinha aquela labaredas de vento ainda vinha quente, mas mesmo assim Zé Preá no tucum dormia que roncava, quebrando aquele silêncio escaldante o jumento relinchou, Zé Preá de um susto pulou do tucum se pôs de pé, – valha-me Nossa Senhora, o jumento já deu três horas, (é que no sertão o jumento sempre relincha nas horas fechadas (nove horas, meio dia, três da tarde...) Zé Preá foi na cozinha, pegou o caneco, meteu no pote e bebeu água, na mesma toada gritou: – estou saindo, mulher. Chegou na chapada eram mais de quatro horas, de longe avistou o movimento dos trabalhadores e o monte de barro tirado da escavação do cacimbão. Foi se achegando, se apeou do burro, deu boa tarde para os trabalhadores que estavam do lado de fora, um tirava o caixão com o barro de dentro do cacimbão na gangorra, o outro esvaziava o caixão com barro para retornar a gangorra. Zé Preá já anteviu que o Zé da Redonda estava dentro do cacimbão, – e aí pessoal, tão agarrado na lida? É Zé da Redonda que está aí dentro do cacimbão? Que hora vocês largam o serviço? O trabalhador que descarregava o caixão respondeu: – é Zé da Redonda mesmo que está aí, e nós larga o trabalho quando o jumento relinchar dando as cinco horas, e você mestre, que que faz por estas bandas? Está querendo cavar um cacimbão lá na Oiticica? – Não camarada, eu vim trazer um recado da dona Mariana pro Zé da Redonda, não sei nem o que ela está querendo com ele, só pediu para ele ir até lá falar com ela. O homem que estava dentro do cacimbão gritou para o que estava na gangorra, – sobe o caixão e aí vai minha cabaça bota água que estou cuspindo bala, e depois deste só vou tirar mais um caixão de barro que já estou a ponto de me entregar. O trabalhador que estava na gangorra subiu o caixão, tirou a cabaça do Zé da Redonda e encheu d'água do pote debaixo da árvore enterrado pela metade no barro molhado, enquanto o outro esvaziava o caixão de barro. O gangorreio botou a cabaça d'água dentro do caixão e desceu cacimbão a baixo. Depois de uma meia hora subia o último caixão de barro do dia e junto escanchado vinha o Zé da Redonda, apesar de ser magro, o mais que pesava era cinquenta quilos, fazia diferença no peso por isso o gangorreio pediu ajuda do companheiro para subir o caixão com esta carga extra. Quando o caixão ia se aproximando da boca do cacimbão Zé da Redonda se grudou numa das forquilhas que estava montada à gangorra e saltou para terra firme. Só foi o tempo de descarregarem o caixão de barro, tiraram a roupa, ficaram só de cueca e se lavaram na água que tinha na gamela debaixo da árvore, nem bem tinham se vestido o jumento deu cinco horas com seu relinchado. Zé Preá tratou logo de passar para Zé da Redonda o recado de dona Mariana, queria ver ele sem falta hoje, Zé Preá lhe disse que levava ele na Oiticica e deixava de volta na cidade. Zé da Redonda se admirou da precisão tão urgente da mulher: – homem que precisão tão grande é essa que a Dona tem pra me ver? Olhe que depois de um dia de trabalho deste estou é morto de fome e de cansaço. Zé Preá só faltou implorar: oh! Camarada tu não vai te cansar muito, tu vai na garupa do burro e chegar na Oiticica tu come uma coalhada com cuscuz e ovos lá em casa e fala com a dona e eu já vou te deixar na garupa do burro na cidade. Zé da Redonda foi convencido pela coalhada de leite de gado com cuscuz de milho verde, fazia tempo que não comia, – é sendo assim eu vou e se debandou dos companheiros, acertando até amanhã na mesma hora.

Mariana estava tiririca, entrava e saia, ia de uma ponta à outra do alpendre com aquele toque, toque insuportável de sua muleta batendo no piso de tijolo de ladrilho. A mulher resmungava, – ô caboclo irresponsável este Zé Preá! Ô caboclo 'maluvido' este infeliz, e assim esconjurava para liberar sua cólera, já tinha gritado por mais de três vezes pela Maria do Zé Preá para saber do paradeiro do Zé, perguntava se ele ainda não tinha chegado, há que horas ele tinha saído e cobria a mulher de perguntas que para não se atrapalhar inventou logo que depois do almoço não tinha ficado em casa, tinha ido lavar roupa no rio. Já ia anoitecendo só se ouviu o trotar do burro batendo os cascos no solo de Massapê quando olharam para o canto da cerca já avistaram Zé Preá com um garupeiro. Maria gritou dando resposta à mulher: – olha aí dona Mariana que o Zé vem chegando e traz um homem na garupa. Mariana muito agastada respondeu: – e precisa tu me dizer? Eu não estou cega não.

Os homens se apearam e Zé Preá nem falou com Mariana, pois não estava querendo ser maltratado na frente dos outros, disse ao Zé da Redonda, – camarada vá conversar com a mulher que está aí no alpendre e foi quem lhe mandou o recado, que eu vou tirar a sela do burro, jogar uma água no seu espinhaço e lhe dar de beber e comer e quando terminar a conversa você vem aqui para a minha casa para nós comer, enquanto isso o burro vai descansando para eu ir lhe deixar na cidade.

Mal o homem saltou do burro Mariana mesmo caxingando já lhe veio ao encontro, mandou que ele entrasse para a sala, pois não queria conversar com ele na área e ser escutada, nem interrompida por ninguém. Ela foi logo direto ao assunto: – olhe seu Zé da Redonda, eu sei que o senhor é cavador de cacimbão e também baldeia quando é para tirar entulho, sujeira. Eu quero lhe contratar para baldear meu cacimbão, mas vou lhe dizer logo o que eu quero encontrar, é que sumiu um baú meu onde eu guardava documento e dinheiro, todo meu dinheiro, isto aconteceu quando eu caí do burro, quebrei a perna e fui para o hospital, quando voltei não encontrei o baú, ninguém deu notícia, ninguém viu ele saindo daqui, e agora eu fui avisada que ele foi jogado dentro do cacimbão e provavelmente ele se quebrou, mas os pedaços estão lá dentro e o que estava guardado no baú também está lá dentro e pode ele não ter se quebrado e está inteiro dentro do cacimbão. O senhor faz este serviço? – Olhe dona, isto depende, nós estamos no inverno e seu cacimbão deve ter água e talvez muita água, aí eu não posso baldear, pois não tem como tirar toda água porque cacimbão quando a gente cava é uma veia d'água que a gente pega na terra e uma vez furada não para de sair água, quanto mais tira mais cria água, principalmente no inverno que as grotas vão enchendo e debaixo da terra tudo se comunica, a gente baldeia cacimbão quando as veias estão entupida por entulho tem pouca água aí a gente tira os baldes de lama, limpa todo entulho e cava mais para pegar a veia d'água. Mariana foi se agastando com aquela explicação do Zé da Redonda, mas Zé era especialista em cavar cacimbão e encontrar água, por isso era o cavador de cacimbão mais procurado e quando tinha oportunidade ele tinha que demonstrar sua expertise. – Homem, diga logo se você faz ou não faz o serviço! – Olhe dona, eu faço, mas não é garantido encontrar este baú, vai depender primeiro se ele está lá, depois da fundura as águas, e eu tenho como medir, depois se a senhora está disposta a pagar o preço do serviço, pois eu venho e trago três trabalhador comigo, quatro, um é para mergulhar até o fim das águas e os outros dois é para ficar na gangorra subindo e descendo eu e o mergulhador, e subindo todo o entulho que vamos tirar do cacimbão e são três dias de trabalho e são doze diárias e a diária é 30,00 cruzeiros cada uma e vezes doze é 360,00 cruzeiros. A mulher deu um pulo com a proposta: – mas você está é doido, de cobrar um dinheirão deste por um serviço à toa? O Zé que não estava mesmo querendo fazer o serviço, pois a mulher tinha fama de ser bruta e mão de vaca, disse: – dona, eu lá estou doido, doido está quem joga um baú de dinheiro dentro do cacimbão, ou quem sonha que tem um baú de dinheiro no cacimbão, de qualquer maneira eu não vim me oferecer para tirar baú de dinheiro de dentro do cacimbão, foi a senhora que mandou me chamar e no meu trabalho quem dá o preço sou eu e tenho muito trabalho me esperando e eu já vou me embora que hoje eu trabalhei o dia inteiro e na cidade tem outros cavador de cacimbão e boa noite. Zé da Redonda já foi se levantando e se dirigindo para a casa de Zé Preá, pois ele despachou a mulher com tanta rapidez porque sentiu aquele cheiro de cuscuz no ar e aquele cheiro de frito que só podia ser preá torrado na gordura de porco, (afinal a expertise de Zé Preá era preparar arapuca no mato para pegar preá), e misturado com a fome que ele estava sentindo não queria mais encompridar conversa nem para ganhar muito dinheiro, imagine para ganhar pouco. Zé da Redonda, foi se dirigindo para a casa de Zé Preá que ficava praticamente no terreiro da casa de dona Mariana e, já o esperava na porta e a comida na mesa,

Zé da Redonda estava muito cansado, mas aquelas comidas colocadas na mesa com toda fartura foi tudo de bom que podia lhe acontecer numa quinta-feira à noite, uma bacia de cuscuz, um alguidar de coalhada, ovos fritos com a gema inteira e as beirinhas da clara sapecada, chega ficou douradinha e uns três preás torrados, Zé Redonda exclamou -menino! É uma tigela de preá torrado, ô homem farto é tu, Zé Preá! Os homens comeram como uns padres, os meninos todos também se fartaram, Maria comia à medida que informava a Zé Preá como dona Mariana estava impaciente e desagradada com a sua demora, Zé Preá que não gostava de confusão com Patroa pediu para Maria levar um prato de cuscuz com preá torrado para dona Mariana para ela se acalmar. Depois do jantar Maria serviu o café que Zé da Redonda tomou apressadamente, foi o tempo dele tomar o café e Zé Preá selar o burro para saírem foi quando Maria os interrompeu esbaforida, – Dona Mariana quer falar com o senhor seu Zé da Redonda, o homem nem se apeou, disse ao Zé Preá: – vamos, pare lá em frente que eu falo com a mulher mesmo de cima do burro, ele a tinha avistado sentada na cadeira do alpendre, o burro parou em frete a cadeira da mulher, Zé da Redonda se dirigiu a Mariana; – boa noite, dona, de que se trata? Pode falar daí mesmo que eu já estou de saída, amanhã pego o caminho dos trabalhos de madrugada. Mariana ficou injuriada com a petulância do caboclo, mas viu que não tinha alternativa, e disse num grunhido de raiva: – pode vir fazer o trabalho que eu pago, mas tem que ser no começo da semana. Zé da Redonda disse: – eu não garanto o dia, pois estou cavando um cacimbão e não deixo serviço pela metade, mas a garantia que faço é que quando terminar o cacimbão o primeiro serviço é o seu e também eu lhe garanto que só vou trabalhar três dias no seu serviço se achar o que a senhora pensa antes só me paga as diárias trabalhada, mas se em três dias eu não achar é porque não está lá, e a senhora pode botar uma cadeira na beira do cacimbão para fiscalizar o serviço e eu encontrando ou não nos três dias a senhora esteja com meu dinheiro na mão e estamos contratado e boa noite. Zé Preá entendeu foi nada da conversa, mas já foi esporando o burro e pegando a estrada.

Mariana ficou eletrizada, era uma esperança só, tinha certeza que o baú estava dentro do cacimbão, agora ela estava convencida que a menina não levara o dinheiro, tinha jogado o baú lá para lhe castigar, sabia que a negrinha tinha feito aquilo só para lhe fazer sofrer, só para descontar os maus tratos que tinha sofrido. De repente se preocupava e se o baú tivesse quebrado e se o dinheiro tivesse todo encharcado todo este tempo e tivesse se estragado? A mulher era uma adrenalina pura, não aguentava aquela espera, pensou em mandar Zé Preá ir até a chapada ver se estava perto de terminar de cavar o cacimbão, desistiu não havia nada que pudesse fazer, pois aquele caboclo tinhoso e irreverente só viria fazer o trabalho quando terminasse de cavar o cacimbão onde estava trabalhando e estava dentro do querer dele, os dias para a mulher parece que não passavam.

Depois de duas semanas, numa quinta-feira seis horas da manhã Mariana acordou ouvindo aquele 'conversê' para as bandas do cacimbão, tomou aquele susto, abriu a porta da cozinha e já viu Zé da Redonda com uma rodilha de corda que tinha uns cinquenta metros de comprimento tinha um ferro salva vidas na ponta jogando dentro do cacimbão, o outro homem botou uma corda na gangorra e na ponta amarrou um cacete de jucá modo um balanço que se faz para criança balançar nos pés de pau, escanchou-se na corada feito balanço, nisto Zé da Redonda retirou a corda que tinha lançado no cacimbão e que tinha chegado até o fim das águas pelo peso do ferro que levava na ponta, mediu a parte molhada a braçada, exclamou: – vixe, este cacimbão é muito fundo, num seca é nunca, pode ter o verão que tiver ele está com quinze braçadas d'água e se dirigindo para o rapaz que estava pronto para descer disse: Firmino tu tem fôlego para mergulhar quinze metros? O rapaz respondeu: – só vendo. Os dois homens que estavam na gangorra começaram a descê-lo, o desciam muito devagar para dentro do cacimbão, numa corda paralela que estava atada a gangorra, estava preso um cesto para coletar o que fosse encontrado.

Zé da Redonda se virou para trás e notou a presença de Mariana, cumprimentou-a: – bom dia, dona, já começamos o serviço, este cacimbão é muito fundo, vai dar muito trabalho vasculhar ele todinho, veja direitinho se este baú foi jogado aqui dentro mesmo,

228

olhe dona este trabalho é mais perigoso e arriscado que baldear um cacimbão só com lama ou pouca água é um trabalho mais prejudicado que cavar um cacimbão. Agora eu vou descer este outro rapaz pra ficar lá dentro enquanto Firmino mergulha, pois se tiver qualquer problema nós aqui de cima não vê e tem que ficar dois aqui em cima para puxar ele na hora que precisar. E a senhora está sabendo que a 'boia' é por sua conta e é nosso costume ficar tomando água e café durante o trabalho, a água agente bota aqui na nossa cabaça e o café pode deixar com os copos aqui no pé da parede. Mariana ficou possessa com a petulância do caboclo, mas estava por demais animada com a possibilidade de as almas terem feito o milagre de lhe mostrar o baú.

Chamou a Maria para que fizesse a boia para os quatro homens, ficou envergonhada porque só tinha arroz e feijão não tinha uma mistura nem um pedaço de toucinho, se viu obrigada a mandar matar uma galinha. Os homens trabalham sem parar já na parte da manhã tiraram toda a sujeira da superfície, era pedaço de cadeira, panela velha, guarda-chuva, roupa velha, entulho de todo jeito, já subiram com uns cinco cestos de lixo, depois do almoço a lida recomeçou, jogaram o salva vidas e começaram a pegar baldes que tinham afundado, vários de toda idade e tamanho até uma sela e arreios o rapaz que mergulhou encontrou e retirou com a ajuda do salvas vida que quando mergulhava levava junto para prender logo o que encontrasse. Cinco horas encerraram o trabalho, devido à distância para a cidade ser grande preferiram dormir na Oiticica, já que não tinham transporte. Tinham levado rede e podiam dormir no alpendre. Depois do jantar foram logo se acomodando para dormir, estavam mortos de cansados, principalmente o mergulhador.

Mariana estava era desgostosa, só de pensar que tinha de dar comida aos trabalhadores por mais dois dias, o jeito que tinha era mandar Zé Preá matar um leitãozinho que estava no chiqueiro, já estava mesmo faltando banha de porco para o uso diário, assim aproveitava e resolvia também esse problema, Zé Preá achou foi bom, estava doido para comer um espinhaço de porco cozido e sarrabulho com cuscuz. O segundo dia dos trabalhadores do cacimbão começou cedo, cinco horas estavam no ponto, iniciaram os trabalhos enquanto Maria ajeitava o quebra-jejum, depois de uma hora de trabalho pararam para fazer o quebra jejum. Foi a mesma labuta do dia anterior, tiraram muito entulho até mesmo tábuas apodrecidas, mas nada de baú. Na parte da tarde mergulhando bem fundo o rapaz topou com a carcaça de um animal grande quando içou para fora viram que era uma bezerra que tinha sumido coisa de uns cinco anos atrás, a casa estava sem morador. O mergulhador chegou a ir até o fim das águas e mais nada encontrou, assim chegou o fim do dia. Mariana estava numa verdadeira esquizofrenia, ora tinha esperança de encontrar seu baú, ora desanimava por completo e o pior foi esta última noite de sonho, era Genalda correndo na sua frente e escondendo o baú e mangando dela. Acordou tarde, o sol já estava alto, os trabalhadores há muito estavam na lida, Maria aproveitou que ela estava dormindo, para fazer o quebra-jejum reforçado para os trabalhadores, torrou umas tripas de porco, fritou uns ovos, fez cuscuz, eles acharam foi bom e Zé Preá também. Na hora do almoço Zé da Redonda chegou pra Mariana e disse: – dona, a senhora está com nosso dinheiro porque vamos largar o serviço às três horas da tarde, estes três dias começamos às cinco horas da manhã e trabalhamos direto até depois cinco horas da tarde, até agora não encontramos nada. O rapaz que mergulha já foi mais de cinco vezes até o fim das águas e arrastou os pés na lama do fundo, quando descia levava uma tarrafa que pegava tudo que estava boiando, por isso eu lhe digo, não jogaram seu baú aí dentro, nem inteiro, nem os pedaços, a senhora viu que tiramos tralha daí de dentro de todo tamanho, até a carcaça que estava no fim das águas. Eu lhe avisei que eu só podia encontrar o que tivesse aí dentro.

Mariana ficou tresloucada com àquela dura realidade, pensava como as almas puderam lhe enganar desse jeito, além de ter perdido todo seu dinheiro tinha que pagar agora trezentos e sessenta cruzeiros e ainda teve que matar uma galinha e um porco. A mulher ficou paralisada, disse: – seu Zé, eu não tenho este dinheiro em casa, o senhor não avisou o dia que vinha. O homem parou, olhou para a mulher com toda calma, – mas eu disse para a senhora se preparar, e está com três dias que nós trabalha, dava tempo a dona ter mandado buscar o dinheiro onde ele estar, ou podia ter avisado que ele não está em nenhum lugar e nós não tinha feito o trabalho. A mulher ficou praguejando disse que ele era muito atrevido e muito enforcado, que nem mal tinha terminado o trabalho que não tinha tido resultado e já queria receber. Os trabalhadores se levantaram da mesa e não disseram palavras, foram os três para o cacimbão continuar o trabalho, Zé da Redonda foi dar uma volta pelos quintais, chegou no chiqueiro dos porcos tinha dois leitõezinhos cevados, fez um cálculo que pesava uns quinze para dezesseis quilos e valia cento e cinquenta cruzeiros cada um, chegou no chiqueiro das galinhas tinha umas quatro galinhas gordas, avaliou que cada uma valia quinze cruzeiros, - vixe, trezentos e sessenta, pronto não se discute mais, estamos pagos. Chegou para o Zé Preá e perguntou se era fácil pegar um jumento no campo, pois ele ia pedir a dona para botar uns grajaus no jumento e levar seu material e o pagamento, pois era muito peso, ele e os homens estavam muito cansados e este trabalho dentro de cacimbão forçava muito os pulmões. Zé Preá não entendeu foi nada quando ele disse que o pagamento também era pesado, mas disse que era fácil pegar o jumento e ele mesmo botava as cangalhas e o garajau. Chegou três horas os homens terminaram o trabalho e Mariana não deu as caras, eles começaram a recolher o material e Zé

232

da Redonda foi até a casa, chamou a mulher que já vinha toda entufada e de má vontade e foi logo falando arrebatada, – o que é que o senhor quer? – Senhora como as cordas estão todas encharcadas e pesam muito, os ferros e o pagamento também pesam, eu quero pedir a senhora para levar tudo nuns garajaus no seu jumento, aí eu deixava o jumento na casa do seu filho ou se o Zé Preá quiser ir para trazer o jumento eu acho bom que vou na sua garupa e ele já traz o jumento de volta. Mariana queria se ver livre dos homens e ficou aliviada quando ele não falou no dinheiro, Zé Preá estava ali do lado ouvindo a conversa e Mariana o chamou e disse para ele botar a cangalha e os garajaus no jumento e podia ir no burro à cidade para trazer o jumento de volta. Ora ele já tinha era botado a cangalha e os garajau no jumento. Zé Preá estava na hora do almoço na casa de Mariana e viu sua reação quando o Zé da Redonda pediu o pagamento, agora outra vez não viu ela falar em dinheiro quando saiu da presença dela, disse a Zé da Redonda: – a dona Mariana não lhe pagou e agora nem falou em dinheiro, nem nada, e eu não entendi quando você me disse que ia levar o pagamento no jumento porque era pesado e agora disse para Dona Mariana também que o pagamento era pesado e tinha que ir no jumento. Zé da Redonda disse – vou lhe explicar tudo direitinho para você contar para quem perguntar, você foi me buscar no meu trabalho a mando dela, embora bastante cansado, eu vim em atenção a você e também pela 'janta de

233

coalhada cuscuz e preá', quando ela me propôs o trabalho de procurar um baú de madeira no cacimbão eu disse o preço e disse que só podia achar se ele tivesse lá, ela achou o preço caro, eu me levantei e disse que ela procurasse outro porque no meu trabalho quem dava o preço era eu, e fui para sua casa jantar pra de lá você ir me deixar na cidade como tinha combinado, na hora que vamos saindo Maria, sua mulher a mando de dona Mariana atalha nós porque ela queria falar comigo, nem me apeei do burro e ela disse pra mim na sua frente que pagava o preço que cobrei e queria que eu fizesse o serviço. Eu lhe disse que preparasse o dinheiro que quando terminasse de cavar o cacimbão eu vinha, quando foi agora eu mais meus companheiros trabalhamos três dias e a mulher diz que não tem o dinheiro para pagar, você ouviu. Zé Preá ficou foi besta, disse – homem, eu não acredito que vocês passaram três dias esgotando este cacimbão, tiraram aquela ruma de lixo e estava procurando um baú, homem no cacimbão não tinha baú nenhum, esta mulher está doida da cabeça e quando acaba um trabalho arriscado deste que vocês passaram três dias e ela não quer pagar! Isto os dois andando e conversando, aí Zé Preá se separa dele e vai buscar o burro no pasto, Zé da Redonda acenou para os companheiros, pegou os dois leitões, mandou amarrem as pernas e jogar no garajau, pegou duas galinhas que estavam no chiqueiro, amarrou as pernas, jogou no garajau pegou um carneiro que já estava no chiqueiro, amarraram as pernas

234

e jogaram no garajau. Colocaram também as ferramentas que tinham trazido mais cordas, tarrafas, ferros cabaças e ficaram de mãos abanando.

Zé da Redonda mandou os três companheiros na frente tangendo o jumento que ele ia na garupa do burro com Zé Preá. Maria estava fazendo o café e nem bem termina já o marido chega no terreiro, os dois tomam o café e tocam para a cidade. Os companheiros de Zé da Redonda estavam na dianteira de mais ou menos uma hora, tanto que eles se empalheiraram já quase chegando na cidade. Zé da Redonda pegou o cabresto do jumento e foi puxando, disse para os companheiros que fossem para sua casa que ia fazer o pagamento mais tarde. Quando chegou em casa de Zé da Redonda que foram descarregar a carga do jumento, Zé Preá viu o garajau com os dois leitões as duas galinhas e o carneiro, Zé da Redonda ia tirando os animais e mandando os meninos levar para o quintal, se virou para o Zé Preá e disse: – você entendeu porque eu disse para você e para a dona que o pagamento era pesado e eu precisava do jumento para trazer. Diga à dona que estamos quites, ela não me deve nada. Zé Preá voltou para trás encasquetado com aquela arrumação. No outro dia Mariana acordou zangada e desconfiada, não perguntou nada a Zé Preá esperando que ele lhe contasse alguma reclamação ou recado que Zé da Redonda tivesse mandado, e nada, o homem nem tocou no assunto, parece que estava evitando falar com ela, a curiosidade foi maior que sua ira e seu mau humor, chegou para Zé Preá e perguntou se Zé da Redonda tinha mandado algum recado. Zé Preá respondeu: – sim ele disse que a senhora não lhe deve nada, eu nem sei por que ele me mandou lhe dizer isso, pois com o pagamento que a senhora deu a ele e ainda mandou deixar no jumento claro que a senhora não deve nada. A mulher ficou atordoada, mas que pagamento, se eu não paguei nada a ele? Afinal passou três dias fuçando no cacimbão e não encontrou o que era para encontrar, Zé Preá atalhou a fala da mulher – dona Mariana, como a senhora diz que não pagou, a senhora está esquecida? Se ele mesmo mandou dizer que a senhora não lhe deve nada, aqui na minha frente ele lhe pediu o jumento para levar as cordas, as ferramentas e o pagamento porque era muito pesado e a senhora mesmo mandou eu arrumar o jumento, eu fui pegar o burro no pasto quando cheguei ele já tinha carregado o jumento e mandado os companheiros dele levar na frente, quando cheguei na casa dele que ele descarregou as cordas, as ferramentas e o pagamento era os dois leitões que estava no chiqueiro, as duas galinhas gorda e o carneiro que era para matar no sábado, eu achei caro o serviço, mas a senhora é a dona e foi quem contratou com ele. A mulher enlouqueceu de vez, pegou num pau para dar na cabeça de Zé Preá, praguejou, disse que tudo era culpa dele que estava mancomunado com o outro ladrão, disse que se retirasse das terras dela, que daria

236

parte na polícia para prender Zé da Redonda e ele que tinham se juntado para roubar seus bichos.

Os moradores já estavam querendo ir embora da Oiticica tanto pela irritação de Mariana como pela situação de sobrevivência da família, com a escassez de chuva ficavam cada vez mais sem recurso, Zé Preá e Maria se queixavam da impertinência e grosseria de Mariana, pois além de não lhes pagar nada para cuidar dos bichos e da lida diária, não botava um roçado para ele trabalhar ou na empreita ou na diária, não pagava para bater os cajueiros, estava tudo entregue ao mato, assim nem safra de castanha tinha para ganhar qualquer tostão. A mulher começou a ter uns surtos de loucura, passava noite e dia andando pela casa e falando sozinha, repetia mil vezes a mesma história, o quanto tinha trabalhado, quanto sacrifício tinha feito, quanta privação tinha passado para juntar todo aquele dinheiro e ter perdido tudo do dia para noite sem ter a quem se queixar, sem ter meios de ir atrás da negrinha. Alguns parentes com medo que ela endoidasse lhe explicavam que a menina não tinha levado o dinheiro, que ela não tinha meios para fazer isto, que isso era coisa de ladrão experiente que vieram de outras paragens e passavam a lhe contar histórias fantasiosas de ladrões peritos que vem da cidade grande e fazem roubo e nunca são descobertos porque sabem abrir porta sem arrombar e muitas outras artes de bandido. Eles queriam tirar da cabeça da mulher que a enteada a tinha roubado pois este era o agravante para seu sofrimento. Mariana em seus delírios admitia que a menina tinha feito isso para se vingar dela porque ela a tinha tirado dos estudos e pelas surras que levava por não querer fazer as obrigações de casa. No íntimo o que mais doía em Mariana era 'a vingança da negrinha'.

A falência financeira de Mariana acompanhada das sequelas deixadas pelo acidente estava destruindo sua saúde emocional, ela tinha crises de nervos e ficava fora de controle ela mesmo sentia que enlouquecia, pois embora todo mundo lhe aconselhasse para tirar da cabeça a ideia que a menina tinha levado o dinheiro, não pensava noutra coisa, só maquinava e conversava sozinha tramando uma forma de ir atrás da 'negrinha'. Não botava mais roçado, não tinha dinheiro para bater os cajueiros e a safra de castanha era uma 'negação', o único dinheiro que ainda entrava para sua sobrevivência era a renda do carnaubal. Mas muito pouco antes os tiradores de carnaubal disputavam os arrendamentos agora se faziam de rogado e davam o preço que queria, pois não tinham concorrência com a baixa do pó de carnaúba que estava cada vez mais desvalorizado. Por fim Zé Preá e Maria arrumaram outra morada, quando foram avisar para Mariana ela gritou e praguejou: – vão se embora, seus mortos de fome, vão pro diabo que os carregue que eu não preciso de ninguém. Zé Preá ainda ponderou: – queira desculpar dona Mariana, mas "nós não pode mais ficar e não temo tempo de ir na cidade avisar ao seu filho "porque vamos para uma fazendo no Maranhão e o homem avisou de última hora que vem buscar a gente hoje à noite, então a senhora mande avisar ao seu filho para vir lhe buscar e levar para a casa dele. A Matilde vai amanhã para a cidade e eu vou agora na casa dela dizer que a senhora está mandando um recado para o seu filho vir aqui. A mulher ficou possessa, saltou no Zé Preá – olha caboclo enxerido, quem te deu liberdade para tu ficar dizendo o que vou fazer da minha vida, onde vou morar, quem mandou tu mandar recado pela Matilde? Se eu quiser mandar recado eu mesmo mando, não te dou ousadia de ficar dizendo o que eu vou fazer ou deixar de fazer. A mulher surtou e balançava a muleta no rumo do Zé Preá que só não lhe acertou porque ele se afastava e ela frechava nele e ele se afastava até que saiu terreiro à fora no rumo de sua casa e foi tratar de arrumar seus cacarecos, Maria, sua mulher, vendo a confusão não chegou nem perto, já estava era agastada de tanto fazer favor à mulher e só receber ingratidão, – Zé Preá, deixa esta mulher de mão, pois o destino dela é morrer sozinha já que maltrata todo mundo que quer lhe ajudar.

O carro chegou para pegar Zé Preá e sua família e eles se foram atrás de outro destino. Passaram-se cinco semanas sem que ninguém, nem um filho, nem uma nora, nem um parente, nem aderente fossem na casa de Mariana, quando uns comboieiros vieram buscar uma carga de farinha na Caiçara e ia voltando para a cidade pela estrada da Oiticica viram a cumieira da casa coalhada de urubu, que esvoaçavam do teto para o terreiro. O chefe do comboio deixou a tropa e se encaminhou para a casa, quando foi chegando já sentiu àquela catinga de carniça, e pela janela aberta os urubus entravam se atropelando e devoravam o cadáver de Mariana. Não se sabe ao certo há quantos dias tinha morrido.

A BUSCA DESESPERADA

Quando Ariano chegou em Fortaleza já eram seis horas da noite, desceu na estação do Otávio Bonfim, embora viesse de muda, sua bagagem era tão pouca que coube numa mala, sua máquina de escrever vinha dentro, ele tinha prometido à Genaldinha de lhe dá a máquina de escrever, ela gostava de fazer seus trabalhos datilografados. Como era domingo, Luís estava em casa, quando viu o táxi parando na porta, foi logo se levantando e abrindo o portão para Ariano. Ele antes de qualquer cumprimento perguntou logo se tinha alguma novidade, se tiveram alguma notícia de Genalda. Só pelo semblante e a postura dele, Luís viu que o primo estava muito mal, estava mesmo destruído e foi logo lhe cumprimentando: – boa noite, meu primo, como foi a viagem e como deixou tudo na cidade, como está a Mariana? Ariano ficou vermelho de raiva e foi logo demonstrando toda sua indignação: – pelo amor de Deus, não me fale no nome desta mulher eu vou lhe contar o que fez esta criatura, você acredita que durante estes três anos esta mulher me convenceu a guardar todo meu dinheiro em casa dentro de um baú, o dinheiro dela ela guardava junto também, acontece que o baú sumiu com todo dinheiro, eu naquela vez que vim para cá, já vim sem dinheiro porque não achei o baú, mas fiquei certo que ela tinha guardado, como estava no hospital não pude falar com ela, pois agora quando eu voltei ela disse que não tinha guardado o baú noutro lugar e ainda acusou que teria sido a Genaldinha que roubou e como eu lhe contei, eu tirei a menina de casa de madrugada com a sacola de roupa na mão e veio na garupa da égua e quando cheguei na cidade botei ela dentro do ônibus. E a mulher além de roubar meu dinheiro ainda acusou minha filha, isto depois de todas as maldades e maus tratos que ela fez com a menina que foi a causa dela se perder. Olhe, eu para não vim sem um tostão tive que pedir dinheiro emprestado e agora não tenho sequer dinheiro para pagar o advogado para fazer as buscas para encontrar minha filha, olhe, esta mulher é uma ladra descarada. Olhe, meu primo, eu estou muito desesperado, mas é de pensar o que minha filha pode estar sofrendo, agora quando eu tive na cidade eu vi o quanto eu fui um demente, minha filhinha era tão feliz, vivia brincando na praça, cantando nas missas da igreja, estudando na escola, tirando as melhores notas, eu estou sofrendo porque sei que a culpa é minha eu que sou o pai, não era para eu ter feito o que fiz com minha filha, mas eu lhe digo Luís eu jurei aos pés da Santa Cruz que todos os dias de minha vida seriam dedicados a procurar minha filha até encontrá-la. Amanhã mesmo vou voltar a falar com o advogado. Luís ficou perplexo com aquela história, mas não esticou mais a conversa porque o homem já estava sofrendo demais, pegou sua mala e foi levando para o quarto que tinha separado, pois já esperava seu retorno a qualquer momento e o

242

convidou para jantar, sabia que tinha passado o dia todo viajando e devia estar com fome. Sentado à mesa eles começaram a conversar e Luís tratou de lhe dá esperança e lhe afirmar a confiança de reencontrar sua filha, dizia: – se acalme homem, agora você está aqui e vai ter todo tempo do mundo para procurar sua filha e amanhã quando você for falar com o advogado você vai ver como este caso tem jeito, quando entra especialista no assunto eles sabem por onde começar e onde procurar gente desaparecida. Ariano dormiu com este sonho.

No dia seguinte, bem cedo, Ariano foi no advogado, como não levara os honorários combinados o advogado tinha paralisado as buscas, não teve como contratar o detetive como tinham planejado. Ariano muito acabrunhado disse que não dispunha de dinheiro, pois tinha acontecido um desastre na sua vida e tinha perdido toda as suas economias, mas afirmou para o advogado que o contrato seria mantido, pois ele ia vender uma casa que tinha e traria o dinheiro para pagar todas as despesas que fossem necessárias. O advogado lhe disse que tinha mandado fazer os 200 cartazes com o retrato de Genalda, foi conversando e lhe entregando o pacote dizendo: – leve, distribua pelas praças, pelos pontos de ônibus, pelas fábricas, pelos sinais, peça para que seus parentes lhe ajudem a distribuir, na rodoviária, nas lanchonetes do centro da cidade, no cartaz tem o meu telefone para qualquer contato, quem sabe a própria moça, se estiver perdida querendo lhe encontrar poderá entrar em contato. Disse que era melhor Ariano fazer esta tentativa do que deixar os cartazes na prateleira esperando aparecer o dinheiro para contratar seu serviço, pois neste caso o fator tempo era determinante.

Os cartazes que o advogado lhe entregara para distribuir foram todos distribuídos, boa parte tinha dado para Luís distribuir na fábrica e tinha pago uns meninos que vendiam jornais no sinal para distribuir, ele mesmo colou vários cartazes nos pontos de ônibus das praças José de Alencar e coração de Jesus, assim como nas lanchonetes do centro da cidade, foram-se os duzentos cartazes e nenhuma pista veio.

Luís e a mulher receberam Ariano com todo afeto, arrumaram o quarto da frente que tinha uma entrada independente, como ele dormia de rede colocaram uma armário, uma mesinha e uma cadeira e faziam de tudo para deixá-lo bem à vontade, Lourdes tinha muita dó de Ariano, tinha lhe conhecido casado com Livramento quando Genaldinha era pequena, a menina era tão querida, tão bem cuidada era os querer do pai e da mãe e eles viviam tão bem de vida e de repente este homem perde a filha, perde dinheiro e nesta idade sozinho sem ter quem cuide dele e vivendo este desgosto. Agora Ariano só pensava em arranjar meios para pagar o advogado e pôr em prática o plano para encontrar a filha, ele estava meio sem jeito de dizer para o Luís que precisava vender a casa, justo neste momento em que estava precisando tanto dessa família. Pensou que podia estar sendo injusto, ingrato com os dois, mas por outro lado a casa era seu único bem para conseguir o dinheiro do advogado, para encontrar sua filha. Ariano precisava criar coragem e falar com o primo o mais rápido possível sobre a venda da casa.

Luís, todo dia, procurava chegar cedo, jantava com Ariano e ficavam conversando e sempre procurava animá-lo, para renovar suas esperanças. Neste dia Ariano aproveitou a conversa e disse: – primo, você sabe de minha situação, estou completamente sem dinheiro e preciso dar andamento à busca da minha filha, então a única solução que me resta é vender esta casa e eu não quero parecer ingrato com você e com a Lourdes, mas não tenho outra alternativa. A melhor coisa que podia acontecer era você poder comprar esta casa. Dada a situação financeira de Ariano, Luiz já tinha pensado que ele precisaria vender a casa, pois via a agonia do homem para procurar sua filha e já se sabe que sem dinheiro nada se pode fazer, ele se apressou em confortar seu primo: – olhe Ariano, nós não vamos lhe achar ingrato, nós agradecemos todos estes anos que moramos em sua casa e compreendemos que agora você está precisando de dinheiro e este é o único bem que você tem, infelizmente eu não tenho dinheiro para comprar, mas vou me preparar para alugar uma casa. Ariano disse que tinha prometido à sua falecida mulher que daria a casa para a filha, mas agora que tinha ficado sem dinheiro venderia a casa para tentar encontrá-la, mas compraria uma casa menor, mais barata para deixar para a filha, ele contava como certo que a encontraria.

Luís deixou Ariano bem confortável em relação à venda da casa, disse-lhe que tinha se inscrito através de uma associação dos trabalhadores num programa habitacional que estava sendo construído no Pirambu, perto da Cione, a fábrica de castanha onde ele trabalhava, disse que a casa era pequena, só tinha um quarto, sala e cozinha, mas depois aumentaria aos poucos. Ariano o convidou para que no sábado e no domingo fossem dar uma volta no bairro e nas imediações para procurar casa, ele para alugar e Ariano para comprar. Como combinado chegou sábado eles saíram à procura de casa, caminharam a tarde toda e viram muitas casas, no domingo também, e já muito cedo encontraram um imóvel bem interessante, era um terreno relativamente grande com uma casa com construção nova mais bem simples que tinha três quartos pequenos, dois banheiros, sala e cozinha, o preço estava muito bom, era numa rua nova que abriram próximo à sargento Hermínio no bairro presidente Kenedy, na semana seguinte procuraram o proprietário e Ariano já acertou preço e data provável do pagamento. Segunda-feira Ariano já colocou a placa de venda na sua casa e foi anunciando nos classificados do jornal. Não deu dois dias e já vários compradores apareceram, pessoas do próprio bairro. As coisas foram tão bem que em um mês Ariano vendeu a casa, comprou outra e convidou Luiz e a família para morarem juntos até que arranjasse uma casa para morar, mas lhe disse que podia ficar o tempo que quisesse. E o bom da história é que vendeu a casa num valor acima de preço de mercado a um empresário que comprou para colocar um restaurante. O valor casa que Ariano comprou custou a metade do preço da que vendeu, de modo que Ariano mandou fazer para si, na casa nova, um quarto bem amplo com banheiro e varanda que lhe deixava bem confortável assim como a família de Luís, a esposa e quatro filhos.

Ariano agora estava com a cabeça mais centrada, vendeu a casa muito bem, comprou a outra casa, pagou o contrato com o advogado e ainda lhe sobrou um valor considerável, que colocou no Banco do Brasil. Tinha todo apoio e a companhia de Luís de Lourdes e dos quatro meninos a quem estimava muito, eles o chamavam de vovô e eram muito carinhosos com ele. Fechou o contrato com o advogado que contratou o detetive e que estava sempre passando nas delegacias para pegar os boletins de ocorrência e averiguar estas comunicação de desaparecimento e identificação e recuperação de pessoas desaparecidas, o próprio detetive se comunicava com os policiais da delegacia, lhes dava gorjeta para que eles se interessassem em localizar a menina, por conta disso foram inúmeras as vezes que Ariano foi chamado para identificar meninas que eram encontradas perambulando e eram levadas para a FEBEMCE[7], até no necrotério o coitado foi levado para identificar corpos. Ariano acompanhava tudo de perto, o advogado lhe dava um relatório mensal do que estava sendo feito. Empreendeu uma campanha cerrada para encontrar a filha, ele mesmo andava a esmo pelas praças, pelo centro da cidade, nas paradas de ônibus, às vezes pegava o ônibus circular que passava em vários bairros da cidade e ficava o dia todo rodando só para ver quem entrava quem saia, quem estava nas paradas, quem caminhava pela rua, tinha a sensação que a qualquer momento veria o rosto da filha. Toda semana Ariano ia no advogado, às vezes tinha o boato que alguém a tinha visto no ponto do ônibus perto da estação, outra hora era na praça, mas nunca se confirmou nenhuma pista. A princípio ele saia todo dia, à tarde ficava sentado nos bancos da praça do Ferreira até às cinco, seis horas. Encontrava com uns poucos amigos do passado e ficava conversando, às vezes ficava andando entre as praças do Ferreira, José de Alencar, da Lagoinha, ia pela rua Guilherme Rocha e voltava pela rua Liberato Barroso, nada, não encontrava o rosto da filha naquela multidão dispersa. Outras vezes ia da praça do Ferreira passando pela a da polícia até a praça do Coração de Jesus e Parque da Criança, também nenhum resultado, na verdade todo este trajeto

---

[7] Fundação Estadual do Bem-Estar do Menor. Atual Fundação CASA.

248

ele já tinha feito inúmeras vezes desde quando estava distribuindo os cartazes.

Dois anos se passaram nessa busca incessante, o advogado chamou Ariano e disse que seria sincero com ele, que encerraria as buscas, e encerraria o contrato, pois não tinha mais dados concretos para continuar investigando. Diante desta decisão do advogado escorreu água dos seus olhos, disse que procuraria a filha até morrer: – olhe doutor, eu continuo lhe pagando a mensalidade do contrato todo mês, eu tenho que botar os olhos na minha filha antes d'eu morrer, eu não posso viver com esta dor sem saber se ela está viva ou está morta. O advogado não resistiu aquele apelo, mas também não se sentia à vontade de ver o homem gastar o dinheiro que tinha para sua sobrevivência com uma causa que julgava perdida. Disse: – seu Ariano, eu vou estender este contrato por mais três meses, e neste três meses eu vou botar anúncio no jornal e vou mandar o detetive passar nas delegacias e examinar os boletins para ver algum caso de desaparecido ou envolvendo mocinhas de quinze e dezesseis anos que é a idade de sua filha e vou mandar também ele ir na FEBEMCE para ver se deu entrada alguma menor que tenha as característica de sua filha, depois disto se não aparecer nenhum resultado, nenhum fato novo, eu me retiro do caso.

Com o passar do tempo estes esforços infrutíferos foram gerando um desânimo e ele já não vinha mais para a praça do Ferreira todo dia, depois já não vinha nem toda semana. Ariano foi ficando cada vez mais recluso, sozinho e com terrível sentimento de culpa, foi se apoderando dele o rancor por ter perdido todo dinheiro que tinha, a raiva pela mulher ter causado o sumiço de sua filha. Luís sempre lhe animava, nos fins de semana para entretê-lo, sempre fazia questão de levá-lo como companhia até o mercado São Sebastião para fazer compras, no domingo lhe chamava para ir à praia e ele vivia assim de uma esperança aqui e um desânimo ali. Ajudava Luís na despesa da casa, mas como tinha um bom salário sempre deixava parte do dinheiro depositado no Banco do Brasil que junto com a parte que sobrou da venda da casa já somava uma boa quantia. Ele tinha um sonho, quando encontrasse a filha lhe compraria uma boa casa na mesma rua da antiga casa, se não conseguisse pelo menos nas proximidades, assim cumpriria a promessa que fez a sua mulher de dar a casa para Genalda.

A CINDERELA ENCONTRA SEU SAPATINHO

A professora levou Genalda e sua sobrinha para fazerem a inscrição do exame de admissão. Genalda cada dia passava mais tempo estudando, só faltava um mês para a prova, a previsão para receber sua casa era também de um mês, mas ela só ia planejar a sua mudança e comprar os móveis necessários depois que fizesse a prova, pois precisava de todo tempo do mundo para estudar, tinha decidido que faria o ginásio na melhor escola da cidade. Felizmente tinha toda tranquilidade do mundo para se concentrar nos estudos, o fantasma do dinheiro debaixo da cama tinha acabado, como uma formiguinha, tinha transportado metodicamente todo seu dinheiro para o Banco sem ninguém se dar conta, e agora só ia ao banco uma vez por mês, quando ia pegar o talão de cheque e algum dinheiro para as pequenas despesas pessoais, até a mensalidade da pousada e do curso ela pagava com cheque, assim como todo o material da construção da casa. O Sr. Antônio lhe passava a nota do material e ela passava o cheque correspondente à compra. Quem a visse jamais a reconheceria, tinha mudado por dentro e por fora, na verdade sua alma tinha voltado ao mesmo estado de quando era aquela criança alegre, saltitante e feliz da vida e seu corpo pegando forma de moça, os cabelos bem tratados, as roupas simples, mas muito adequadas a deixavam com um ar imperioso assim de segurança, de independência, domínio da situação, de fato constatou que nem ela mesmo se reconhecia, como aquela pessoa que chegou há pouco menos de um ano, aterrorizada naquela rodoviária, muito menos a menina cabisbaixa submetida a trabalhos domésticos intermináveis na Oiticica, teve a prova deste fato uns três meses atrás, quando foi pegar o ônibus na praça coração de Jesus, numa viga da cobertura da parada de ônibus tinha um cartaz do tamanho de uma folha de carta, havia a cópia ampliada do retrato de uma menina de uns dez anos em cima em letras garrafais DESAPARECIDA, abaixo: "atende pelo nome de Genalda, telefone de contato. Ela ficou paralisada, alguém a estava procurando, pensou que poderia ser seu pai, temia que fosse Mariana por causa do dinheiro, arrancou imediatamente o cartaz, dobrou e botou na mochila, arrodeou toda a praça para ver se tinha outros cartazes pregados, viu outro cartaz noutra coluna na parada de outra linha de ônibus quando se aproximou tinha uma mulher lendo o cartaz, gelou, pensou que seria descoberta, a mulher que estava lado a lado comentou: – deve ser um desespero perder uma filha ainda assim tão pequena, será que adianta alguma coisa colocar este cartaz? Será que as pessoas que andam sempre tão apressada vão reconhecer? Genalda se encheu de coragem e se aproximou do cartaz, mirou bem na foto e sentiu um alívio, pela aquela foto ninguém a reconheceria, estava bem diferente, o problema era o nome, o problema é que deviam ter outros cartazes como aqueles em

252

outras praças, respirou fundo, acalmou seu coração, a mulher lado a lado com ela não a reconheceu, nem ela mesma se reconheceu, logo aqueles cartazes teriam desbotado, outros rasgados, decidiu não atribular seu coração, pois estava vivendo um momento de muita felicidade.

Depois do domingo da prova ainda teria que esperar mais quinze dias para receber o resultado. Quando saiu da prova sabia de cor e salteado as questões que tinham caído, passou para o caderno e levou para a professora ver as respostas que ela tinha feito, a professora corrigiu e lhe falou que era certa sua aprovação, mas a ansiedade lhe consumia, o que lhe ajudou a suportar a demora, foi que sua casa já estava na fase final da construção e ela começou a ocupar seu tempo para acompanhar e fazer os arranjos finais, plantar arvores e roseiras nas áreas que já estavam livres conforme a jardinagem da planta da casa, plantou fruteiras no quintal, sapoti, graviola, carambola, cajarana, manga, todas as fruteiras que tinha na casa de seus pais na sua infância, o pé de jambo plantou bem na frente da casa, era o seu jambalaia, por último comprou a mobília, coisa pouca, só o indispensável, fogão geladeira, guarda-roupa, mesa e cadeiras.

Adelaide já tinha casado e mudado para sua casa, Genalda não tinha mais o curso para ocupar suas manhãs e era muito maçante ficar o dia inteiro naquela pousada com a cabeça borbulhando de pensamentos e planos e coisa para fazer na sua nova vida. Desde então passou a vir diariamente para o bairro onde seria sua nova morada, além de visitar a amiga e ficar horas a fio conversando, trocando opiniões e recebendo orientações e sugestões de como arrumar sua casa aproveitava para conhecer o bairro e toda a dinâmica dos moradores. Estavam construindo um hospital maternidade bem próximo à casa de Adelaide, ela comentou que tinha uma associação dirigida pelas irmãs de caridade e um padre que também era médico ginecologista que acolhiam adolescentes vítimas de violência ou abandonadas pelas famílias e soube que as irmãs da associação ficariam na administração do hospital, disse que elas moravam nesta mesma rua, numa casinha simples igual a todas da rua, eram duas casas onde as irmãs moravam com as meninas sem família que acolhiam. Genalda ficou muito interessada em conhecer as freiras, ela tinha uma atração por religiosas, houve um tempo que pensou em fugir da Oiticica e pedir abrigo na casa das freiras na cidade, não foi porque sabia que Mariana tirana a buscaria. Lembrou-se do tempo que morou no interior, que era da cruzadinha e muito amiga das freiras de lá. Ficou com muita vontade de conversar com as freiras, de quem Adelaide falara, saber o que elas faziam na comunidade, se poderia ajudá-las, mas não queria ir assim deliberadamente na casa delas, desde então ficava à porta da lanchonete de Adelaide esperando que as irmãs passassem para

254

encontrá-las 'casualmente'. A coincidência foi melhor que se fosse programada, após ajudar Adelaide fazer os lanches; tapiocas, cuscuz, carne moída, ovos fritos, sucos e café para esperar os trabalhadores da obra do hospital que sempre vinham merendar neste horário, estavam na porta da lanchonete quando as freiras passaram, na verdade parece que vieram direto para a lanchonete, as cumprimentaram, entraram, se apresentaram, a irmã Ana e a irmã Elizabete, falaram que queriam conversar com a dona da lanchonete, Adelaide se apresentou e pediu que elas sentassem e as religiosas passaram a explicar qual o objetivo da visita, falaram que, em convênio com o SENAC, estavam programando um curso profissionalizante para mulheres, jovens e adolescentes e que além de ensinar a fazer lanches rápidos, doces e salgados também ensinariam a parte de administrar e planejar, além de noções de contabilidade para saber trabalhar com capital de giro, custos dos produtos, lucros, estas coisas, a irmã Elizabete disse que o SENAC pagaria os colaboradores e a proposta da associação é que fossem profissionais moradores do próprio bairro para que a renda ficasse com as pessoas da comunidade e as comidas a serem feitas deviam ser dentro da cultura dos próprios moradores, bem assim como a forma de relacionamento e atendimento os clientes, disse que procurara Adelaide, pois todos gostavam muito dos pratos de sua lanchonete e da forma atenciosa, delicada como atendia aos clientes.

A irmã Elizabete explicou que o curso era destinado prioritariamente às adolescentes abrigadas no projeto da associação para que elas pudessem ter uma profissão e sobreviver quando saíssem do projeto, mas também tinha vagas destinadas aos moradores do bairro que tivessem dentro dos critérios de vulnerabilidade. Enquanto a freira falava, Genalda acompanhou toda a conversa atenta e deslumbrada, pensou que a atuação da associação das freiras parecia que tinha saído de sua cabeça, pensou logo que precisava conversar mais com elas e se colocar à disposição para participar do trabalho de acolhida das adolescentes. Enquanto as freiras acertavam com Adelaide todos os detalhes do curso em ralação à conteúdo, horário de sua participação, Genalda ficava bem entusiasmada, via naquele momento encontro com seu destino, enquanto as freiras falavam, o pensamento dela já viajava, aquelas informações que estava tomando conhecimento funcionavam como um princípio ativador de seus sonhos e seus planos, ali mesmo ela decidiu que participaria dos projetos sociais da comunidade. Pediu um aparte e se apresentou, disse que estava se mudando para o bairro e gostaria de participar como voluntária do trabalho que as irmãs desenvolviam com crianças e adolescentes, como respostas as irmãs a convidaram para que visitasse o Centro Social onde existiam vários projetos com crianças e adolescentes e as atividades eram desenvolvidas por educadores sociais e estagiários. Depois deste primeiro contato

Genalda passou a ir diariamente à associação, pois o trabalho das irmãs era bem diversificado, dirigiam um centro social onde eram acolhidas muitas crianças e adolescentes e lá eram desenvolvidas várias atividades de pinturas, artes plásticas, música, dança, reforço escolar. Era uma festa ver toda àquela criançada brincando, ela rememorava os últimos anos felizes de sua infância antes de ser exilada na Oiticica. Ela sabia fazer a leitura, como ninguém das expressões daqueles rostinhos que muitas vezes chegavam sofridos, amargurados, calados, ressentidos, logo depois ao toque de um afago, um abraço, um carinho, se envolviam nas atividades, nas brincadeiras e exorcizavam todo os sentimentos ruins. Genalda era, reconhecidamente a estagiária mais dedicada, mais assídua que o centro social já teve.

Genalda, foi aprovada no exame de admissão, foi uma vitória espetacular, agradeceu muito à professora, pois reconhecia que sua dedicação, seu afeto a tinham dado toda motivação, ainda mais o fato dela mesma ter ido lhe inscrever na melhor escola pública da capital. A professora ficou radiante, comemorou a aprovação da aluna tal como se fosse da família, também na pousada e na casa de Adelaide todos a felicitaram e ficaram impactados com a inteligência, com assertividade da menina, eram unânimes em reconhecer e comentar: – esta menina tem uma força de vontade, tem uma certeza nas suas decisões, só é miudinha, mas sabe o que quer e tem inteligência para tudo, é para estudo, é para negócio, não vê que ela já mandou até fazer uma casa! Diziam entre si. Na verdade, corria o boato que Genalda tinha mandado fazer uma casa, o Sr. Moacir tão curioso quando soube que ela tinha comprado um terreno e que estava mandando construir uma casa inventou uma desculpa e foi ter com seu Antônio na construção só para ver de perto e tirar a dúvida, como era sábado aproveitou e foi até a casa de Armando e Adelaide que era perto da casa de Genalda, o Sr. Moacir estava curioso e como quem não quer nada, conversando com Armando daqui e dali para saber como Genalda tinha comprado o terreno, como tinha comprado o material da construção, como pagava o mestre de obras e os pedreiros, se tinha feito tudo sozinha, donde vinha o dinheiro. Menino, estava era curioso o Sr. Moacir! Quando viu o tamanho e o formato da casa aí é que ficou perturbado! Armando a tudo respondeu sem espanto: – é Sr. Moacir, a Genalda é muito decidida, entende de tudo e contrata os serviços que precisa, acho que o pai dela é um homem muito rico e entendido e deve lhe passar todas as orientações, pois ela contratou o despachante para registrar todos os papéis do imóvel, pagou os impostos e deixou tudo legalizado, contratou um técnico para fazer a planta já com todo o modelo da casa e planta de encanação d'água e fiação de energia e todo material era pago à vista no cheque direto do Banco do Brasil e o cheque é no nome dela e ela não anda com dinheiro na mão, é tudo no banco, dinheiro na mão só se for coisa pouca. Eu acho que o pai desta menina é muito rico deve ser algum garimpeiro que enricou lá para as bandas do Pará. Sr. Moacir ficou cada vez mais admirado e pensar que ele sempre teve curiosidade de saber de onde vinha o dinheiro dela porquê nos três primeiros meses que ela chegou só pagava a pousada com dinheiro vivo e ele desconfiava que ela guardava dinheiro no quarto, pois nunca deixava ninguém entrar, nem mesmo a Rita, para limpar o quarto, quantas vezes quando ficou sozinho na pousada ele 'reinou' de entrar no quarto só para matar a curiosidade, pois tinha 'pra ele' que ela guardava o dinheiro debaixo do colchão. Nunca deu certo porque quando estava a ponto de abrir o quarto com a chave reserva chegava alguém. Arriscou matar a curiosidade: – Armando, o pai dela vai vir quando? Porque quando ela chegou disse que ele vinha com um mês e já vai fazer mais de um ano que ela está aqui e nem notícia desse homem. – Olhe Sr. Moacir ela conversa muito com Adelaide e outro dia ela disse que acha que o pai não vai mais vir morar aqui, pois tinha desistido de vender o restaurante que tem lá na cidade que é zona de garimpo, arranjou uma mulher e vai é casar de novo. Quando ela veio para cá fazia três meses que a mãe tinha morrido e o pai estava desgostoso e como ela não queria mais morar lá, o pai mandou que ela viesse na frente que depois ele vinha, mas agora arranjou foi outra mulher e vai ficar lá mesmo.

Rita também não cabia em si de curiosidade desde que soube que Genalda estava construindo uma casa, queria ir ver, por fim ficou acertado que quando o mestre de obras entregasse a casa Genalda a levaria. Num dia de sábado Genalda, para impactar mais a Rita, chamou um táxi, aproveitou para levar neste sábado as caixas com os livros que já tinha arrumado, os móveis já tinham chegado, mas estavam todos num compartimento, pois ela ainda mandaria lavar a casa e só se mudaria no começo do mês, ainda faltava uma semana. Quando Rita chegou em frente à casa que o carro parou, não se moveu, Genalda desceu, pediu para o motorista colocar as caixas na varanda, Rita não acreditava no que estava vendo. – Genalda esta casa é sua? Como uma menina como você tão frazininha, tão novinha, pode ter sabedoria de ter construído uma casa que mais parece um bangalô de rico, e este jardim, e estas roseiras? E foi logo se admirando de tudo, mas não estava acreditando, pensava que Genalda estava brincando, aí avistou o Sr. Antônio, o pai da Adelaide o mestre de obra que era o seu vizinho, ela sabia que ele era um construtor que só fazia construção grande para os ricos, aí ela acreditou. A Rita não parava de se admirar e quando subiu a escada que chegou no piso de cima e viu o tamanho dos quartos e das salas e tudo rodeado de varanda, não conseguia fechar a boca de admiração.

Genalda se mudou no fim do mês, era vinte e seis de fevereiro de mil novecentos e sessenta e oito, era sexta feira, os móveis já estavam todos nos lugares, segunda-feira dia primeiro de março começariam suas aulas, ela já tinha comprado a farda, os livros e cadernos, lápis e canetas, réguas e compasso, apontador, estojo, uma mochila nova. Foi uma ressureição finalmente, voltar à escola era o seu maior sonho e estudar era o que mais gostava de fazer.

O curso de culinária, doces e salgados foi um sucesso, Adelaide se realizou como professora, amou poder ensinar suas habilidades para as mulheres adultas e as jovens e foi um motivo a mais para se integrar à comunidade, estava adorando a nova morada e a vida de casada. Para completar sua alegria descobriu que estava grávida. Foi uma alegria para todos, Armando ficou deslumbrado com a vinda de um filho, os pais de Adelaide ficaram eufóricos, era o primeiro neto, mas quem se sentiu altamente contemplada foi Genalda, pois sua melhor amiga estava grávida e ela e Armando a chamaram para ser a madrinha de seu filho.

Genalda estudava pela manhã e toda tarde ia para o centro social dar reforço escolar para as crianças de doze anos que faziam o quarto ano. Estava com uma ideia na cabeça, e procurava uma oportunidade de falar com a irmã Elizabete, queria propor um curso no centro social para ensinar os adolescentes que quisessem fazer exame de admissão, ela poderia dar aula toda tarde, faria suas tarefas da escola à noite, ainda tinha seu livro do Exame de Admissão ao Ginásio e podia usá-lo para ensinar, pois os meninos eram pobres, não tinham dinheiro para comprar, ela pensou que se a irmã concordasse ela tinha um dinheirinho dos rendimentos da poupança, pois do principal, dos trinta mil, ela não mexia, aí ela poderia comprar uns dois livros usados na banca do Leal ou comprar da professora Socorro Pinheiro que também vendia os livros usados mais baratos. Genalda estava tão feliz de estar estudando na Escola Normal Justiniano de Serpa, ia todo dia com a farda muito limpa, muito engomada, a saia vermelha, bonina de prega com duas listas, de cadarço branco, com a blusa branca, meias três quartos, sapato mocassins preto a fazia lembrar quando era criança e estudava no educandário da cidade, agora ela era tão feliz como naquele tempo e não tinha medo de nada, nem de encontrar a Mariana tirana, tinha sua casa para morar, era cheia de amigos no bairro, os educadores sociais e as freiras tudo que precisavam contavam com ela, não lhe faltava companhia, as mãe das mocinhas adolescentes faziam questão que suas filhas andassem com ela.

Vir morar neste bairro foi como reencontrar uma grande família, logo que começou a andar na casa das freiras Genalda criou muitos vínculos de amizade com as meninas que aí eram abrigadas, especialmente, ficou muito amiga de Almerinda, eram praticamente da mesma idade e Genalda se identificou muito com sua história de vida, ela tinha sido vítima de exploração de trabalho infantil por uma família que a tinha acolhido ainda criança, e depois tinha sido abusada sexualmente por um membro da família e tinha engravidado. Almerinda, por não ter tido oportunidade de estudar na infância tinha baixa escolaridade, pois só começou a estudar quando veio morar com as freiras, agora Genalda estava se empenhando em ensiná-la para que avançasse nos estudos, na verdade seu objetivo era lhe preparar para o exame de admissão e todo tempo que tinha dedicava-se a ensinar a amiga, lhe passou todos os seus cadernos e lhe orientava como estudar. As freiras ficaram muito satisfeitas com sua dedicação, era um exemplo de superação, de amor à vida, sempre alegre, sempre otimista, achavam muito benéfica a convivência dela com as meninas abrigadas, como morava só, permitiam que Almerinda dormisse todos os dias em sua casa.

O imponderável quis que Genalda formasse de novo uma família mais intima. Desde que se mudou para sua casa, Helena, sua vizinha, procurou logo fazer amizade, se oferecia para ajudar a limpar a casa, se oferecia para fazer as comidas, e foi cada dia se aproximando mais e a tratava com um carinho maternal, era casada, tinha um filho de três anos, seu marido passava o dia fora, saia cinco horas para o trabalho e só retornava à noite. Genalda, em algumas vezes que esteve na casa de Helena percebeu que em alguns dias ela não tinha o que comer, como não tinha fogão cozinhava num fogareiro, mas havia dias que não tinha carvão e saia a juntar gravetos, restos de madeira de construção para cozinhar algum alimento. O seu marido trabalhava de estivador descarregando carradas de sal e sempre se queixava que era um trabalho muito severo e o ganho muito pouco, vivia com as mãos e as costas cortadas pela ação do sal, bebia demais, todo dia quando chegava do Cais do Porto já vinha bêbado, muitas vezes ficava violento e ameaçava a esposa e o filho. Em muitas ocasiões de conflito Helena se refugiava na casa de Genalda, e lamentava a bebedeira do marido, mas não lhe queria mal, achava que o motivo de beber e seu comportamento violento era pela dureza do trabalho a que era submetido, chegava sempre maltratado, cansado com as costas e as mãos em carne viva do contato com a aspereza dos surrões e a corrosão que o sal causava, chorava às vezes, mas não se queixava do marido, se queixava da sorte.

Era sexta feira e Helena tinha passado o dia na casa de Genalda, nestes últimos tempos era assim. Genalda já sabendo que Helena tinha escassez de alimentos e como pela manhã ia para a escola e só voltava meio dia e as tardes ficava no centro social, combinou com Helena para que ficasse em sua casa, faria o almoço e janta para todos, poderia também fazer os lanches, assim se ajudariam mutuamente, pagava uma pequena quantia à Helena, que muitas vezes se recusava a receber, alegando que ela e o filho almoçavam e jantavam na casa de Genalda.

Cinco horas Helena foi para casa com o filho e ficou à espera do marido, nove horas da noite Vicente ainda não tinha chegado, a mulher já foi entristecendo, pois logo imaginou que ele estaria em algum bar lá do farol, bebendo e como era sexta-feira e no outro dia não tinha trabalho, por certo só chegaria de madrugada, pois se não viesse até onze horas depois deste horário não tinha mais ônibus circulando. Não sabia se pedia a Deus para o homem chegar logo ou só chegar no outro dia, pois se chegasse bêbado era certo uma confusão, agressão, violência e se chegasse ao amanhecer podia ser que já tivesse passado o efeito do porre. Passou a noite em claro, era um desgosto, um aperto no peito, pensou: – até quando posso aguentar viver nessa desesperança? O dia clareou e Vicente não voltou, o pior é que Helena não sabia sequer onde o marido trabalhava, só sabia que trabalha avulso no Cais do Porto descarregando carradas de sal. Passou todo o dia e nem sinal, nesta altura Helena já tinha ido várias vezes na casa de Genalda falar de sua aflição, o marido não tinha voltado. Genalda sem saber bem o que fazer foi até a casa de Adelaide, pois como Armando trabalhava na polícia poderia dar uma orientação. Chegou com Helena e contaram a Armando toda situação, ele anotou os dados do Vicente, a informação de trabalho que Helena soube dar, que eram bem imprecisas, e pediu para que elas aguardassem que iria até a delegacia do bairro para de lá ligar para a delegacia do Cais do Porto. Armando estava demorando muito a voltar, já eram nove horas da noite e o filho de Helena já estava dormindo em seu colo, mas as duas não queriam ir para casa sem uma notícia, Adelaide falou que elas esperassem o marido voltar, pois assim se distraiam mais da preocupação e lhe fariam companhia. Dez horas Armando voltou, pelo jeito a notícia não era boa, ele conhecia o Vicente, pois quando o seu sogro estava fazendo a casa de Genalda dava um agrado a Vicente para ele ficar vigiando o material da obra nos fins de semana. Muito sem jeito ele começou a falar: – Dona Helena as notícias não são boas, hoje de madrugada uma carreta da Petrobrás atropelou um homem na passagem do trilho, mesmo ali quem vem do farol, parece que o homem estava bêbado e segundo a informação da delegacia, o homem morreu e foi levado para o necrotério, mas não se sabe se é mesmo o Vicente, tem que ir lá para reconhecer, mas ele com certeza devia andar com documento. Na verdade, a informação que Armando tinha obtido da delegacia era que o homem se chamava Vicente Luna da Silva, pois ele estava com a identidade na carteira, mas ele preferiu não dar a notícia definitiva. A pobre mulher sentiu que lhe faltava o ar, Genalda pegou o menino de seu colo para que ela não o derrubasse. Foi um desespero, Helena chorava o pranto mais dolorido que alguém pode chorar, era sozinha no mundo, tinha vindo tangida pela seca do interior de Canindé e aqui tinha perdido pai e mãe, e agora que seria de sua vida com um filho nos braços para criar. Passado este momento de aflição Armando explicou à Helena que precisavam ir ao necrotério, que embora conhecesse Vicente ela teria que ir porque era a esposa, e se realmente o homem que morrera atropelado fosse o seu marido ela teria que reconhecer o corpo para tirá-lo de lá, disse para ela pegar seus documentos que ele iria com ela. Genalda prontificou-se para ficar com a criança em sua casa e convidou Adelaide para ficar com ela e quando Armando voltasse a pegaria, deu vinte cruzeiros à Helena para pagar um táxi, pois àquela hora não circulava mais ônibus.

O homem atropelado era Vicente, Helena agora estava viúva com um filho nos braços. Genalda tinha se apegado muito à Helena e a criança e a convidou para morar em sua casa e orientou que ela alugasse a casa em que morava, pois teria uma pequena renda para suas despesas pessoais. Helena tinha trinta anos, mas tinha uma dedicação maternal por Genalda de forma que quem não sabia suas histórias pensava que eram mãe, filha e irmãozinho, tal era a integração e harmonia da família.

Na escola Genalda formou logo um grupo de amigas que se destacava pela dedicação nos estudos e conquistava as melhores notas em todas as disciplinas, estavam sempre na disputa do primeiro lugar. Entre as meninas de seu grupo, Dora era a amiga com quem mais convivia, já tinha inclusive ido passar um fim de semana em sua casa e os pais de Dora é que foram buscá-la. Dora fazia escola de ballet e sempre ficava comentando com Genalda sobre a dança e os festivais que participava, Genalda era empolgada, apaixonada pelo assunto, muito embora confessasse nunca ter visto uma apresentação da dança, seu fascínio se devia a uma bailarina de corda que ganhou de sua mãe e dançava ao som da música quando era ligada.

Neste fim de semana teria uma apresentação no teatro José de Alencar, era um festival onde várias escolas de arte iriam se apresentar, uma apresentação conjunta de várias modalidades de esportes e danças. Dora a convidou, lhe deu o ingresso, Genalda nunca tinha ido a um teatro, seu deslumbramento começou logo ao entrar, nunca tinha imaginara que existia um prédio com àquelas pinturas e estátuas, quando começaram as apresentações de ballet a menina ficou hipnotizada, depois vieram outras apresentações de judô, capoeira e outros tipos de ginástica, para Genalda foi como se um portal para um mundo que ela não conhecia tivesse se aberto, mas ela só pensava uma coisa: – se todas as crianças que andavam perambulando pelas ruas do bairro, pelos sinais no centro, mendigando nas praças, fuçando as lixeiras das lanchonetes pudessem viver naquele mundo brincando, cantando dançando, se mesmo lá no centro social das freiras tivesse espaço e professor para ter àquelas escolas de dança e de ginástica e de karatê e de capoeira, todas as crianças cresceriam diferentes. Ela teve que desligar seus pensamentos porque senão, não terminaria de assistir ao festival, estava com um tempo que não pensava nem planejava, é como se estivesse estacionado o carro de seus sonhos enquanto desfrutava das conquistas; sua nova casa, sua nova escola, sua nova cidade, sua nova família, mas ver àquelas crianças no palco, dançando, cantando, movimentando-se, sorrindo, sendo felizes, vivendo, lhe sacudiu, a fez ver que havia muito ainda o que sonhar, o que pensar, o que planejar e realizar. A guerra que pensou ter vencido ainda estava posta, na verdade tinha vencido a primeira batalha. A partir do que ela viu no palco ela soube que havia muita coisa a fazer e voltaria a se trancar no quarto, fechar os olhos, pensar e planejar.

Dora tinha dançado lindamente, seus pais ficaram orgulhosos de seu talento, a professora de ballet veio cumprimentá-los quando Dora se juntou a eles na saída do teatro. Estavam todos muito felizes, para comemorar foram todos à pizzaria na beira-mar comer o prato preferido da pequena bailarina: Pizza.

Genalda ficou por vários dias vivendo da magia daquele fim de semana, voltou a sonhar, começou a pensar e planejar, seu assunto preferido com Dora eram as aulas de ballet, perguntou-lhe quais os dias e horas que tinha aula, como eram os professores, se uma pessoa que não fazia ballet poderia visitar a escola, nestas conversas improvisadas através de perguntas que não pareciam perguntas, Genalda ficou a par de toda a dinâmica da escola de ballet, as paredes de espelho do salão, as barras, e o que ela não sabia, imaginava. Passados dois meses depois do evento Dora comentou com Genalda que ficaria de férias da escola de ballet, que coincidiam com as da escola, Genalda não contava com isso, pois há tempos estava esperando uma oportunidade para pedir a amiga que conseguisse a permissão para ela conhecer escola de ballet, mas agora precisava se apressar para que a visita fosse feita antes das férias. Não esperou outra oportunidade: – Dora, eu gostaria muito de conhecer a escola, você acha que eu poderia ir com você um dia em que você fosse para a aula? – Claro, e pode ser hoje, vamos fazer uma pequena apresentação, pois vai ter uma espécie de classificação para mudar de nível. – Você pode ir hoje? Genalda foi pega de surpresa, mas não deixaria esta oportunidade passar, disse que sim, iria. Dora propôs que ela fosse com ela para sua casa e de lá iriam com sua mãe, depois da aula de ballet pediria sua mãe para deixá-la em casa. Genalda ficou procurando uma solução para avisar Helena, não poderia deixá-la sem notícia, pensando que tinha acontecido um acidente, o que fazer? Existia um telefone público perto de sua casa, mas se atendesse uma pessoa que não conhecesse Helena não a chamaria e depois gastaria muitas fichas até que viesse atender, lembrou que tinha o número do telefone público em frente o centro social, ligaria para lá e pediria para quem atendesse dar o recado, pois aí as pessoas a conheciam e certamente se ela não chegasse em casa Helena viria lhe procurar no Centro Social. Genalda falou que poderia ir com Dora, mas quando a aula terminasse sair correndo para comprar uma ficha de telefone e ligar avisando a Helena que só voltaria para casa à tarde. – Mas Genalda, não dá tempo porque quando a aula terminar o motorista já está me esperando e depois que ele me deixar em casa vai pegar meu pai. Você liga para avisar Helena da minha casa.

A mãe de Dora era jornalista, muito jovem, muito bonita, trabalhava no jornal mais famoso da cidade e era de uma simplicidade e ternura admirável, não tinha preconceito, isto deixava Genalda bem feliz e a fazia acreditar que conquistaria seu espaço com dignidade neste mundo. Na hora do almoço, toda a família à mesa, os pais de Dora faziam questão de tratar com muita simpatia a convidada. À tarde o motorista deixou as duas adolescentes na escola de ballet. A pedido de Genalda, Dora lhe mostrou toda a escola, eram, vários salões, todos com equipamentos distintos e a amiga ia explicando como funcionava e qual a modalidade de cada ambiente, depois desta revista por todo espaço Dora foi se preparar para o ensaio e Genalda mais uma vez ficou hipnotizada com àquela dança que tanto admirava. Como era previsível, quando passou de meio-dia e Genalda não chegou da aula, Helena foi direto no centro social, ao chegar já foram lhe dando o recado que ela tinha ligado avisando que só voltaria à tardinha.

Depois de conhecer a escola de ballet, Genalda por vários dias seguidos entrava em seu quarto, fechava os olhos, pensava e planejava, fazia isso em segredo, não revelaria seus sonhos até que tivesse tudo organizado na sua cabeça, por fim confessou a si mesma o que estava pensando; montaria um projeto em sua casa para fazer um centro de aprendizado de música e dança, transformaria aquele galpão vago numa grande escola, revestiria todas aquelas paredes de espelho, colocaria as barras, faria todas as divisões para os ensaios de categorias diferentes, faria outro salão para música, compraria pianos, vilões, violinos e bandolins, sim as meninas e os meninos seriam músicos, dançarinos, artistas e viveriam e seriam felizes e encheriam o mundo de alegria.

O Ano passou rapidamente, após a semana de provas foi marcada a solenidade para a entrega dos boletins, as alunas estavam em êxtase, pois haveria uma solenidade de encerramento do ano em conjunto com a entrega dos diplomas das alunas que estavam concluindo o ginásio, nesta solenidade eram chamadas as alunas que tiravam os três primeiros lugares nos três primeiros anos do ginásio e por fim eram entregues os diplomas das concludentes. As concludentes da Escola Normal Justiniano de Serpa sempre tinham a festa dançante no Clube Náutico Atlético Cearense. Quando chamaram as alunas do primeiro ano ginasial destacaram-se no primeiro lugar, Genalda e Dora, suas notas foram exatamente iguais, os pais de Dora sempre acolheram muito bem a amizade das meninas, agora então redobraram a simpatia e estavam sempre a convidar Genalda para passar fins de semana em sua casa, era fato que depois da amizade das meninas Dora dedicou-se mais aos estudos e qualquer dificuldade que tinha nas tarefas e nas vésperas de prova sempre chamava Genalda para estudarem juntas, de modo que este ano ela, que sempre foi acompanhada por professora de reforço, dispensou a professora de reforço escolar. Dora passaria as férias na casa de praia em Morro Branco e convidou Genalda para ir junto. Genalda tinha planos para desenvolver umas atividades de férias na comunidade, no entanto aceitou ficar quinze dias na praia com a amiga. Ela não precisava se preocupar com sua casa, pois Helena cuidava de tudo com muita tranquilidade. Foram quinze dias inesquecíveis, criou o hábito de todo dia ler jornal, ficava a par de todas as atualidades e assuntos políticos a ponto de desenvolver conversas bem consequentes com os pais de Dora, teve oportunidade também de ler dois romances que ela queria ler e ainda não tivera acesso e que estava ali na biblioteca da casa de Dora. Pela manhã, muito cedo, as meninas já estavam tomando banho de mar, ficavam toda manhã na praia, subindo e descendo as dunas, jogando bola, pareciam incansáveis, depois do almoço ficavam lendo se revezando

273

na leitura em voz alta e à tardinha outra vez estavam de novo na praia. Quando Genalda voltou de férias vinha cheia de vida, de sonhos, de ideias, procurou os monitores do centro social, conversou com as freiras para fazer uma reunião com as mães da comunidade e organizar um piquenique com as crianças na praia. Obteve a aprovação e chamaram as mães para a reunião foi colocada a propostas para fazer um piquenique na praia com as crianças, iriam à praia que ficava a vista no limite onde estavam as casas dos pescadores, que era o melhor lugar de banho e tinha uma boa faixa de areia, a condição é que as crianças tinham que ser acompanhadas pela família, de preferência os pais, Genalda colocou a ideia dos pais levarem lanches para os filhos, poderia ser coisas simples feitas em casa: tapioca, cuscuz, bananas, mangas e o que fosse possível, avisou que deveriam levar água para as crianças, sugeriu que poderia se fazer uma comissão para ir aos comerciantes solicitar umas doações para o piquenique das crianças, poderiam ser refrigerantes, biscoitos, pipocas ou mesmo quantia em dinheiro para comprar frutas, era uma boa ideia, pois haviam algumas famílias que não tinham condição de providenciar lanches para seus filhos.

Esta ideia foi muito boa, grande parte da comunidade se engajou na campanha. A programação de piquenique foi feita em três fins de semanas de férias e a cada semana aumentava o número de crianças, a maioria das famílias participaram. Foi uma coisa muito bonita de se ver, as crianças todas desfrutando do banho de mar, das brincadeiras na areia da praia, feito meninos ricos. Foi esta a ideia que ela trouxe do fim semana que passou em Morro Branco na praia de gente rica.

Quando Genalda estava desfrutando daquela casa de praia de veraneio e via inúmeras crianças ricas se divertindo só lembrou das crianças de seu bairro e começou a pensar porque aquelas crianças de seu bairro moravam à beira-mar e não desfrutavam desta maravilha, ela já começou a idealizar uma maneira de levar aquelas crianças à praia, para se divertirem como aquelas crianças ricas. Começou a planejar como faria um movimento para que pudessem desfrutar com seus pais, resolveu voltar mais cedo das férias para colocar em pratica seu plano de veraneio de férias para as crianças do Pirambu.

As meninas chegaram eufóricas para o início do ano letivo, por se tratar do 2º ano do ginásio as alunas tinham feito muitas amizades entre si e foi muito prazeroso o reencontro. Chegou uma professora para lecionar estudos sociais e educação moral e cívica, era a professora Clara, ela era maravilhosa, tornava as aulas superinteressantes porque sempre associava a matéria à realidade que se estava vivendo, Genalda se aproximou muito da professora, era fascinada por suas aulas e na hora do intervalo ainda ia conversar com ela na sala dos professores. Passou a lhe falar da realidade do bairro onde morava, e pedir opinião sobre as situações que apresentava, a professora Clara também começou a se interessar pelas histórias de Genalda, ela era professora e também assistente social que trabalhava na LBA[8], uma organização governamental responsável pela assistência social. Durante todo o ano a cada dia tornava-se mais próxima da professora Clara, tanto por suas ideias a respeito da realidade e das questões sociais como por ser assistente social e trabalhar na LBA. Ela planejava como colocar a escola de ballet para as crianças, agora tendo conhecimento da LBA sua finalidade e linha de atuação, pensou estar perto de realizar seu sonho, através das conversas com a professora Clara já ficou sabendo que tipo de trabalho social poderia conveniar com a LBA e que o critérios para fazer convênio era que a entidade fosse registrada e tivesse um suporte que representasse a contrapartida, podia ser o prédio, equipamentos, a parte física, pois era mais comum a LBA entrar apenas com pagamento de instrutores ou monitores dos projetos conveniados. Genalda também não tirava da cabeça a ideia de montar um curso preparatório para o exame de admissão

O mês de junho teve início e com ele o calendário das provas semestrais, as alunas estavam em polvorosas, pois essa nota era muito decisiva. Genalda estava eufórica por outro motivo,

---

[8] Legião Brasileira de Assistência (LBA)

continuava todos os dias à tarde trabalhando no projeto com as crianças no centro social e sabia que quando era mês de férias as crianças ficavam sem ter para onde sair ou brincar e ficavam confinadas em suas pequenas casas ou ficavam vagando pelos terreiros ou quintais com esgotos a céu aberto, muito expostas, sem nenhuma assistência, pois geralmente os pais trabalhavam ou na fábrica de castanha ou noutra atividade que lhes afastavam de casa o dia todo e muitas vezes as crianças maiores tomavam conta das menores. Com a experiência que teve nas férias passadas de fazer três piqueniques na praia com as crianças, teve a ideia de fazer uma colônia de férias, mas para tanto teriam que as freiras, os monitores do centro social e as mães da comunidade concordarem e ainda tinha uma parte bem difícil que seria conseguir a alimentação e brinquedos para a colônia de férias. Decidiu falar com a professora Clara sobre sua ideia, há dias andava lhe rondando, mas lhe faltava coragem, por fim ela viu que o tempo estava se esgotando e não dava para adiar, então aproveitando que a aula tinha terminado, estava chovendo e a professora aguardando na sala dos professores que a chuva passasse, chegou junto à professora e foi direto iniciando o assunto: – professora, eu tenho um plano e preciso de sua ajuda, o meu plano é fazer uma colônia de férias com as crianças do Pirambu durante o mês de julho, faremos o cadastro de 100 crianças em idade entre oito e doze anos e precisaremos de dez monitores para desenvolver as atividades, faremos uma reunião com as mães e pediremos que dez mães se apresentem voluntariamente para ajudar os monitores em cada grupo de dez crianças e dez mães para fazer a merenda e servir, dividiremos as cem crianças em dois grupos, cinquenta crianças pela manhã e cinquenta à tarde.

A participação da LBA seria o pagamento dos dez monitores, o fornecimento dos produtos, alimentícios para fazer o lanche e o material para as atividades: bolas, bambolês, cordas, petecas, bolas de gude, papel ofício, lápis de cor. Disse que entre as atividades colocaria no sábado e domingo uma manhã na praia, pois embora o bairro fosse à beira-mar as famílias não tinham o hábito de levar seus filhos às praias como as pessoas ricas faziam e as crianças ficavam privadas de uma atividade tão saudável que estava há poucos metros de suas casas. Genalda tinha ficado com esta ideia fixa de levar as crianças para a praia desde o dia que foi com Dora passar uma semana de férias, ali ela viu quantas crianças com suas famílias se divertiam e para ter acesso àquelas praias tinha que ser rico ter casa de praia e se deslocar de carro e ter toda uma estrutura, pois não havia comércio para comprar alimentos, tinha que levar tudo da cidade ou almoçar e jantar nos restaurantes. Pensou que no Pirambu seria tão fácil os pais levarem seus filhos para tomar banho de mar, não teriam nenhum custo. A participação do centro social seria a cozinha para fazer os alimentos e o espaço no salão para serem distribuídos os lanches, cada criança levaria seu prato, colher e copo, no salão poderiam ser desenvolvidas atividades de dança, pintura, no largo em frente ao centro social e na praça as crianças poderiam brincar de pular corda, pular amarelinha, jogar bola, jogar peteca, bola de gude e outras brincadeiras de rua. Genalda narrou toda programação num fôlego só. A professora Clara ficou impressionada com a criatividade da menina e a sua visão social, – Genalda, eu posso apresentar esta proposta à coordenação do setor de pedagogia e recreação para que a LBA garanta o pagamento dos monitores, os alimentos para os lanches e o material para as brincadeiras, coloque tudo isso que você me falou no papel, elabore um projeto onde você diz qual a meta, quantas crianças vão ser beneficiadas, o objetivo, o que isto vai trazer de benefício e para quem e o material que será necessário. Vou lhe dar um modelo de projeto e você pede ajuda dos monitores do centro social para a elaboração desse documento, não se preocupe, é coisa bem simples.

Genalda despediu-se da professora Clara, parece que caminhava nas nuvens. Agora sim seu primeiro projeto social se concretizaria. Desde o mês de janeiro, em que Genalda passou as duas semanas de férias na casa de praia de Dora, ela idealizava uma realidade onde fosse possível promover lazer, convivência, divertimento e alegria para as crianças envolvendo a família, a comunidade fazia um paralelo entre a vida que tinha vivido na cidade, antes de ir para Oiticica, com grupos de amigas brincando na praça, nos terreiros e a experiência de veraneio das férias.

Genalda estava na maior expectativa pela aprovação do projeto na LBA, ora pensava em falar logo com as freiras e os monitores do centro social sobre sua ideia, ora queria esperar a resposta da LBA, chegou sexta-feira e nenhuma resposta, a professora Clara só tinha aula na terça-feira, mas prometeu que se tivesse alguma resposta ligaria para a secretaria do colégio para que lhe dessem o recado, todo dia na hora do recreio passava na secretaria em busca de notícia e nada, sexta-feira passou depois da aula, também não havia nenhum recado. Genalda estava impaciente e resolveu procurar a irmã Elizabete e a colocou a par de toda a sua ideia, apresentou-lhe a cópia do projeto que tinha entregue à professora Clara que era assistente social da LBA colocou a irmã a par de toda a dinâmica que pretendia fazer para executar a colônia de férias e pediu sua ajuda para fazer uma reunião com as mães da comunidade e com os monitores do centro social e também com outros jovens que quisessem trabalhar na colônia de férias, pois a LBA pagaria o pró-labore, disse para a irmã que poderia chamar estudantes que tivessem fazendo o ginásio e fossem da comunidade, poderia chamar também as adolescentes do projeto de acolhimento como a Almerinda e a Marina que já tinham dezesseis anos, eram bem comunicativas e gostavam de brincar com crianças, irmã

280

Elizabete ficou muito satisfeita com a ideia e na missa do sábado avisou às mães para comparecerem à reunião terça-feira à noite, segunda-feira convocou também os monitores do centro social para participarem da reunião. Genalda se encarregou de convidar as estudantes que conhecia, os monitores também convidaram estudantes que moravam na comunidade. Finalmente chegou terça-feira e Genalda foi muito animada para o colégio, pois encontraria a professora Clara que lecionava as aulas que ela mais gostava e porque estava aflita pela resposta. Quando a professora foi entrando na sala de aula já destinou o olhar direto para a carteira de Genalda e nem bem deu bom dia para todos já foi anunciando, – Genalda teremos colônia de férias! Ela não se conteve, levantou da carteira de um salto e saiu pulando pela sala e abraçou a professora, rodando com ela no abraço, foi tão espontâneo que surpreendeu toda a sala e todos caíram na risada vendo a cara da professora se compondo, Genalda ficou vermelha de vergonha, pediu desculpas e voltou para sua carteira, mas não parava de sorrir. À noite na reunião, a irmã Elizabete apresentou para todos a ideia de Genalda de programar uma colônia de férias para as crianças da comunidade, perguntou se as mães e os monitores estariam dispostos a colaborar, as mães ficaram maravilhadas com o projeto, os monitores do centro social já tinham tomado conhecimento superficialmente pelas falas de Genalda e aprovaram a ideia, então ela comunicou que a LBA já tinha aprovado o projeto e iria participar e explicou como se fariam os encontros diários, mas que teriam reunião especifica com os monitores, com as mães para programarem as atividades.

Estava na segunda semana de junho e na semana seguinte começariam as provas bimestrais, Dora convidou a amiga para passar o fim de semana em sua casa e estudarem para as provas, Genalda estava dividida, queria ficar no Pirambu para ir adiantando a organização da colônia de férias, conversando com as estudantes que participariam, com as mães, com as freiras, na verdade agora ela só pensava nessa colônia de férias, na alegria das crianças brincando. Dora insistiu tanto que não teve como dizer não, pensou também que seria melhor para si mesma, pois se ficasse na comunidade não estudaria, tanto que estava obcecada por esta colônia de férias. Sexta-feira quando veio para o colégio já trouxe em sua mochila roupas suficientes para ficar três dias, avisou para Helena que só voltaria segunda-feira, disse que ficaria na casa de Dora, deixou com ela o endereço e telefone da casa da amiga. Dava gosto estudar na casa de Dora, na sala de estudo as paredes eram revestidas de estantes de livros, eram enciclopédias, gramáticas, romances, nunca tinha visto tantos livros e revistas, tinha as escrivaninhas de estudo com luminárias e cadeiras apropriadas, as meninas ficavam grudadas nos livros, só levantavam para as refeições principais, pois os lanches eram servidos pela empregada na sala de estudo. Genalda, muitas vezes durante este lanches quando estava sendo servida e se via refletida na parede da sala revestida de espelho, se olhava e se imaginava num conto de fadas, por trás de uma escrivaninha, caderno e lápis na mão, cabelos bem penteados e bem assentados, uma roupa de estudante bem adequada, não acreditava que um dia tivera no cativeiro da Oiticica e agora então tinha de novo uma família, uma mãe e um irmãozinho, sim pois o carinho, o cuidado os afetos que Helena tinha por Genalda só amor de mãe e o Pedro seu irmãozinho era a pessoinha mais querida, mais chameguentinha. Por fim a gata borralheira da Oiticica chegou na capital e construiu um palácio, sem ir ao baile, sem encontrar o príncipe e nem perder o sapatinho.

Os pais de Dora se afeiçoaram muito a Genalda, primeiro porque sua amizade com Dora fez com que a menina desenvolvesse um gosto extraordinário para estudar, fato que até então não acontecia, tanto que eles ficavam impressionado como as meninas ficavam dia e noite incansavelmente naquela sala de estudo, era necessário chamá-las para ir à uma pizzaria ou à praia e às vezes o convite era recusado quando tinham provas ou tarefas, segundo lhes causava admiração o senso de justiça, de solidariedade, de generosidade e conhecimento da realidade que Genalda expressava quando conversava, eles achavam que aquela amizade para Dora era muito edificante.

Neste dia, na hora do jantar, Dora falou para os pais que Genalda tinha feito um projeto de colônia de férias para as crianças da comunidade, que fora apresentado na LBA e aprovado, que a professora Clara elogiara muito a iniciativa de Genalda. Fernanda ficou perplexa, não pensou que Genalda tivesse capacidade para uma coisa deste nível e curiosa perguntou à menina como se daria este seu projeto. Ela descreveu com riqueza de detalhes tal como tinha feito a exposição para a professora Clara e agora com mais detalhes, falou da convocação das mães e das estudantes do bairro para serem monitoras, falou da programação de brincadeiras populares, dos fins de semana de veraneio na praia do bairro. O pai de Dora parou de comer e escutou tudo atentamente, ele era diretor da FIEC[9] e esta instituições patrocinava muitos projetos sociais de grande porte, mas não tinha conhecimento de algo assim. Genalda falou que chamara estudantes do bairro porque a LBA pagaria um pró-labore, então as meninas teriam acesso a um dinheirinho e também iriam interagir com as crianças e as famílias, isso seria muito bom. De repente ela parou a narrativa, se dirigiu à mãe de Dora, – dona Fernanda, a senhora deixaria Dora ser monitora da colônia de férias? Aquela pergunta foi tão inesperada que pegou a senhora de surpresa, os pais se entreolharam, Dora cruzou o olhar com eles esperando uma

---

[9] Federação das Indústrias do Estado do Ceará - FIEC

resposta, Antunes olhando para a esposa disse: – deixaríamos, não é Fernanda? Dora saltou da cadeira e foi correndo beijar o pai, – jura papai, jura que me deixa ir?

Genalda ficou satisfeita e constrangida, teve medo que a mãe de Dora tivesse achado inoportuno o convite, e foi explicando, – dona Fernanda, a senhora pode ir lá na comunidade e conversar com a irmã Elisabete, pode ir no centro social ver os monitores e vai na minha casa ver a minha mãe Helena e meu irmãozinho Pedro. Fernanda notou o constrangimento de Genalda e tratou de deixá-la à vontade. – Não se preocupe, Dora já tem catorze anos e já está no segundo ano do ginásio e é bom que ela tenha conhecimento da realidade, principalmente porque ela quer ser assistente social, principalmente agora que conheceu a professora Clara. – Olhe Dora se você quiser ir eu deixarei você ir uns dois dias por semana vamos ver como se dará, vamos esperar o mês de julho chegar.

A semana de prova iniciou, a primeira foi de português, as meninas haviam estudado tanto que foi com muita facilidade que responderam todas as questões, Dora ficou muito entusiasmada com a possibilidade de ir ser monitora na colônia de férias e confabulou com a amiga: – Genalda, meus pais gostam muito de você, eles ficam muito felizes porque estudando juntas eu sempre aprendo com mais facilidade e tiro boas notas, então uma forma de você motivá-los a deixar eu ir ser monitora na colônia de férias é se conviver mais com eles, então você fica toda esta semana de prova e vai para sua casa só sexta-feira. Na verdade, Genalda não queria ficar tanto tempo longe de casa, mas atendeu ao apelo tanto pelo pedido da amiga, mas também por outro motivo de seu interesse, queria conviver mais com a dona Fernanda. Certa vez Dora a tinha contado que sua mãe já tinha sido primeira bailarina e que sua professora de Ballet era amiga de sua mãe, dançara na mesma companhia de ballet, disse também que sua mãe trabalha num jornal muito grande que destinava verba para projetos sociais e que conseguira uma subvenção para equipar a escola de ballet de sua amiga, disse que a mãe também conhecia fundações que destinavam verbas para projetos sociais. Genalda nunca tinha esquecido desta conversa e como um dos seus planos era colocar uma escola de ballet para as crianças, precisava conhecer uma professora, mas precisava encontrar uma pessoa que a ajudasse a equipar a escola então ela precisava ficar amiga da dona Fernanda. Antes mesmo que Dora avisasse que Genalda passaria a semana de prova em sua casa, quando todos sentaram à mesa para o almoço, Fernanda fez o convite: – Genalda você quer ficar aqui com a Dora nesta semana de prova? Você pode ficar? Sua mãe deixa você ficar? Se tiver tudo bem para você e sua mãe eu posso mandar o motorista levar você para pegar algumas roupas, se você precisar combinar com sua mãe pode telefonar para ela e conversar. Você quer ficar até sexta feira? Sua mãe deixa só com seu pedido ou eu precisaria ir pedir? Genalda achou que era a oportunidade que ela esperava. – Está bem dona Fernanda eu posso ficar até sexta-feira, só preciso avisar em minha casa e pegar umas roupas, mas não precisa a senhora ir, eu falo com minha mãe. – Então está bem, Dora vai com você, Milton as levará logo depois do almoço.

Foi uma semana maravilhosa, a convivência com os pais de Dora gerou uma aproximação espetacular, parece que se conheciam desde sempre, por fim chegou sexta-feira, a última prova, findava o semestre letivo. Quando as meninas foram para o colégio Genalda já deixou sua mochila de roupa no porta malas do carro, ficou combinado que o motorista quando fosse pegá-las na escola a deixaria em casa.

À tarde quando foi para o centro social já começou a traçar todas as estratégias e atividades para a colônia de férias, convocou logo as dez pessoas que seriam as monitoras para fazer toda a programação de atendimento, preparar as fichas, pois segunda-feira começariam as inscrições e iriam até quinta-feira, sexta-feira a relação das crianças já estaria disponível para fazer os grupos de dez que seriam por idade, cada monitor ficaria responsável por um grupo de dez crianças e iriam elencar as atividades a ser desenvolvida com cada grupo. A semana inteira foi de grande movimentação, foi grande o número de crianças que vieram se inscrever, ultrapassou as expectativas e a meta, mas todas crianças que procuraram e estavam dentro da faixa etária estabelecida foram inscritas, na quarta-feira chegou o material enviado pela LBA.

Por fim chegou à segunda-feira tão sonhada que daria início à colônia de férias, dava gosto de ver a alegria das crianças, o engajamento das mães voluntárias que preparavam o lanche, a dedicação e diversão dos monitores brincando com as crianças. A semana foi avançando e tudo funcionava muito bem, era tão espontâneo, eram brincadeiras de rua que faziam parte do cotidiano de muitas crianças, algumas que estavam se socializando eram típicas de certas regiões do Ceará, pois o bairro do Pirambu era constituído de migrantes de várias regiões e naquele caldeirão de cultura também as brincadeiras infantis se miscigenavam como os saberes. Como havia sido programado, sábado e domingo eram dias de veraneio e as crianças seriam levadas para a praia, por isso foi determinado que só poderia participar as crianças que fossem acompanhadas por um responsável, pai ou mãe, outra pessoa da família autorizada pelos pais, a comunidade se organizou e todas as crianças foram veranear quando o pai ou mãe não podiam ir arrumaram a tia, a vizinha e foi um divertimento só, foram montadas duas barracas de pano enormes, rusticamente elaborada pelos pescadores da comunidade, enfiaram as estacas no chão e fizeram a coberta com as velas da jangada, neste dois dias foi servido na praia muito peixe frito com baião de dois, pois receberam uma grande doação de peixe, foi um divertimento não só para a criança, mas para toda comunidade um verdadeiro momento de convivência familiar e comunitária. A programação da colônia de férias era para três semanas, eram dividas em duas turmas uma pela parte da manhã e outra à tarde, o horário pela manhã iniciava às oito horas, mas sete horas as crianças iam chegando, igual uns passarinhos, iam sentando na calçada do centro social, à tarde era a mesma assiduidade começava 13:30h, mas doze e meia os meninos já estavam chegando, os pais comentavam admirados: – estes meninos quando é para ir à escola dão trabalho, mas para vir pra colônia de férias chegam antes da hora e pelo gosto deles ficavam o dia todo.

Dora tinha viajado com os pais para passar duas semanas de férias em outro estado, acertou com Genalda que na última semana da colônia de férias viria trabalhar como monitora voluntária. Ana, Alice e Perpétua, outras três colegas do colégio, também se comprometeram a vir participar como monitora voluntária na última semana, Genalda tinha convidado a professora Clara que combinou de vir na sexta-feira do encerramento. Na segunda-feira da última semana, as meninas do colégio vieram participar, Dora veio com a mãe e dona Fernanda ficou a manhã todo e observava tudo com admiração, estava muito impressionada com a dinâmica das brincadeiras, com o uso do espaço público, de forma tão espontânea e criativa, ela foi pegar a sua máquina fotográfica no carro e passou a manhã todo fotografando os grupos de crianças nas mais diversas nuances e formas. Dora estava conduzindo as brincadeiras de um grupo de dez crianças na faixa etária de dez anos, e ensaiava com as meninas uma dança tipo frevo, Fernanda ficou impactada com a desenvoltura da filha e a alegria que emanava no seu rosto e nos seus gestos. Dora veio a semana inteira no período da manhã, na terça-feira, que foi o segundo dia que veio, já trouxe uma radiola portátil e uns discos de frevo e ficou a manhã toda ensaiando danças com seu grupo, mas o problema é que outros grupos de meninas também queriam ensaiar dança de frevo daí decidiu que o salão inteiro ficaria para ensaiar dança e as meninas de cada grupo se organizavam em alas e formaram cinco alas de dez meninas e todas ficaram dançando frevo. Dora ficou tão empolgada com o progresso, a habilidade das meninas na dança que pediu para sua mãe deixá-la ficar na quarta-feira e na quinta-feira o dia todo, pois assim poderia ensaiar a mais com as meninas do turno da tarde. Dona Fernanda concordou e quando veio deixar Dora ainda eram sete e meia da manhã e aproveitou para conhecer a casa de Genalda que a recebeu à porta, pois já estava à sua espera para tomar café, apresentou-lhe Helena e Pedro e todos sentaram à mesa para comer o cuscuz recheado com carne e as deliciosas tapiocas que Helena tinha feito. Dona Fernanda gostou de tudo do ambiente ordeiro e tranquilo da casa, da simplicidade e afeto de Helena, da espontaneidade de Pedro, enfim ficou bem tranquila em deixar que Dora passasse todo o dia envolvida nas atividades com as crianças da colônia de férias, Genalda disse-lhe que as três colegas do colégio também tinham decidido ficar o dia todo e que todas iriam almoçar em sua casa, Helena ficou muito feliz em recebê-las.

As associações de pescadores, de artesãos, as lideranças comunitárias, e a comunidade toda se envolveram com as atividades da colônia de férias, afinal toda família tinha uma ou mais crianças participando, ao todo o número chegou em torno de trezentas crianças, estas pessoas se organizaram e começaram a decorar a rua com bandeirolas e o chão pintado de tintas coloridas e imagens na rua em frente ao centro social até a praça ficou decorada num misto de São João e fim de copa do mundo. Quinta-feira Fernanda chegou cedo ao bairro do Pirambu, deu uma volta pelas ruas nos arredores do centro social, viu o movimento dos pais chegando com os filhos para a colônia de férias, viu grupos de crianças que chegavam sem os adultos, umas acompanhando as outras, entravam crianças sozinhas correndo suadinhas, ficou um pouco na frente do centro social ouvindo a conversa das mães e os comentários sobre o bem que fazia esta colônia de férias para as crianças, outra dizia, – tu sabe que não foi nem ideia das freiras, dizem que tudo quem organizou foi aquela mocinha pequenininha que mora naquela casa nova, grande, bonita, diz que que até os brinquedos e os lanches ela arranjou com o órgão do governo, outra mãe ajuntava – é verdade, eu conheço ela que é monitora voluntária aqui do centro social e os monitores daqui disseram mesmo que foi ela quem planejou tudo, mas as freiras e o monitores deram todo apoio e depois a comunidade toda viu que era muito bom e todo mundo quis ajudar, ora até eu ajudei a fazer bandeirinha para enfeitar a rua. Fernanda foi entrando sorrateiramente e ficou pelos cantos por trás dos monitores, queria observar sem ser notada, estava deslumbrada com a performance que Dora, coordenava um grupo de pelo menos trinta crianças ensaiando uma dança de frevo com movimentos bem cadenciados, estava muito feliz com esta desenvoltura, com a aparência saudável da filha, de repente encheu-se de expectativa, era isso que poderia curar sua filha da situação de ansiedade e mal-estar de que ela estava enferma há pelo menos quatro anos e precisava tomar remédio controlado para não desencadear surtos psicóticos, até convulsões já sofrera, sem contar que era sempre introvertida e de poucos amigos, Genalda tinha sido a primeira amiga a quem se apegara e fazia questão de estar em sua companhia. Depois de pelo menos vinte minutos que Fernanda a observava é que Dora se deu conta da presença da mãe, Fernanda acenou com a mão como se tivesse acabado de chegar e fazendo um gesto com a máquina fotográfica na mão perguntou se podia fotografar, Dora acenou com a cabeça que sim. Fernanda tirou várias fotografias das meninas dançando e depois saiu e fotografou outros grupos de crianças que desenvolviam outras atividades na rua em frente ao centro, na praça e em várias performances. No final da manhã, pelas onze horas quem chegou no carro da LBA foi a professora Clara, chegou de surpresa e já foi encontrando toda movimentação das crianças a rua toda enfeitada, na praça dirigindo os grupos de crianças em atividades estavam Ana, Alicie e Perpétua, logo que a avistaram correram ao seu encontro e a trouxeram para o meio das crianças e a apresentaram como a professora Clara, depois de observar os vários grupos de crianças desenvolvendo atividades coordenadas pelos monitores a professora Clara entra no centro social e encontra Dora dando aula de dança para um grupo enorme de crianças, não sabia destas qualidades e aptidões de Dora, sempre a achou tão introvertida e ali coordenando aquele grupo de crianças, estava irreconhecível, se demorou um pouco observando as crianças dançar aquele frevo e, em seguida, entrou em busca da cozinha, encontrou Genalda administrando as mães na distribuição dos lanches nas vasilhas para servir as crianças, ela estava de costas e quando faz o giro para chegar ao balcão onde estavam os alimentos quase caiu, pois quando se virou esbarrou na professora Clara, não acreditou no que via, não continha as lágrimas e sorria e chorava e abraçava a professora, dizendo – professora, a senhora quer me matar de susto e de felicidade? Foi uma alegria sem fim, a professora Clara estava perplexa com o prodígio que era aquela colônia de férias com tão pouco recurso, mas com tantas crianças felizes, brincando se divertindo.

Genalda não tinha se refeito do susto, a professora aproveitou para brincar, – me diga, você recrutou até as alunas do colégio Justiniano de Serpa? Eu já vi a sala quase toda aqui. –mas professora, você me disse que só viria no último dia! – é verdade Genalda, mas vim hoje para lhe trazer uma boa notícia e uma sugestão: – veja, conseguimos com a escola militar do corpo de bombeiros que a banda de música infantojuvenil venha se apresentar no encerramento da colônia de férias, então a sugestão é que se fizesse o encerramento com todas as crianças participantes dos dois turnos então amanhã vocês poderiam juntar as duas turmas e fazer um evento só inicia mais tarde às dez horas e terminaria às cinco horas seria interessante, pois todos ficariam juntos e fariam o encerramento, faz de dez a cinco horas direto e todos fazem o lanche junto meio dia na hora do almoço, a banda chegará três horas e ficará até às cinco.

Os lanches já estavam servidos e Genalda pediu que os monitores encaminhassem as crianças por grupo para receber e sentassem para comer, chamou a professora Clara e mais três mães e três monitores para conversarem na frente da professora sobre a notícia e a sugestão que trazia, todos concordaram e felizmente era possível viabilizar, pois as crianças do turno da manhã estavam todas no centro social e estariam avisados para que amanhã era para vir às dez horas e que só voltariam às cinco horas e os meninos do turno da tarde também seriam avisados da nova programação. Fernanda agora estava tirando umas fotos das crianças na hora do lanche, tirou também fotos das mães voluntárias que preparavam a comida. Quando a professora Clara foi saindo da sala onde conversava com Genalda, as mães e os monitores, Dora veio ao seu encontro segurando a mão de Fernanda, e a presentou: – professora Clara, esta é Fernanda, minha mãe, Clara cumprimentou Fernanda com um abraço, já a conhecia de profissão, sabia que era jornalista, mas não sabia era mãe de Dora, e aproveitou para elogiar Dora e lhe parabenizar por ter uma filha tão brilhante – Fernanda, eu conhecia Dora como uma aluna dedicada estudiosa atenciosa, mas não me parecia tão extrovertida, com tanta desenvoltura, esta menina escondendo este talento é uma dançarina e uma instrutora brilhante, estou vendo que temos muitos talentos naquela sala, e Genalda uma miudinha desta que é uma aluna brilhante, organiza um evento nestas proporções, são estas meninas Ana, Alice, e Perpétua que são alunas exemplares, estudiosíssimas, atenciosíssimas e nas férias ainda se voluntariam para prestar um serviço de valor inestimável a essas crianças, olhe Fernanda, dá muita alegria ter alunas assim tão generosas, tão solidárias. A professora Clara arrasou, agora sim é que Fernanda estava mais decidida a fazer tudo que pudesse para ajudar

Genalda a realizar os seus propósitos de trabalhos sociais de proteção a crianças e adolescentes. Dora sempre lhe falava dos sonhos e planos de Genalda, mas ela nunca tinha levado a sério, achava que era delírio de uma mocinha morando no bairro do Pirambu, uma estudante sem dinheiro querer mudar o destino deste jeito.

Professora Clara se despediu dizendo que amanhã estaria de volta, viria no início da tarde, Dona Fernanda também se despediu das cinco estudantes monitoras voluntárias e avisou a Dora que às cinco horas mandaria pegá-la. Ela teria que passar a tarde no jornal, pois tinha uma matéria para a edição, mas tinha algo que tinha decidido fazer e precisava conversar com o editor chefe, queria fazer uma matéria sobre a colônia de férias, como este evento tinha enriquecido as férias das crianças do Pirambu, mas sabia que tinha que ser muito sutil para que o contraponto com as precárias condições sociais da comunidade e a falta de infraestrutura do bairro não ficasse tão evidente, pois em tempo de ditadura tinha que se andar pisando em ovos, principalmente, em relação ao bairro do Pirambu que era tido com uma área de resistência e protesto que teve forte influência do Partido Comunista do Brasil (PCB). Embora esta efervescência política tenha sido neutralizada pela ação da igreja desde a marcha do Pirambu em 1962 organizada por Don Hélio Campos e depois os movimentos sociais foram de alguma forma cooptados ou absorvidos pela ideologia cristã e ações assistencialista. Mas o fato é que Fernanda queria mostrar aquele evento a toda cidade porque achou importante a preocupação, o zelo, o cuidado com a criança e adolescente manifestado por àquela comunidade, principalmente por este sentimento ter sido despertado por uma jovem estudante que soube tão bem convencer sua professora a se aliar a esta causa, soube sensibilizar suas colegas para se voluntariarem neste gesto de solidariedade, de afeto, este era o tom que queria dar à reportagem. A sensibilização com a carência do outro e a disposição de agir pode gerar uma gerar contribuir mitigar estas carências e suas consequências nefastas, principalmente na questão da criança que é um ser em formação.

Enquanto dirigia a caminho do jornal, Fernanda formulou todos seus argumentos e chegou com a pauta pronta, passou direto para o estúdio fotográfico retirou o filme da máquina e pediu para que o rapaz encarregado mandasse revelar imediatamente as fotos porque ela precisava mostrar ao editor chefe em duas horas. Foi direto para a máquina, fez toda a pauta da reportagem que pretendia fazer sobre a colônia de férias do Pirambu indicou que queria meia página de capa no jornal de Domingo. Não era pouca coisa o que estava propondo. Ligou para o gabinete do editor chefe pediu uma reunião em caráter de urgência, obteve uma resposta, seria possível em três horas, eram duas horas e ainda não tinha almoçado, – ótimo! Formataria e entregaria uma matéria encomendada sobre obras de saneamento no bairro da água Fria a nova morada dos ricos que iria para edição do jornal na coluna os novos rumos da cidade e iria comer algo enquanto o ponteiro do relógio não marcava as cinco horas. Retornou da lanchonete, passou no departamento de fotografia, pegou o envelope de fotos foi correndo para sua sala, abriu o envelope esparramou as fotos em seu birô, estavam perfeitas, com certeza aquele material convenceria o editor chefe, sabia que a tendência atual era a promoção humana, mostrar as experiências exitosas, mas se convenceu que estava fazendo aquela reportagem para premiar o esforço daquela menina tão simples, colocar em evidência seu projeto e quem sabe arranjar patrocinadores para sua causa. Fernanda fazia também por recompensa em causa própria, pois já vinha notando a mudança de humor, de postura de sua filha desde as férias passadas em que Genalda foi veranear com a família e este ano sentia uma áurea, um brilho no olhar de Dora um encantamento, um gosto pela vida, quando ela entrou no centro social que viu a postura de Dora, sua espontaneidade, seu encantamento com as crianças foi se abrindo um portal de compreensão que sua filha estava superando àquela enfermidade que a mantinha reclusa, enigmática, mas ela se encantou com a nova face de sua filha foi quando ela a pegou pela mão e a apresentou à professora e finalmente a professora com todas as palavras traduziu quem era a nova Dora. Fernanda estava muito feliz.

Quando entrou na sala do editor chefe cumprimentou-o com um olhar, colocou a folha da pauta da reportagem presa com um clipe às fotografias que selecionara. Exclamou: – eis a nossa capa do jornal de Domingo, o povo quer esperança, o povo quer sonhar. Depois de passar o olhar pela pauta e pelas fotos ele perguntou: – de que se trata dona Fernanda? Ela passou a explicar com riqueza de detalhes toda a estratégia da reportagem, disse que precisaria de um fotografo para tirar as fotos para ilustrar a reportagem, essas que lhe apresentara eram só uma amostra para ter uma noção da importância do evento. Depois de muitas idas e vindas o editor concordou, meia capa do jornal de Domingo e uma página interna com fotos e detalhes. Fernanda pegou o pacote de fotografia, a minuta da pauta e foi voando para casa, precisava ir ainda hoje a casa de Genalda para pegar dados de sua biografia e colocar na matéria, seria interessante saber sua origem, ter dados de sua infância, saber de sua mãe, qual origem dessa vocação de se preocupar com a dignidade das crianças, poderia colocar um retrato seu quando era criança ou quem sabe fazer menção algum fato pitoresco da família, passaria antes em casa para tomar um banho e fazer uma refeição e também para levar Dora à casa da amiga, pois embora tivessem passado o dia juntas por certo iria querer ir com ela. Tinha razão logo que falou para Dora que iria à casa de Genalda ela já manifestou o interesse de ir junto.

Genalda ficou surpresa com a visita de dona Fernanda e Dora, chegou até a pensar que algo errado tivesse acontecido com Dora na colônia de férias, Fernanda em poucas palavras disse-lhe o objetivo de sua visita, tinha conseguido autorização para fazer uma reportagem do evento, e tinha vindo pegar dados sobre sua vida, sua família para fundamentar a narração sobre o projeto de colônia de férias que por ela idealizado e realizado, disse que era muito significativo dar publicidade a este feito para seu futuro, principalmente para concretizar seu sonho de trabalhar com projetos sociais, criar uma associação comunitária. Genalda gelou, não podia nesta altura dos acontecimentos em que tudo estava dando certo ser reconhecida, ser descoberta e quem sabe ser cassada, ser presa, esta reportagem não podia acontecer, não poderia aparecer, e o pior que não tinha tempo para pensar e planejar como escapar desta armadilha, não poderia dizer para ninguém, muito menos para uma jornalista que não queria ser reconhecida, que tinha fugido do cativeiro, que era um cão sem dono. Quem acreditaria em sua história? Se tivesse um minuto sozinha para pensar exprimiria o juízo e com certeza teria uma ideia, antes de responder a qualquer indagação de Fernanda levantou, pediu licença e foi saindo da sala dizendo: – vou ver se minha mãe está acordada, porque ela levou o Pedro para dormir e às vezes dorme junto. Genalda foi no quarto de Helena e lhe disse cochichando, D. Fernanda está na sala e perguntou por você, eu disse que já estava dormindo, por isso fique no quarto depois lhe explico o porquê. Demorou um pouco, precisava pensar rapidamente, encontrar os argumentos adequados, não pensou nem dois minutos, voltou para a sala e falou tudo de supetão aos borbotões; – Dona Fernanda eu acho muito interessante que a colônia de férias seja notícia como uma forma de trazer benefício para as crianças para que os órgãos de assistência social como a Fundação de Serviço Social ou a própria LBA coloque em seus programas estes eventos ou até sirva de exemplo para outros bairros fazer estes eventos para suas crianças, acho que qualquer publicidade que se vá fazer seja no sentido de jogar luz sobre a importância de se cuidar das crianças e adolescentes, porque as crianças são completamente esquecidas, tratadas como uma coisa, sem direito, sem cuidados, quando se trata de crianças pobres parece que é um ser despido de todo direito, se tem a má sorte de ter uma família pobre não tem direito a lazer, a estudo, nem mesmo a casa e comida se tem a infelicidade de ficar órfão, fica jogado na vida e há pessoas que as pegam para explorar seu trabalho, para fazê-las de escravas, não há uma lei que proteja, só algumas instituições acolhem por caridade se não elas são exploradas e podem até serem mortas que ninguém lhes acode, por isso eu vejo que esta reportagem se não quiser falar desta falta de direito das crianças pode só focar na alegria das crianças de poder brincar, na alegria das mães de ver seus filhos felizes, na disponibilidade das mães de se organizarem e se voluntariaram para participar de eventos que possam ajudar seus filhos, a comunidade que através de suas organizações e lideranças possa priorizar essas ações O que a senhora pode fazer é falar do evento, falar da alegria das crianças, entrevistar uma criança, colocar a fala da criança, colocar a fala das mães, entrevistar os monitores do centro social, as estudantes, as monitoras que são estudantes moradoras do próprio bairro, pode também colocar o trabalho voluntário das estudantes do Colégio Justiniano de Serpa, pois isto serviria de estimulo para gerar participação social e comunitária e atos de solidariedade com a questão da criança e para as estudantes se envolverem em outros eventos ou até fazer esse tipo de evento em seu bairro. Eu acho que em evento deste tipo a finalidade o que se busca é a garantia da dignidade da criança porque se for dar visibilidade ou protagonismo aos idealizadores e executores do evento as coisas se invertem, desta forma a finalidade seria a promoção das pessoas que realizaram, ainda que eu não tivesse essa convicção e não quisesse aparecer para afirmá-la eu teria outros motivos, jamais ia querer aparecer com algum destaque neste evento, pois no bairro do Pirambu tem muitos líderes comunitários que desenvolve bons trabalhos com a comunidade e não vale a pena fazer elogios a pessoas em separado, isto pode despertar inveja ou sentimento de competição então as pessoas da comunidade em vez de se aliar a mim quando eu tiver uma ideia podem é se afastar e não mais me apoiar achando que eu quero aparecer ou competir com outros líderes comunitários, esta convivência em comunidade é muito delicada.

Essa Genalda era mesmo ardilosa, só João Grilo[10] para desdobrar um rolo deste, seus argumentos não só convenceram a jornalista como deu-lhe uma pauta pronta e cheia de teoria social. Fernanda concordou com todos os argumentos e achou de uma sabedoria imensurável e ainda lhe qualificou como a mais digna das criaturas, uma pessoa altruísta, desprendida de qualquer vaidade e muito politizada, mas donde vinha todo este discurso desta menina, e os termos que ela usava não era de uma estudante ginasial, isto era coisa de marxista, ela só podia ser comunista, ou filha de comunista ou participar de movimentos sociais controlados por comunista, sim porque foi no Pirambu onde o processo de organização dos moradores teve início com a atuação do PCdoB[11].

Desde os anos 40 a atuação do Partido Comunista do Brasil nos movimentos sociais do Pirambu já eram visíveis por conta do significativo número de operários que residiam no bairro, nos anos

---

[10] João Grilo é um personagem dos contos populares do Brasil e de Portugal. Apareceu com destaque na literatura de cordel brasileira e, na condição de pícaro invencível, reapareceu na obra Auto da Compadecida, escrita por Ariano Suassuna em 1957.
[11] O Partido Comunista do Brasil é um partido político brasileiro de esquerda e baseado ideologicamente nos princípios do marxismo.

50 o Pirambu já começava a despertar preocupação aos órgãos de repressão política, pois contava com trabalhadores organizados em torno do PCdoB e sua efervescência pelo socialismo, o que só começou a ser desestabilizado pela ação da igreja católica que temendo o crescimento do comunismo enviou ao bairro o Padre Hélio Campos, que se tornou um elo entre os moradores e as autoridades do estado e contribuiu para a organização dos moradores em torno da ideia social cristã, minando quase que totalmente a influência do PCdoB.

Com o golpe militar em 64 a luta construída no Pirambu para a conquista e ampliação das condições de vida da população favoreceu o surgimento das chamadas lideranças comunitárias absorvidas em sua maioria pela doutrina social da igreja favorecendo o surgimento de muitas associações para o enfrentamento dos conflitos sociais ocasionados pela falta de habitação, infraestrutura e inexistência de equipamentos sociais de educação, saúde lazer entre outras. Fernanda concluiu que uma pessoa para se preocupar tanto com o bem comum, com a assistência à infância e adolescência entre outras causas sociais e a questão dos direitos humanos só poderia ser comunista, pois não tinha outra explicação para uma menina daquela idade ter toda esta gama de preocupação. Não pode deixar de lhe fazer a pergunta. – Genalda, você é do partido comunista ou simpatizante? Estou lhe perguntando porque você sabe que o partido comunista teve uma forte organização neste bairro que chegou a preocupar as autoridades locais porque era um bairro de operários e pescadores organizados em torno da ideologia comunista e este movimento só começou a ser desmobilizada quando a igreja católica entrou aqui com uma liderança muito forte, que foi o Pe. Hélio Campos, de certa forma ele tirou o bairro do Pirambu das mãos do partido comunista, pois tinha um bom relacionamento com Virgílio Távora e exercia uma liderança com a comunidade de forma que o movimento seguiu a linha da conciliação depois da marcha de 1962. Os seus pais chegaram a participar da organização do partido comunista? – Não dona Fernanda, eu nem sabia desta história de partido comunista, eu nem sei o que é comunismo, mas se comunismo é se importar com o bem-estar do outro, é querer que todos sejam felizes e tenha direito à dignidade, a ter família, casa e comida, então o comunismo é bom, não é? Então eu posso ser comunista com muito gosto. Fernanda encerrou a conversa, achou que tinha falado demais, no entanto já sabia o tom que daria a reportagem. Genalda ficou muito contente, ficou certa que não teria seu nome citado e não sairia em nenhuma foto, tinha garantido seu anonimato estava salva de ser descoberta.

Na sexta-feira a prefeitura mandou colocar um pedestal de madeira na praça e um toldo gigante, um carro do Corpo de Bombeiros descarregou vinte cadeiras e os soldados arrumaram em cima do estrado de madeira, sobre o toldo. Apesar de ter sido avisado que as atividades da colônia de férias seriam conjuntas os dois turnos começando às dez horas desde oito horas os meninos começaram a chegar e começaram as brincadeiras espontâneas de pular corda, jogo de bila, jogo de peteca, pular macaca, ciranda. A rua em frente ao centro ficou cheia, estava intransitável, para evitar incidentes os líderes comunitários, alguns monitores e os próprios pais se reuniram e interditaram o quarteirão com cones, pois estava previsto fazer esta interrupção da via, mas só depois da dez horas, as crianças não esperaram, quando deu dez horas os monitores chegaram com sinetas e megafones, a brincadeira já estava instalada e era bonito de ver tanta criança brincando com tanta espontaneidade, mas era triste ver a falta de espaços públicos destinados à comunidade, principalmente às crianças, não tinha uma praça grande, um parque, um campo de futebol, só vendo o tanto de crianças reunidas é que se percebia a insensibilidade das autoridades ao tornar invisíveis toda esta geração de criança e adolescente.

Meio dia foi servido o lanche, na verdade foi um almoço, desde muito cedo que as mães cozinheiras trabalhavam, sabiam que embora nos dois turnos somavam em torno de 200 crianças hoje com certeza viriam mais, pois foi avisada na igreja que era o encerramento e que a banda de música dos Bombeiros tocaria na praça, as associações do bairro colaboraram com doações de refrigerantes e docinhos mariolas e associação dos pescadores doou bastante peixe, de maneira que a comida daria para alimentar os que viesse.

A criançada estava bastante alvoroçada e foram agrupadas segundo as atividades que optaram. O grupo de dança com meninos e meninas ficaram no salão do centro social, o grupo que optou por desenho e pintura ficou no salão da associação dos artesãos vizinhos ao centro social, as que optaram por jogos de tabuleiro, quebra-cabeça, cartas, dados e outras modalidades ficaram na praça em baixo do toldo e as demais crianças que optaram por brincadeiras de rua livre ficaram em toda a extensão do quarteirão em frente ao centro social que foi interditado para evitar passagens de veículos automotores. Os monitores se dividiram e acompanhavam de perto as atividades das crianças direcionando, orientando e apresentando um repertório bem diversificado. Houve corrida de saco, corrida com ovo na colher, corrida de revezamento de bastão, atividades com balão, dança das cadeiras e uma infinidade de brincadeiras coletivas e crianças de um grupo podiam migrar para outro, assim a criança poderia participar de todas as modalidades de brinquedo. A professora Clara e a jornalista Fernanda juntamente com o fotógrafo do jornal acompanharam toda movimentação das crianças durante à tarde, a cada conversa que as duas profissionais tinham com os monitores ou com as mães se certificavam que as modalidades das brincadeiras e até as estratégias do brincar tinham sido elaboradas por Genalda e por isso ficavam mais impressionadas com a assertividade e proatividade da moça, o que elas não sabiam era que Genalda tinha trazido toda esta criatividade e sabedoria de sua vivência dos anos naquela cidadezinha do interior onde toda a criançada fazia estas brincadeiras, na praça no largo da igreja, nas calçadas, tudo com a maior naturalidade sem precisar de nenhum instrutor, elas mesmas inventavam as brincadeiras e se dirigiam, eram as protagonistas, as atrizes e diretoras do teatro da 'vida que a criança quer viver'.

Três horas chegou o carro dos bombeiros e parou em frente à praça e dele desceram os músicos com seus instrumentos, se perfilaram e em seguida começou a apresentação, os arredores da praças e as ruas próximas ficaram lotadas de crianças e adultos para ouvir a banda infantojuvenil do Corpo de Bombeiros, era tão lindo, tão terno àquelas crianças tocando, a multidão ouvia os dobrados emocionada quando no encerramento da apresentação tocaram o hino nacional, todo mundo se perfilou com a mão no coração e quem sabia cantar, cantou emocionado. Toda a comunidade cobriu de palmas os pequenos músicos, realmente a colônia de férias foi um sucesso, todos queriam abraçar Genalda, ela para despistar ficava sempre com as outras estudantes e quando as mães ou outros líderes iam abraçá-la ela já fazia o abraço coletivo, ficava de olho no fotografo para que ele não tirasse foto dela sozinha, – nunca se sabe as peças que o destino pode pregar e é melhor prevenir que remediar, dizia para si mesma.

Fernanda fez uma matéria brilhante, ilustrada com fotos bem significativas, a reportagem teve uma repercussão muito grande principalmente nos órgãos gestores de políticas públicas. A professora Clara foi chamada pela direção da LBA para apresentar uma proposta de um projeto contínuo de colônia de férias a ser levado para os bairros conforme as reivindicações das comunidades através de suas associações. Indicaram que o departamento coordenado por Clara ficasse responsável pela elaboração do projeto piloto e para supervisionar a execução. Aproveitando esta determinação da Diretoria, Clara expressou a necessidade de ter uma técnica para assessorá-la na elaboração e execução do projeto, indicou a contratação de Genalda justificando que se tratava da profissional que elaborou, dirigiu e supervisionou a execução do projeto experimental desenvolvido no Pirambu, que foi alvo das reportagens e muito elogiado pela comunidade local e pela imprensa pelos os resultados exitosos. Acrescentou que a estudante tinha uma ampla experiência com trabalho social, principalmente voltado para criança e adolescente e que já trabalhava em projetos sociais comunitários como voluntária há bastante tempo. Indicação foi aceita e a contratação efetivada. A contratação de Genalda foi imediata, ela nem acreditava no que estava acontecendo, pois uma de suas reticências em colocar em prática a fundação da ONG para desenvolver os projetos que planejara era por não ter uma renda certa e não sentia segurança para investir no projeto todo dinheiro que tinha no banco, poderia ficar sem ter meios para sobreviver e manter o projeto. A possibilidade de um trabalho num órgão de assistência social e um órgão federal com estabilidade era algo inimaginável. Deus a tinha encontrado.

Após o evento as freiras ficaram muito orgulhosas da atuação de Genalda e de tudo ter acontecido no centro social que acabou sendo colocado em evidência pelo jornal, isto teve boas consequências porque deu mais visibilidade aos projetos do centro social assim como da casa de acolhida e as doações e convênios aumentaram consideravelmente. A irmã Elizabete perguntou para Genalda se o plano de colocar o curso preparatório para o exame de admissão estaria de pé, pois se ela quisesse organizar iria pedir uma sala na associação dos artesãos, ela confirmou que sim, achava indispensável que as meninas do bairro pudessem entrar no ginásio e de preferência nas escolas de renome como o Liceu do Ceará ou Colégio Justiniano de Serpa que seriam as mais viáveis para quem morava no Pirambu, para o Liceu poderia ir a pé. Adelaide que viu o desenrolar de todo o projeto desde quando era só um plano na cabeça da amiga, não cabia em si de contentamento, – pensar que tinha encontrado por acaso aquela menina sozinha na rodoviária jamais poderia imaginar que fosse uma pessoa tão cheia de talento e coragem.

O jornal passou a semana toda reverberando a matéria do domingo, entrevistando filantropos e líderes comunitários que exaltassem a participação social na promoção de ações que visasse o bem comum, afinal se estava numa ditadura e nada que arranhasse o status do estado e seus gestores, era bom o que tinha que ser valorizado era a ideologia da caridade, da filantropia do voluntarismo.

Genalda agora só pensava em criar uma entidade social para desenvolver um projeto que trabalhasse com lazer, artes e danças para criança e adolescente, a sede da entidade seria no primeiro piso de sua casa, desde a construção ela idealizou dar esta destinação, sobre isto já tinha falado com a professora Clara que lhe indicou uma assessoria social especializada só em regulamentar as Organizações Não Governamentais. Aproveitou o domingo para juntar todos os documentos que precisava conforme a relação que lhe fora dada, colocou tudo dentro de sua mochila e decidiu que depois da aula almoçaria no centro e já levaria a papelada no escritório da assessoria social que ficava na rua do rosário, há dias vinha pensando no nome da ONG. Naquele dia foi à casa de Adelaide para ver o afilhado e para conversar com a comadre, Genalda, era louca por seu afilhado, não perdia oportunidade de vê-lo, gostava muito de lhe dar presentes e dar muito afeto, gostava de cuidar dele, levava-o para sua casa, principalmente ficava cuidando do afilhado quando Adelaide precisava se ausentar de casa ou estava muito atarefada na lanchonete, ficou muito feliz quando a amiga a chamou para ser madrinha de seu filho.

Genalda aproveitou para conversar com Adelaide sobre a criação da ONG que se chamaria – CASA DOS JOVENS CIDADÃOS, Adelaide gostou muito, disse que soava muito bem, ficou todo tempo repetindo com voz de locutora CASA DOS JOVENS CIDADÃOS e ria e repetia, está muito bonito, soa muito bem.

Um status que mudou para melhor foi o de Genalda com a família de Dora, nem o medo dela ser comunista fez Fernanda querer afastá-la de sua casa ou da amizade de Dora. Fernanda tinha consciência que se Genalda quisesse se promover a custa do protagonismo daquele evento ela podia conseguir o que quisesse, mas ao contrário ela quis se manter no anonimato, não entendia muito bem suas razões, mesmo sendo comunista era hora de se promover, afinal pelo que sabia ela não tinha emprego e prestava um trabalho voluntário e que planejava de fundar uma entidade sem fim lucrativos para desenvolver trabalhos sociais de assistência à criança e adolescente, o que justificaria aproveitar a publicidade que o evento alcançou.

Genalda estava esperando uma oportunidade para falar com Fernanda sobre a escola de dança que queria fundar, construir, instalar, sei lá que nome dá, mas era o primeiro projeto da ONG 'CASA DOS JOVENS CIDADÃOS'. Dora a convidou para ir à casa de praia, era um fim de semana esticado, porque segunda era feriado e terça teria prova e elas poderiam aproveitar para veranear e estudar, ela viu a oportunidade de ficar mais tempo com a mãe de Dora e abordar o assunto. Domingo estavam todos sentados ao redor de uma mesa à beira da piscina quando o pai de Dora iniciou o assunto: – Genalda, Fernanda me contou que você é um autêntica militante dos direitos humanos, e depois eu vi a repercussão que teve o evento que você organizou e ainda assim preferiu ficar no anonimato (ela intuiu que oportunidade igual não surgiria já tinha todos os argumentos pensados, sonhados e planejados), – Dr. Antunes, o Sr. usando este termo, militante de direitos humanos até me dá um ânimo, pois é isso que eu quero ser, agora mesmo estou pretendendo fazer de minha casa a sede de uma ONG cujo nome é a Casa dos Jovens Cidadãos, inclusive já registrei oficialmente, pois quando construí a minha casa eu idealizei fazer o primeiro piso para funcionar um projeto social com criança e adolescente e o projeto que eu quero para iniciar é uma escola de ballet para as crianças do bairro, eu tenho o espaço e preciso de uma pessoa da área, que me oriente como equipar o espaço. Na verdade, eu não tenho dinheiro, mas posso ir fazendo as coisas devagar, a professora Clara disse que com a ONG oficialmente criada e registrada nos órgãos de assistência social poderia conseguir convênios para equipar. A LBA poderia pagar os profissionais para dar as aulas. O Dr. Antunes ficou espantado com a desenvoltura da moça, na verdade, ele tinha falado num tom jocoso, não levando muito a sério e ela já lhe respondeu com dados concretos. Antunes era diretor da FIEC, cuja área social tinha verba para estas destinações, se sentiu impelido a incentivar àquela garota e quem sabe intermediar este projeto junto à área social. Não falou sobre suas intenções, se dirigiu à esposa: – Fernanda, você poderia falar com a diretora da escola de ballet da Dora, quem sabe ela podia ajudar na elaboração do projeto da Genalda.

Genalda já emendou a conversa e se dirigiu a mãe de Dora; - Ah! Dona Fernanda, se a senhora conseguisse levar a professora da Dora para ver se o espaço que tenho é adequado e o que precisaria fazer para adequar, que equipamentos comprar, Fernanda começou a rir vendo a aflição da garota com a perspectiva de realizar aquele sonho: – calma Genalda, eu vou lhe ajudar, eu posso conversar com Marília, dizer do seu empenho de colocar um projeto social, eu posso levá-la lá, se for necessário levaremos um arquiteto, teremos muito gosto em ajudá-la, não é Antunes? Na verdade Fernanda sabia o quanto o marido poderia interferir no convênio de uma ONG com a FIEC, passava por ele a aprovação e ela entendera a senha quando ele falou para Genalda que poderia ajudar, na verdade ele estava disposto a interferir em seu favor. Fernanda ficou muito contente de ver a disponibilidade do marido, ele era muito discreto, mas podia contar como certo a instalação e funcionamento do primeiro projeto social da Casa dos Jovens Cidadãos, se dependesse dele, pois Genalda tinha caído em suas graças desde que ele e sua filha começaram a estudar na mesma escola, eles observavam o comportamento de Dora se transformando, seus momentos de estudos eram prazerosos, quando tinha dificuldade não se deprimia, nem apresentava as constantes crises de transtorno maníaco depressivo que a colocava enferma, reclusa sorumbática, depressiva, sem ânimo para sequer ir à escola, era coisa do passado

Nestes dias o dono de um terreno vizinho à casa de Genalda a procurou, estava colocando o terreno à venda, e pedia 20.000,00 cruzeiros; – Dona Genalda, a pessoa certa para comprar este terreno é a senhora, pois tem trabalho com a comunidade com criança e aí você vai ter muito espaço para fazer seus trabalhos. O homem não sabia o quanto Genalda desejava comprar àquele terreno desde o tempo que tinha realizado a colônia de férias e sentiu a escassez de espaço para as crianças brincarem, ficou sonhando com um espaço para uma quadra, um parquinho, espaços abertos mesmo para poder brincar brincadeiras de rua. Genalda fez uma proposta à queima-roupa, – por vinte mil eu não posso comprar, mas se você quiser vender por dezoito mil cruzeiros fechamos o negócio e pode preparar os papéis que amanhã mesmo podemos ir ao cartório e ao Banco.

Como tinha prometido, Fernanda levou Marília e um arquiteto para ver os espaços onde Genalda pretendia colocar a escola de ballet para as crianças, eles fizeram o projeto e orçamento de todo material de ambientação e equipamento para a adequação do espaço, Fernanda e Antunes através da FIEC e do jornal conseguiram o patrocínio para a reformar e equipar a escola de ballet e um convênio que pagava uma por aluno inscrito. Dora estava eufórica com a criação da escola, inclusive desse o início do planejamento tinha se colocado à disposição para ser monitora de dança, outras alunas de sua escola também se colocaram à disposição, a própria professora, Marília disse que faria a supervisão do projeto. Genalda estava radiante e propôs à Dora que assumisse a coordenação da escola de ballet. Foi uma festa, Dora aceitou o convite com plena concordância de sua mãe, dona Fernanda estava muito contente com a postura da filha, seu amor pela vida e o cuidado com a vida dos outros.

Genalda implantou o curso preparatório para exame de admissão onde os dois professores eram pagos pela LBA e tinha vaga para 20 alunos. A comunidade estava cada vez mais participativa e satisfeita com todos os benefícios que podiam acessar com a criação da Casa dos Jovens cidadãos.

Tudo ia bem, tudo concorria para a realização dos sonhos de Genalda. Depois da compra do terreno ela consegui um arquiteto de uma ONG que desenhasse a planta de uma área de lazer ocupando todo o terreno de 2.000m². Foi lançada uma campanha na comunidade para fazer um mutirão e construir o centro de esportes e lazer. Com quadra, rampa de skate, parquinho, piscina, foram muitos pedreiros, serventes, mestre de obras, até engenheiros formaram a equipe organizada e construíram do começo ao fim, houve duas construtoras que colocaram à disposição betoneira e escavadeira, grande parte do material foi doados por um grupo de empresários arregimentados por Fernanda e Antunes. Genalda usou seus últimos dez mil que estavam no Banco, mas estava tudo bem com sua sobrevivência, ela era servidora federal. Quando o centro de lazer e esportes foi concluído foi uma maravilha. Dava gosto de ver o dia a dia naquele projeto, naquela arena de múltiplas modalidades de esportes e lazer. Ali verdadeiramente se desenvolvia o segundo turno das crianças, quem estudava pela manhã ia ao projeto à tarde e quem estudava a tarde ia pela manhã e todas as crianças eram orientadas por educadores sociais, que eram atletas, artistas plásticos, monitores de arte educação, músicos, dançarinas, era uma festa contínua.

As famílias começaram a se envolver nas atividades das crianças principalmente as mães participavam muito no dia a dia. Era grande o número de mães solteiras que mantinham sozinhas seus filhos, estavam solteiras porque nunca tiveram companheiros ou porque estes as abandonaram. Nos fins de semana, domingo em que as atividades aconteciam na praça, muitos pais deixavam de ir ao bar para acompanhar os filhos. Nestes dias além de jogos e brincadeiras aconteciam exposição de pinturas e outros trabalhos feitos pelas crianças sob a orientação de artistas plásticos e monitores, havia exibição de peças teatrais e danças, as praças começaram a ser apropriadas pela comunidade. Estas atividades dos fins de semana geraram um novo tipo de trabalho e renda, principalmente para as mulheres, montavam barracas de lanches e pratos típicos, bancas com produtos artesanais, o domingo na praça virou um ponto de encontro saudável para as crianças e as famílias. Foi uma atividade muito interessante porque o centro social das irmãs tinha provido um curso de doces, bolos e salgados e houve a participação de muitas mulheres e agora elas já estavam produzindo estes alimentos e tendo uma renda relativamente boas por este trabalho. Outro orgulho grande de Genalda era a escolinha de ballet, que sonho maravilhoso tinha se realizado, mas o melhor de tudo era ver a carinha de alegria de todas aquelas crianças brincando e não mais dispersas nas ruas com esgoto a céu aberto ou trancadas num barraco minúsculo o dia todo porque os pais não podiam lhes dar assistência, precisavam trabalhar para garantir a sobrevivência, o poder público não garantia o funcionamento de creches e não tinha quem cuidasse dessas crianças.

– Meu Deus, pensou alto, Genalda, – definitivamente você me encontrou, como foi possível tudo isso acontecer, como foi possível realizar este sonho? Me lembrei agora de um filme que assisti, e agora eu digo por mim: – "Meu Deus, na ânsia de acolher e proteger suas crianças, o Senhor me resgatou!"

No íntimo Genalda confessou a Deus, – Quando o Senhor me permitir ainda quero fazer mais. Há tantas mães que são arrimes de família, outras tantas subjugadas na relação com o companheiro. Quero construir um espaço bem grande com plantas, praças, caramanchão, assim um centro de convivência de mulheres com atendimento de medicina, psicologia, aconselhamento, orientação e tudo que pudesse mitigar os conflitos e sofrimentos na vida das mulheres e de suas famílias.

O ENCONTRO E A FATALIDADE

A casa de Luís ficou pronta, mas era tão pequenininha que se via a dificuldade que seria abrigar seis pessoas que eram da família do Luís. Ariano disse-lhe que ficasse morando com ele até que pudesse aumentar a casa.

Como o advogado havia combinado estava no último mês do contrato da busca de Genalda. Nestes dias o detetive estava desenvolvendo uma atividade intensa, dando o último giro por todas as delegacias de todos os bairros e entidades de acolhimento e abrigos, pensionatos, além da própria FEBEMCE, até em casas de prostituição, cabarés, cafetãs, à noite nas esquinas do centro da cidade vasculhou tudo, ele mesmo tinha se envolvido emocionalmente com o suplício de Ariano de forma que lhe fora muito difícil deixar o caso após três anos sem uma definição, sem um dado concreto, não achar a menina nem viva nem morta. Passando na ordem social encontrou o policial civil com quem tinha um certo conhecimento, pois já tinha trabalhado em alguns casos de falsificação de identidade e como ficaram bem conhecidos, toda vez que precisava de alguma ajuda para tirar uma identidade assim mais rápida ele buscava o favor de Armando que trabalhava neste setor. Neste dia ao encontrá-lo Armando perguntou se ele tinha trazido alguém para tirar a identidade, ele afirmou que não e que o motivo de sua vinda era pegar umas informações na delegacia que funcionava no andar térreo, disse que estava passando em todos os bairros que tinham delegacia e foi logo falando do que se tratava. Um escritório de advocacia o tinha contratado para investigar o desaparecimento de uma menina de treze anos, pois o pai em desespero há três anos buscava por esta filha que tinha desaparecido ao chegar em Fortaleza, pois ela morava com ele no sertão e ele a colocou num ônibus com destino à Fortaleza com endereço certo para descer na igreja do Otávio Bonfim e a menina nunca tinha chegado ao destino, parece que o chão tinha se aberto e a engolido. Disse que o caso era difícil porque a menina vinha só, não se sabe se ela chegou em Fortaleza mesmo ou desceu em alguma cidade antes da capital, mas o pai garante que ela era muito obediente, ele lhe tinha recomendado para descer na parada de Otávio Bonfim. O desespero do pai é pensar que algum motorista a tenha raptado. Disse que estava fazendo um último esforço colocando uns cartazes nas delegacias. No cartaz lia-se:

PROCURA-SE DESAPARECIDO

DESAPARECEU HÁ 3 ANOS COM 13 ANOS DE IDADE

ATENDE PELO NOME DE GENALDA – INFORMAÇÕES – FONE 235210

Quando Armando viu o nome Genalda ficou um pouco impactado, pois o nome era incomum mesmo trabalhando no setor de identificação nunca tinha visto este nome a não ser a Genalda de quem eram amigos Adelaide e ele e por sinal até compadres. Intempestivamente falou, eu conheço uma pessoa chamada Genalda. Os olhos do detetive brilharam, pois em três anos de busca era a primeira vez que alguém lhe dizia que conhecia uma Genalda – olhe que coincidência, eu conheço uma pessoa com esse nome que é a comadre Genalda, madrinha do meu primeiro filho, mas ela não tem nada a ver com a pessoa que você procura, a começar pela idade porque ela tem uns 21 anos, depois antes de morar aqui ela morava no Pará onde até hoje o pai dela mora. O Detetive parecia não ter ouvido as últimas frases de Armando, – policial por favor o senhor sabe o endereço dessa pessoa, como posso encontrá-la? Me dê o endereço só para que eu tire qualquer dúvida. É a coisa mais simples é só pedir sua identidade e ver o nome dos pais. Pois eu tenho aqui o registro da pessoa que procuro. Olhe o pai desta menina está morrendo aos poucos pelo desgosto de não a encontrar. Armando disse: – detetive, depois do que eu lhe disser você vai ver que estas duas pessoas não são a mesma e, portanto, não convém desperdiçar seu tempo nem bater à porta de uma pessoa com um incomodo deste só porque tem o mesmo nome, pois todo mundo tem cisma de policial e detetive nestes tempos que vivemos. Armando disse que a Genalda, madrinha de seu filho era amiga da esposa dele há muitos anos eram tão amigas e confidentes que se tornaram comadres, que

322

Genalda tinha pai que morava no Pará, por sinal, um homem muito rico dono de restaurantes, disse: – para você ter uma ideia ele sempre mandou muito dinheiro para filha, ela comprou terreno construiu casa sempre com o dinheiro ali na palma da mão pagando tudo à vista e construiu um projeto social e tudo que precisa ela compra, comprou há um ano um terreno e colocou um projeto fantástico só para lazer e educação das crianças do bairro todo mundo sabe que ela tem dinheiro no banco, mas só usa para ajudar a comunidade, principalmente acolher, abrigar cuidar de crianças desamparadas, vítimas de maus-tratos e de violência. Ela tem uma organização social que já veio gente de outros países para ver e além disso é funcionária federal da LBA. Ela é uma líder social muito influente, os projetos dela saem no jornal, mas lhe digo que ela tem pai e se comunica direto com o pai porque até hoje ele manda somas de dinheiro para ela, como eu disse, o homem é muito abastado. Eu mesmo e minha mulher acompanhamos o tempo que ela construiu sua casa, a escola de ballet, era só precisar de dinheiro ligava pro pai no outro dia o dinheiro estava no banco, depois o seu vizinho lhe ofereceu o terreno, ela ligou para o pai no outro dia o dinheiro estava no banco, inclusive parece que o pai lhe mandou a parte a herança da mãe, pois ele é filha única, a mãe morreu e o pai casou de novo por isso já entregou a herança da parte da mãe.

Armando descreveu Genalda uma pessoa com uma estatura, intelectual, afetiva, altruísta a ponto de pegar todos os seus bens e colocar a serviço da comunidade, uma pessoa desprendida, nada fazia para interesse próprio, sua única finalidade era proporcionar cultura, lazer, acolhimento para as crianças e suas famílias. Com esta descrição o detetive em seu imaginário deu a ela uma estatura física também exuberante, compatível com a estatura econômica, psicológica, intelectual e empresarial descrita. Convenceu-se que na verdade não poderia ser àquela menina de 13 anos sozinha abandonada no mundo, essa pessoa de quem Armando falava, sobretudo ficou impressionado porque a Genalda que Armando conhecia tinha muito dinheiro, dinheiro à mão para tudo que queria, se bem que pelo que entendeu ela não esbanjava e sabia administrar e o mais impressionante era que usava para fazer o bem para aos outros, concluiu, – só poderia ser filha de gente rico e que tivesse recebido muita educação para ser tudo aquilo. Se despediu, mas voltou e se dirigiu a Armando – de qualquer forma fiquei curioso para conhecer esta pessoa, se você quiser me apresentar a ela me ligue, entregou-lhe seu cartão.

Neste dia, Genalda esteve a uma palavra de ser encontrada, só não o foi pela falta de uma informação que o detetive não tinha, 'os cem mil cruzeiros que tinham desaparecido com baú e, pela falta de memória recente do policial, não lembrou que Adelaide a tinha encontrado sozinha na rodoviária e a tinha levado para a pousada e que dias depois ela o tinha procurado para tirar a identidade. Lembrou tudo isso quando o detetive já tinha ido embora. Mais tarde quando voltava para casa ficou com aquele assunto lhe atravessando o pensamento, e só então atinou que seria fácil tirar a dúvida, não precisava nem o detetive ir à casa da comadre Genalda, bastava pegar a certidão de nascimento que o detetive tinha e comparar com a que estava no arquivo da identificação a que ele tinha acesso, com este pensamento chegou em casa. Pensou que no dia seguinte poderia ver isto, estava com o telefone do detetive.

Neste dia já deitado na cama para dormir começou a conversar com Adelaide; – olhe, hoje no trabalho aconteceu uma coisa que estou pensando até agora, Adelaide curiosa já chegou mais para junto dele para escutar tudo com atenção. – Chegou lá um detetive que foi contratado por um pai de uma menina de 13 anos que sumiu há 3 anos, ela veio num ônibus de uma cidade do interior do Ceará e nunca chegou no destino que era a casa de uns parentes no Otávio Bonfim, mas o interessante desta estória é que a menina se chama Genalda. – Adelaide eu fiquei pensando será que esta Genalda não seria a nossa comadre, pois eu me lembrei que há mais ou menos 3 anos você a encontraste sozinha na rodoviária e a trouxe para a pousada. Fiquei pensando em ligar para o detetive e pedir para ele trazer a certidão de nascimento da desaparecida que ele tem e comparar com a certidão da comadre Genalda, que tem nos arquivos de identificação que eu tenho acesso, aí a gente ver o nome dos pais, o Cartório que registrou, o dia que foi registrado a data do nascimento e tira todas as dúvidas, não tem jeito de não se descobrir se há engano ou não. Menino! Adelaide deu um pulo desta cama: – De jeito nenhum tu vai fazer isso! Tu endoidou é Armando? – Imagina se esta Genalda é a nossa comadre. Quando nós a conhecemos ela já tinha 18 anos, tu sabe muito bem que logo que chegou ela tirou a 'identidade', depois ela sempre se comunicou com o pai dela, eu mesmo quando ia para o centro com ela, ia no posto da TELECEARÁ fazer ligação interurbana para o pai e aqui mesmo no bairro ela comprava um monte de ficha para fazer ligação interurbana para ele e tu sabe muito bem Armando que ele sempre mandou dinheiro para ela; para comprar terreno, construir casa, fazer o projeto da escola de ballet, fazer o projeto do parque de convivência das criança e até hoje o pai dela manda dinheiro para sustentar os projetos, dizem que mandou até a herança da mãe dela. Deus me livre de você fazer qualquer coisa para perturbar o sossego da minha comadre com uma estória dessa, tu sabe que além de madrinha do nosso filho ela é a minha melhor amiga e a melhor madrinha que um menino pode ter, desde que este menino é bebê ela o cobre de presente mesmo antes de nascer; foi o carrinho de carregar ele, banheira, roupinha, brinquedo, é tudo, ela é louca pelo menino.

Te alue homem! Tira este pensamento da cabeça e não dê trela para este detetive e mais; 'não existe só uma Maria na Terra'! O assunto foi encerrado e Armando dormiu em paz

Se me permitem dizer: – Vê-se que o povo cria lenda por presunção, por convicção, por achismo, Genalda nunca disse a ninguém que seu pai era cultíssimo, era riquíssimo, nem prestava conta a ninguém que seu pai a mantinha com muito dinheiro constantemente, mas foi-se criando a lenda a partir das aparências e as pessoas repetiam com tanta veemência que era como se tivessem visto com seus próprios olhos.

Genalda iniciava o último ano do ginásio. Todo dia muito cedo já estava a caminho da escola, doze horas estava de volta, pegava o ônibus na Praça José de Alencar. Neste horário o ônibus ficava cheio de estudantes, as meninas que estudavam no Colégio Justiniano de Serpa ocupavam os primeiros bancos da frente, quando o ônibus já estava saindo, entrou um senhorzinho de cabelos branquinhos, rosto vermelhinho todo suadinho, ofegante pela carreira para alcançar o ônibus foi jogado na última cadeira vazia pelo solavanco do ônibus quando arrancou. Quando o ônibus estava na Av. Francisco Sá já quase dobrando na Av. Theberge as estudantes começaram a descer e do lado de fora uma estudante gritou para dento do ônibus, – Genaldinha, de tarde vou na tua casa! Ariano estava no último banco, ainda não tinha passado na borboleta,

327

quando ouviu gritar o nome, Genaldinha o homem ficou doido, olhava para a frente onde as estudantes se aglomeravam já em pé para descer e ficou agoniado com medo de não chegar antes delas descerem, pois o trocador lhe retardava para dar o troco. O ônibus parou no ponto quando a segunda estudante ia chegando na porta para descer voltou-se para trás para falar com uma amiga que desceria na próxima parada e ainda estava sentada, foi este movimento que permitiu Ariano ver o rosto da estudante, mais precisamente os brilhantes e festivos olhos da filha, o pobre homem ainda acenou e gritou, mas foi um esforço em vão as estudantes desceram correndo e rindo e o ônibus arrancou desabalado, Ariano só conseguiu descer três paradas depois, embaraçado na borboleta e depois pelo número de gente que impedia a passagem já que ele estava bem atrás e o motorista não tinha nenhuma tolerância com os passageiros. Ariano chegou ao paroxismo da alegria e do desespero, – sim é ela, é a minha filha, repetia para si mesmo, eu jamais confundiria estes olhos. Fechou os olhos viu a filha de novo com a fardinha e os olhos brilhando e sorrindo, a saia vermelha, bonina, a blusa creme, as meias três quartos, era assim que se vestia quando tinha dez anos e ia para o educandário São Martinho, era assim que ela saia todas as manhãs e voltava às onze horas alegre, sorridente, correndo e pulando, mas parecia um passarinho. Quando saiu do ônibus não sabia onde tinha descido, não tinha noção de onde estava, só sabia que tinha que voltar por àquela rua até alcançar as estudantes, até encontrar sua filha, andou a esmo, parava na rua, entrava em ruas secundárias, chegou a bater na porta de algumas casas perguntando se aí morava uma menina chamada Genalda ou se sabiam se tinha alguma menina nestas redondezas com este nome, mas só recebeu respostas negativas, já chegava as quatro horas da tarde o homem estava a ponto de desfalecer de cansaço, não aguentou esperar o ônibus, preferiu pegar um taxi, pois sentiu que desfalecia de sede, de fome, de cansaço e de desgosto.

Chegou em casa taciturno, bebeu água, tomou um banho, tomou um café e foi para seu quarto, fechou os olhos, às vezes sua mente se embaralhava, não sabia se de fato tinha escutado alguém gritar o nome de sua filha, não tinha certeza se tinha visto uma mocinha com os olhos de sua filha, seus pensamentos eram inconciliáveis, de repente umas batidas na porta e uma das crianças lhe chamavam para jantar, anoitecera e ele não se deu conta, não dormiu, não repousou era uma aflição medonha que lhe embotava as ideias. Todos já estavam a mesa, ele chegou silencioso, Luís perguntou se estava tudo bem, puxou assunto, mas ele estava sem ânimo de conversar, terminou o jantar, deu boa noite e se recolheu no seu quarto. Luís e Lourdes estranharam seu comportamento, se bem que às vezes ele chegava da rua assim tristonho e desiludido, geralmente quando falava com o advogado, – certamente tinha falado com o advogado, concordaram os dois. Ariano naquela noite não dormiu, era uma ansiedade, um alvoroço no seu coração, tinha certeza que encontraria a filha, tinha certeza que aqueles olhos que brilhavam de entusiasmo, esperança, eram os olhos de sua filha, jamais os confundiria. Chorou feito um náufrago, lembrou que depois que foi morar na Oiticica nunca mais tinha visto aqueles olhos brilharem, se sentiu um desgraçado, como podia ter ignorado o sofrimento de sua menina? Ele se descobriu tão vil e tão cruel como Mariana, ela porque a tinha maltratado, ele porque não a socorreu. O dia amanheceu sem que ele pregasse o olho, tinha tomado uma decisão, não contaria o acontecido para ninguém, mas buscaria sua filha, vasculharia aquele bairro, pegaria o ônibus naquele horário que a encontrara todos os dias, ficaria de tocaia no ponto do ônibus até encontrá-la. Fez mil planos, desenhou mil estratégias. Ariano passou a semana inteira botando o plano em prática, todo dia fazia o mesmo roteiro, pela manhã pegava o ônibus, ia para o centro, passava a manhã perambulando, às vezes sentava na praça do Ferreira, às 11 horas vinha para o ponto do ônibus, à tarde depois do almoço ficava caminhando pelo bairro nas proximidades da parada que as estudantes desceram naquele dia, chegava em casa exausto, nenhum resultado, foi ficando esmorecido, parou de sair uns dias, depois lhe voltava o ânimo ele recomeçava a fazer tudo de novo.

Neste domingo Luís ia para a praia da Marinha, iam aproveitar para ver a casinha no Pirambu, já tinha feito o muro do quintal, uma areazinha e uma muradinha na frente com um portão. Convidou Ariano para ir à praia e para ver sua casa, este quase não se decide a ir, mas com tanta insistência resolveu tomar um banho de mar. Quando desceram na parada próxima à casa de Luís, caminharam um quarteirão até chegar, Ariano prestou atenção que aquele local era perto de onde as estudantes tinham decido do ônibus e observou que já tinha passado várias vezes na rua da casa quando andava pelo bairro procurando a filha. Entraram na casa e ficaram todos para dentro e para fora, olhando o quintal murado, olhando a área, de súbito Ariano teve uma ideia, e começou a examinar a casa, entrou no quarto, no banheiro e não se aguentado disse de uma vez: – Luís tu me arranja esta casa para eu morar uns tempos? Luiz ficou surpreso, não atinava uma proposta dessa, disse: claro primo, cedo para você morar o tempo que quiser, mas o que está acontecendo, o que está lhe desagradando na sua casa? Você está se sentindo incomodado porque estamos morando com você? Olhe primo, a casa é sua, nós é que somos os hóspedes, se você não está contente nós é que temos que sair. Ariano ficou vexado e procurou desfazer qualquer mal-entendido. – Luís nem pense nisso, a melhor coisa que me aconteceu foi morar com vocês depois que minha filha se perdeu, mas é que de uns tempos para cá deu vontade de morar numa casa

331

pequena, sozinho, talvez eu arranje uma dona para morar comigo. Aí Luís entendeu tudo e ficou foi animado, pois não aguentava ver Ariano tão triste e solitário e para mais animá-lo ainda lhe incentivou, – ora primo, você tem toda razão é isso que você precisa fazer, arranjar uma dona, você é um homem muito forte e ainda tem muito tempo pela frente. Todos saíram numa alegria só, em busca da praia, a distância era pouca dava para ir a pé. Luís estava achando Ariano muito desconsolado, nestes últimos tempos, se bem que havia dias em que estava eufórico, depois voltava a ficar agoniado. Luís achou que tinha descoberto o motivo de sua aflição, o primo estava apaixonado, era uma mulher que ele queria, era fazer vida com uma mulher e calculou que isto iria lhe fazer bem.

Dito e feito, logo na segunda-feira Ariano começou a pôr em prática todo o seu planejamento para arrumar a nova morada e mudar-se o mais rápido possível, ficou tão entretido que nesta semana não teve tempo de procurar a filha. O fato é que passadas duas semanas, já estavam água e luz ligadas e os móveis comprados, os moveis era coisa pouca, assim como pouco era o espaço da casa, Fogão e geladeiras pequenos, um pequeno armário para guardar os utensílios de cozinha, pratos, copos talheres e panelas, uma pequena cômoda para guardar as roupas no quarto, uma mesa com quatro cadeiras. Se mudou no sábado à tarde, só trazia sua rede, lençol, toalha e suas roupas, veio de táxi. Luís, Lourdes e os meninos vieram

332

domingo lhe visitar para ajudar a arrumar o que fosse necessário e para almoçarem juntos. Luís foi comprar peixe na beira da praia, Lourdes fez o almoço e a casinha ficou cheia que mal cabia todos. Luís disse em tom de brincadeira; – é meu primo, esta casa só cabe mesmo um casal.

Ariano estava feliz na nova moradia, ficava perto da praia, dava para ir a pé, ficava mesmo na divisão entre o bairro Nossa Senhora Das Graças e Cristo Redentor, na verdade o bairro era conhecido por Pirambu. Logo já começou a conversar com os vizinhos e retomou sua rotina; Cedo pegava o ônibus e ia atento a tudo, quem entrava quem saia, chegava no ponto final ainda ficava um tempo vendo outros ônibus que chegavam, era só ver uma estudante de saia vermelha, bonina de cós toda pregueada que seu coração disparava, passava a manhã no centro, almoçava num pequeno restaurante na praça da polícia perto do INPS, seu antigo local de trabalho, onze e meia já estava no ponto do ônibus na praça José de Alencar, ficava esperando as estudantes entrarem ele estava tranquilo, mas parecia aquele caçador que faz uma arapuca e passa a noite esperando a caça chegar, não sabia a que horas, mas ela viria. Dentro dele tinha uma certeza tão grande que encontraria a filha que agia como se estivesse esperando ela chegar, não sabia o dia nem a hora, mas andava de olhos e ouvidos bem abertos, pois sentia que estavam pisando o mesmo chão e a qualquer hora se esbarrariam na maior coincidência.

Era de tardezinha, Ariano botou a cadeira na calçada e ficou pegando um ventinho e proseando com quem se achegava, nisto chega a amiga na vizinha e a chama para a fora e começam a conversar; – eu estou passando aqui vexada só para te avisar que as inscrições pro ballet vão abrir segunda-feira estou vindo da Casa dos Jovens Cidadãos o projeto do ballet vai abrir inscrição segunda-feira. – É mesmo mulher? Mas é certo? Tu falou com a Genalda? Indagava a vizinha muito animada. Quando Ariano ouviu o nome da filha já se pôs em pé e se aproximou da calçada e se dirigindo a mulher que chegara perguntou: – a senhora conhece a Genalda? Onde ela mora? A mulher diligentemente respondeu, ela mora com a mãe dela e o irmão naquela casa grande de dois andares onde funciona os projetos que atende as crianças. Quando Ariano ouviu a mulher dizer que ela morava com a mãe e o irmão ele perdeu todo entusiasmo, não quis mais saber de encompridar conversa e já foi dando às costas e se retirando da calçada, pensou – não é a minha Genalda, a mulher querendo lhe dar mais informações lhe chamou, – Senhor porque está querendo o endereço dela, você quer conhecê-la? Todo mundo aqui conhece, ela é funcionária federal da LBA, é da Casa dos Jovens Cidadãos, é dona da escola de ballet e da arena de convivência das crianças, ela só vive para cuidar e acolher as crianças, é um anjo esta moça, dizem que ela ganha muito dinheiro porque o emprego dela é federal, mas todo dinheiro dela é para sustentar a mãe e o irmão e botar dentro dos projetos sociais.

Ariano entrou para o quarto, foi se deitar, estava destruído e começou a falar sozinho – e se a moça que a estudante chamou naquele dia no ônibus for esta Genalda, a funcionária federal e não minha filha. Mas eu vi os olhos de minha filha naquela estudante de saia vermelha, bonina toda pregueada e a blusinha creme com as meias três quartas, tal como ela era quando tinha dez anos e estudava no educandário São Martinho. O escritório do advogado encerrou o contrato com Ariano, como havia anunciado, lamentou não ter conseguido achar sua filha.

Ariano estava gostando muito da nova morada e quanto a busca de sua filha estava perseverante, calmo, esperançoso, embora tenha se passado três meses e não tivesse ainda nenhuma pista, Ariano estava cotidianamente executando a sua estratégia, neste dia pegou o ônibus às seis da manhã, passou na borboleta e foi sentar-se nas primeiras cadeiras da frente, depois que entrou na terceira parada, entrou um grupo de estudantes, elas faziam barulho, conversavam, sorriam, coisa de estudante quando se juntam, todas estavam sentadas no último banco do ônibus pelo jeito só desceriam na parada da praça José de Alencar. O ônibus chegou na praça todas se amontoaram para passar na borboleta, o pagamento era rápido.

Quando Ariano se aproximou da porta de saída só ouviu a voz de uma estudante falando quase aos gritos: – Genaldinha apanha meu caderno que ficou no banco, ao que a estudante interpelada respondeu também em voz alta: – menina te alui, por onde anda vai deixando as coisas, qualquer dia esqueces a cabeça, e deu uma risada. Ariano retrocedeu da porta, voltou e veio sentar de novo no primeiro banco com frente à porta de saída do ônibus, sentou retorcido no banco de forma que desse para ficar de frente para a borboleta para ver as estudantes que vinham da parte detrás do ônibus. Ariano agora não tinha mais dúvidas, era a voz e a risada inconfundível da filha, passasse o tempo que passasse ele nunca esqueceria, as estudantes vinham em fila pelo corredor estreito central do ônibus e na posição que estava pôde ver outra vez nitidamente os olhos brilhantes da filha, seus inconfundíveis grandes olhos sorridentes e brilhantes. Ficou atordoado, mas não o suficiente para se pôr de pé e seguir as estudantes. Seguiu às cegas, não olhava nem à direita nem à esquerda, estava magnetizado, hipnotizado, encontrara sua filha, ainda não sabia o que fazer, chegou diante do colégio Justiniano de Serpa as meninas entraram correndo no momento em que a sineta tocava. Ele deixou seu corpo largar-se no banco da praça e aí, sentado de frente para a porta do colégio ficou toda manhã. Onze horas a sineta tocou, as estudantes começaram a sair. Ele ficou apavorado com a possibilidade de perder a filha de vista, já tinha

336

pensado tudo, iria segui-la de volta, pegaria o mesmo ônibus, desceria na mesma parada, a seguiria até a sua casa para saber onde morava, depois ele pensaria no resto, no dia e hora de se mostrar a ela, o importante é que a tinha encontrado. Mil planos passavam por sua cabeça, muitos pensamentos lhe perturbavam a mente; e se ela tivesse fugido com raiva dele, por tê-la abandonado aos maus tratos da madrasta e se ela tivesse sido adotada por alguém? Ficou feliz por vê-la tão bem vestida, estudando no melhor colégio da capital, ela estava feliz e estava linda, conclui: – com certeza ela foi adotada e por gente de posse, pois ela se perdeu com 13 anos; não teria sobrevivido quase quatro anos sozinha, alguma família a tinha adotado, repetia: – tenho que segui-la, tenho que primeiro ficar a par de tudo que aconteceu, saber de toda situação. Quando estava neste embate com seus pensamentos eis que sai um grupo de seis meninas e ele incrédulo vê sua filha passar na sua frente há uns dois metros de distância, saem rindo, conversando, correndo, pulando com toda a vivacidade própria da juventude principalmente entre estudantes quando estão juntas. Ariano segue as estudantes a pouca distância, não olha nem para um lado nem para outro e vai seguindo, quando chegam na av. Santos Dumont, esquina com a av. Dom Manuel, o sinal está amarelo e as meninas correm depressa para chegar ao outro lado da avenida antes que fique vermelho, Ariano corre também, não com tanta agilidade e rapidez, o sinal ficou vermelho, se ouviu a freada brusca e o baque ensurdecedor causados pela colisão dos carros e pelo impacto do corpo que é colhido pelo primeiro carro e depois de ser impulsionado para o alto cai na calçada do outro lado da avenida, três carros colidiram em função da freada brusca do primeiro que atropelou Ariano, o segundo carro foi o mais avariado, teve a carroceria traseira amassa pelo carro que vinha atrás e a frente toda retorcida e os passageiros feridos pelo impacto da colisão na carroceria do carro que estava na frente. As meninas quando viram o homem sangrando estendido na calçada correram apavoradas, ninguém esperou por ninguém. Genalda ficou, se aproximou do corpo, se curvou para ver se o homem estava com vida, ficou de joelhos, ergueu a cabeça do homem nas mãos, como sangrava muito ela tirou um lenço de seda que trazia no pescoço e fez um torniquete para conter o sangramento, tinha aprendido num curso de primeiros socorros, pois lidava muito com criança e era necessário algum conhecimento de emergência. Ela pegou-lhe o pulso, estava vivo, falou com o homem, – Senhor abra os olhos, não durma, fique aqui comigo o pronto socorro já vai chegar, senhor está me ouvindo? Não durma, não feche os olhos, fique comigo. O homem abre os olhos e balbucia – Genaldinha, minha filhinha eu te encontrei, que bom minha filha que eu te encontrei. A moça ficou estarrecida, tantas vezes desejou ouvir àquela voz de pai lhe chamando, mas não teve coragem de procurá-lo, agora seu pai estava em seus braços praticamente morrendo. Queria lhe dizer alguma coisa, ela o beijava e abraçava, por fim sua voz irrompeu num tom de euforia, – Meu pai, que bom que o senhor me encontrou que bom que agora podemos ficar junto, sim meu pai eu tenho uma casa nós podemos ficar juntos, eu te amo muito tudo vai ficar bem. Ariano se conservava lúcido e só o que queria demonstrar à filha, a Deus e ao Mundo como estava feliz – Meu Deus, obrigado por ter encontrado minha filha, e falava para as pessoas que os rodeavam, olhe a minha filha, eu encontrei a minha filha, e acariciava seu rosto, dizia, – minha filha, eu te amo, nunca mais me aparto de você, nunca mais deixo ninguém te maltratar, me perdoe, me perdoe, meu Deus, obrigado por ter cuidado de minha filha, obrigado por minha filha está viva. As pessoas que se aproximavam perguntavam se ela era mesmo sua filha ou se ele estava delirando. A ambulância do pronto socorro chegou e perguntaram se o acidentado tinha acompanhante, Genalda se apresentou como acompanhante, perguntaram se ele tinha previdência, ela afirmou que sim e o levaram para o hospital Cura D'ars.

Ariano chegou ao hospital já desacordado e foi direto para a sala de cirurgia. Genalda foi informada pela equipe médica que o pai tinha tido traumatismo craniano e uma hemorragia cerebral tinha feito uns coágulos que precisariam ter uma intervenção cirúrgica para suprimi-los, ela ficou toda a tarde no hospital, quando terminou a cirurgia Ariano ficou na UTI, seu estado era grave. Já era noite quando voltou para casa, estava abatida, triste e preocupada com tudo que acontecera, encontrar seu pai naquelas circunstâncias tinha sido arrasador. Um misto de alegria por saber que seu pai a procurava e tristeza pelo temor que ele morresse. Mas surgiu para ela uma questão maior, ela não queria nem podia contar para ninguém o que tinha acontecido, pois isso colocaria por terra toda a sua história, sua origem, sua família. Não atinava como resolver esta questão, estava muito cansada, foi dormir, disse para si mesmo, – amanhã eu penso.

No dia seguinte muito cedo Genalda foi para o hospital, o pai continuava na UTI, o médico a chamou e colocou a par de todo o quadro, era imprevisível seu estado ele poderia despertar a qualquer momento, no entanto não foi feito intervenção cirúrgica para retirada dos coágulos ocasionado por uma hemorragia no cérebro, por ficar perto de artérias e por isso precisaria tomar uma medicação para que o organismo absorvesse esse coágulo. Disse que ao sair do hospital teria que ser bem acompanhado, pois tinha que ser administrado este medicamento com muita precisão.

Depois da conversa com o médico Genalda resolveu ir para casa, já estava anoitecendo e o quadro do pai era estável, mas continuava na UTI. Agora como há anos ela precisava pensar, pensar e planejar como trazer seu pai real para seu convívio, como unificar estes dois personagens, o pai da ficção e o pai da realidade, tinha que arranjar uma saída, pois não abriria mão de viver com o seu pai agora que o reencontrara, era tanta a alegria que até se recriminava por não ter ido à sua procura antes, mas era tanto seu embaraço de ter que admitir para as pessoas que mentira a respeito de sua origem, sua procedência, sua história, temia ser desacreditada, temia ser ultrajada, tratada como uma mentirosa dissimulada, mas o que mais temia é ter que explicar a origem de todo aquele dinheiro com que construíra sua casa, a sede e toda estrutura da Casa dos Jovens Cidadãos e dos projetos, temia que as pessoas não levassem em conta o destino que ela deu ao dinheiro, mas a forma como ela adquiriu. Estava com muitas dúvidas e medos, mas uma certeza, arranjaria uma forma de trazer o pai para morar com ela, conseguiria argumentos que justificassem a presença do pai, seria sincera com ele e quem sabe ele concordaria em confirmar sua história e dizer que veio do Pará. Só não abriria mão em nenhuma hipótese de cuidar do pai e ficar junto dele até seus últimos dias. Trancada em seu quarto de olhos fechados foi que pensou e planejou todas as estratégias para contar ou recontar sua história, já tinha definido plano A e plano B. Já amanhecia quando ela conseguiu dormir. Acordou às dez horas da manhã, Helena já tinha ido várias vezes no seu quarto admirada por ela estar dormindo até tarde e não ter ido ao colégio. Genalda acordou, foi até a cozinha, aproveitou que Helena lhe perguntou porque não tinha ido ao colégio, se estava doente e iniciou a narrativa de seu plano A. – Helena estou preocupada porque meu pai está doente e dependendo de seu estado de saúde terei que buscá-lo para se tratar aqui. Não deu mais detalhes nem encompridou conversa, só pediu para não comentar com ninguém, disse que iria avisar às coordenadoras dos projetos que ficaria ausente de suas atividades por uns dias enquanto tomava algumas providências necessárias. Se arrumou, falou rapidamente com os responsáveis pela administração dos projetos e saiu.

Eram duas horas da tarde quando chegou ao hospital, teve a surpresa mais inesperada, na noite anterior seu pai tinha saído do coma e durante a manhã tinha sido transferido para o quarto. Ela não esperou mais detalhes, saiu correndo para o quarto, praticamente se jogou na cama do pai abraçando beijando. Ariano ao acordar não tinha certeza se tinha encontrado a filha ou se tinha sonhado, se estava variando, tendo visão por consequência do acidente. Quando viu a filha entrando no quarto ele ainda pensou estar sonhando, só quando ela o abraçou e ele com o braço que estava livre também a abraçou, tocou seu rosto acariciando seus olhos, teve a certeza que era real. Ficou delirando de alegria e só repetia – minha filha, minha filhinha eu te encontrei. Eu tenho muita coisa para conversar com você, tem muita coisa que eu preciso lhe dizer. Genalda temia que uma emoção muito forte prejudicasse sua recuperação, pediu que ficasse tranquilo não se apressasse para conversar agora e quando estivessem em casa conversaria. Pediu – pai, agora não se canse, só repouse, me escute, hoje eu estou bem, tenho um trabalho, tenho uma casa e quando o senhor sair do hospital o senhor vai morar comigo, eu vou cuidar de você e nós vamos ficar sempre juntos. Ariano ficou perplexo: – minha filha, eu vou sim morar com você, mas eu preciso conversar hoje e lhe dizer tudo que você precisa saber. Aquela casa que sua mãe deu a você e me fez prometer que seria sua eu tive que vender, pois precisei do dinheiro para contratar o advogado para lhe encontrar, mas eu vendi muito bem e com a metade do dinheiro comprei outra casa e a outra metade está no banco mais uns saldos de salário que eu coloco todo mês há mais de um ano, então eu quero que você fique com este dinheiro que está no banco para você comprar uma casa, se não encontrar na mesma rua compre no mesmo bairro. Você sabe onde está minha carteira e meus documentos que estavam comigo no meu bolso? Genalda disse que os enfermeiros entregaram a ela a roupa e carteira quando o levaram para a sala de cirurgia, ele lhe pediu imediatamente o talão de cheque e com sua ajuda preencheu o cheque no valor de cem mil cruzeiros assinou perguntou se ela tinha conta no banco do Brasil, e ao ouvir sua afirmativa disse para ela depositar o cheque, ainda no mesmo talão assinou mais dois cheques em branco, disse que tinha uns trocados na conta fora este valor que ela poderia usar para pagar transporte ou alimento nestes dias em que ele estivesse doente, e lhe advertiu –

343

deposite amanhã mesmo este cheque que eu preenchi. Ariano agora queria falar sem parar, era como se ele tivesse muita pressa, como se fosse viajar e não pudesse esperar, como se temesse não ter mais oportunidade de falar tudo que queria. Mas ele não falava nada de passado, não quis saber como ela se perdeu, não lhe falou de nada que tinha lhe acontecido na sua ausência, nem do desaparecimento do baú, nem da Mariana, era como se ele não tivesse passado, como se ele tivesse se separado dela ontem. Parece que teve uma amnésia, ele só falava que ela estava muito grande, muito bonita, perguntou se estava gostando dos estudos, dizia que era muito feliz por ter uma filha tão amorosa como ela, dizia que sempre iam ficar juntos, que ele não queria se separar dela, que quando ela fosse casar, só casasse se o noivo concordasse que ele fosse morar junto.

Genalda ficou atordoada com a reação do pai, sua extrema alegria por estar junto dela, repetia a toda hora como a amava, como era feliz por tê-la junto de si que jamais se separaria dela, que ela era seu tesouro, por nenhum momento fez qualquer pergunta de onde estava este tempo, como tinha se perdido. Todas as vezes que entrava uma enfermeira no quarto ele repetia tudo de novo – olhe esta é minha filha, ela é muito inteligente, tira as melhores notas na escola, me ama muito, cuida de mim e não acabava os elogios e declaração de amor. Não demonstrava ter a menor lembrança do passado, não fez referências a nenhum fato e a nenhuma pessoa do passado. Ela ficou com medo de lhe fazer qualquer pergunta, não sabia onde ele estava morando, com quem estava morando e decidiu que não iria atrás e se de fato ele tinha esquecido tudo ela estaria livre, levaria seu pai para casa quando ele recebesse alta do hospital e o plano A estava perfeito, o pai tinha ficado doente, veio do Pará em situação de emergência porque corria risco de vida e ficaria com ela até se recuperar, ou talvez nem fosse mais voltar. Era conveniente depois arrumar a separação do pai do segundo casamento para não ter mais detalhes a explorar a respeito de sua mudança definitiva para o Ceará.

Eram quatro horas da tarde quando o maqueiro veio buscar Ariano para fazer uma tomografia da cabeça. O médico neste dia não apareceu no quarto, Ariano cochilava, mas acordava sobressaltado chamando pela filha, ela estava sempre ao pé do leito segurando sua mão, às vezes ele mesmo dormindo apertava sua mão. No outro dia cedo o médico passou no quarto, examinou o paciente, conversou com ele, fez algumas perguntas referentes ao passado: e ele a nada respondia, só dizia – pergunte a minha filha doutor, ela sabe lhe dizer, esta menina é muito sabida e inteligente. O médico pediu que Genalda o acompanhasse até a sua sala, aí ele explicou que Ariano teve um traumatismo craniano, com hemorragia e formação de coágulos, que a cirurgia havia retirado uns coágulos, mas o que ficou era um aneurisma antigo que ele tinha antes do acidente e que poderia ter rompido e ainda poderia romper a qualquer hora, e que os medicamentos que ele continuaria tomando depois da alta hospitalar era uma tentativa de induzir o organismo a absorver o coágulo, mas não existia uma garantia, sempre estaria sob este risco. Explicou-lhe que o paciente tinha desenvolvido uma amnésia pelo quadro clínico constatado pela tomografia, ele poderia não estar lembrando de nada de seu passado recente, podia ter esquecido fatos de cinco a dez anos atrás. Falou ainda que ele teria alta em até dois dias se tudo corresse bem.

A partir deste diagnóstico do médico, Genalda fez todos os preparativos para levar seu pai para casa quando tivesse alta hospitalar. Ariano teve alta no prazo estipulado, estava muito bem, ficou muito bem acomodado, estavam todos muito felizes, ela advertiu à Helena que não lhe fizesse nenhuma pergunta a respeito de sua vida no Pará, nem tão pouco qualquer assunto do passado mesmo sobre quando ela ainda morava com ele, pois ele estava com uma amnésia recente e não podia forçar a mente, estava convalescendo. Advertiu-lhe também que qualquer visita que chegasse não deixasse que lhe fizessem perguntas, deixasse que ele falasse à vontade. Genalda estava sempre cuidando do pai, e à medida que os dias passavam ficava mais forte e sempre feliz, já ficava o dia caminhando no projeto vendo as crianças brincar, ele adorava àquela convivência. Depois de um mês a vida tinha voltada à normalidade, Ariano não tocava no passado, ela já tinha se preparado para ter a conversa com o pai na hora que ele tocasse no assunto do sumiço do baú e das ações de violência de Mariana e porque tinha desaparecido, mas como até agora ele não dera definição deste passado ela não queria iniciar o assunto para não provocar uma crise que pudesse afetar sua saúde. Nesta manhã Ariano convidou Genalda para ir ao banco, disse que queria pegar sua pensão, ela se admirou da lembrança do pai, pensou que ele poderia estar recuperando a memória. Foram ao banco, de fato a pensão de Ariano tinha saído há dias, ele perguntou ao caixa se tinha talão de cheque pronto para ele, pois queria pegar, o caixa respondeu afirmativamente e trouxe um talão de cheque. Genalda ficou surpresa porque em seguida ele pediu ao caixa o saldo e retirou todo o dinheiro da conta, e lhe disse: – minha filha, eu quero que você bote esse dinheiro na sua conta porque assim não vou precisar vir ao banco, pegou este talão e assinou todas as folhas e lhe deu para guardar muito bem guardado – aí nos próximos meses você pode vir pegar o dinheiro sozinha. Genalda depositou o dinheiro em sua conta e saíram. Logo que saíram do Banco Ariano lhe pediu para irem à praça do Ferreira, queria comer um pastel com caldo de cana no leão do sul perguntou se a filha gostava.

Depois de lancharem Ariano apontou para a coluna da hora e disse: – vamos sentar naqueles bancos da praça, caminharam até o centro da praça e ficaram ali tomando aquela brisa da tarde que vinha direto da praia, ele olhava tudo a redor como se lhe viesse uma lembrança antiga. De repente Ariano disse: – se eu morrer você pode receber pensão sabia? E também tem o direito de receber auxílio funeral e eu pago um seguro por morte que sua mãe e você eram as beneficiárias, mas agora você é a única pessoa para receber. E o dinheiro para comprar a casa você já botou no banco? Genalda já foi entrando em aflição, pensou – é agora que ele vai me perguntar porque há quatro anos atrás eu não fui para a casa no endereço que ele me deu, vai perguntar porque eu sumi sem lhe dá uma notícia, uma explicação, se ele lembrar de tudo vai ficar com raiva de minha desobediência e de minha ingratidão por tê-lo deixado aflito sem notícia, vai perguntar onde arranjei dinheiro para comprar a casa que moro, pior eu vou ter que lhe dizer que peguei o dinheiro dele e da Mariana. Pensou – eu devia não ter aceitado os cem mil reais, devia ter lhe dito que já tinha comprado a casa com o dinheiro que peguei no baú. A aflição de Genalda foi à toa, Ariano mudou de assunto e começou a falar que estava muito feliz porque ela vivia muito bem e que viver no meio daquele bando de menino brincando era muito bom, parecia até que estava era no paraíso onde todas as crianças podiam brincar correr, se rir e comer, disse que o que mais se admirava era ter comida para aquele bando de menino todo santo dia.

Já se passaram seis meses depois que Ariano saiu do hospital, Genalda retomou sua rotina, escola pela manhã, à tarde estava no trabalho, Helena cuidava muito bem de Ariano e Genalda estando trabalhando, administrando as atividades da Casa dos Jovens Cidadãos ele ficava sempre por perto; ou estava sempre lhe rondando ou observando os meninos no centro de esporte e lazer, Ariano adorava ver criança brincar. Sábado Genalda dormiu até mais tarde, no dia anterior tinha ido se deitar de madrugada estudando para uma prova. Eram nove horas quando Helena entrou no seu quarto lhe sacudiu da cama na maior aflição – pelo amor de Deus acorde, encontrei seu pai no chão parece que caiu da rede, e não está respirando. A moça saiu correndo, entrou no quarto do pai que era vizinho ao seu, ele não respirava, tentou uma respiração boca a boca e quando o corpo do pai pendia para trás ela ouvia como um suspiro, pediu para Helena chamar um táxi, não podia esperar a ambulância, deitaram-no no banco de trás onde ele ia com a cabeça em seu colo, se dirigiu ao hospital, chegando foi retirado numa maca e o levaram direto para o atendimento de emergência, onde tentaram reanimá-lo com desfibrilador, no entanto todo procedimento não teve resultado, ele tinha falecido e na autópsia emitida pelo hospital foi declarado causa morte "rompimento de um aneurisma cerebral". Genalda convivera seis meses com Ariano depois que o reencontrou. Pode fazer o funeral de Ariano com toda dignidade.

O DESFECHO

Luís aproveitou quinze dias de férias para ir no interior vender um pedaço de terra que seu avô lhe tinha deixado, estava querendo empregar o dinheiro para aumentar sua casa. Depois de passado duas semanas que voltara, Ariano não tinha ido em sua casa nem lhe dado notícia. Antes, por vezes, Ariano ia falar com ele no fim do expediente na hora de sua saída da fábrica, ficava perto da casinha onde morava, dava para ir a pé. Luís decidiu ir no domingo na casa dele, pensou em chamá-lo para ir à praia, pensou que ele devia ter se ajeitado com uma mulher, por isso estava tão sumido. Domingo cedo, Luís, Lourdes e os meninos chegaram na casa de Ariano, a porta estava fechada, bateram, esperaram que o primo viesse abrir, mas não ouviram o menor barulho, tornou a bater o chamando pelo nome e se identificando. – Abre a porta Ariano, é o Luís que está aqui do lado de fora. Do lado de dentro não se ouvia o menor sombroso de gente. Pelo seu jeito de continuar batendo forte o vizinho veio para fora e informou, – Sr. Ariano não está em casa não, aliás faz mais de um mês que ele não aparece, já veio aí o funcionário da COELCE e da CAGECE para pegar as leituras dos registros, mas a casa está fechada, ele deve estar viajando, a última vez que eu vi ele, ia saindo não era nem seis horas, depois não vi mais. Isso está com uns mais m de mês.

Luís ficou desconfiado daquela arrumação, mandou se informar com os filhos da Mariana se ele tinha aparecido na cidade ou na Oiticica, com uns quinze dias veio a resposta que por lá ele não tinha aparecido. Ele quis ficar preocupado com o sumiço de Ariano, mas pensou que não tinha motivo, pois o primo era um homem viajado, já fora até para o Amazonas, sabia ler e escrever e falar com Autoridades, pois era funcionário público federal lidava era com doutor, aí espantou aquela preocupação.

Luís esperou mais um tempo e como o primo não apareceu, voltou de novo na casa e resolveu arrumar um chaveiro para fazer outra chave e abrir a porta. Quando entrou na casa estava tudo nos mesmos cantos, inclusive toda a pouca roupa de Ariano, o lençol dentro da rede armada e a toalha na corda do alpendrezinho da cozinha. Ele ficou desatinado, não sabia por onde começava a procurar Ariano, com o trabalho muito severo na fábrica não tinha tempo para nada, chegava em casa já à noite cansado, sempre esperando que o primo aparecesse, até que um sábado foi na delegacia do bairro da queixa do seu desaparecimento, mas nunca teve a menor notícia de seu paradeiro.